How to Tame a Willful Wife

by Christy English

伯爵とじゃじゃ馬花嫁

クリスティ・イングリッシュ

美島　幸=訳

HOW TO TAME A WILLFUL WIFE
by Christy English

母、カレン・イングリッシュと、
父、カール・イングリッシュに。

謝辞

ひとつの作品をつくりあげるという作業は、女ひとりとパソコン一台きりでは到底できません。感謝したい人はたくさんいますが、まずは〈ソースブックス〉の優秀なスタッフたちに御礼申しあげます。編集、マーケティングから表紙の作成まで、素晴らしい仕事をしていただきました。優秀な編集者、リア・ハルテンシュミッツの忍耐力、ユーモア、そして鋭い目がなければ、わたしの作品が世に出ることもありませんでした。また、構想段階で貴重な示唆を与えてくださったオーブリー・プールにも感謝を。この作品があるべき姿に仕上がったのはあなたのおかげです。

この作品の執筆中のみならず、わたしの人生すべてにおいて支えになってくれた家族にも感謝します。カレンとカールのイングリッシュ夫妻、ずっと変わらずわたしを支持し、愛してくれてありがとう。兄のバリー・イングリッシュも、いつも味方でいてくれてありがとう。

また、友人や、デビューしたときからわたしの作品を人生の一部にしてくださった読者の方々にも感謝を捧げます。ラドンナ・リングレン、ローラ・クリーシーのおふたりには初期段階の原稿を読んでいただきました。エイミーとトロイ・ピアースはわたしに素晴らしい執筆の環境とやさしい心遣いを与えてくださいました。トリルビー・シアー、マリアンヌとクリス・ヌーベル、ヴェナとロン・ミラー、いつも変わらぬ愛と支えに感謝しています。そして優秀なエージェントであり、よき友人でもいてくれるマーガレット・オコーナーにも感謝を。

最後に、この本を手にしてくださったすべての読者に感謝を捧げます。わたしと同様、キャロラインとアンソニーの物語に心を躍らせていただけることを祈ります。

主な登場人物

キャロライン・モンタギュー――男爵の令嬢。
アンソニー・キャリントン――レイヴンブルック伯爵。キャロラインの父の知人。
ヴィクター・ウィンスロップ――カーライル子爵。アンソニーの仇敵。
レイモンド・オリヴァー――ペンブローク伯爵。アンソニーの友人。
アンジェリーク・ボーチャンプ――デヴォンシャー伯爵。アンソニーの愛人。
アン・キャリントン――アンソニーの妹。
フレデリック・モンタギュー――男爵。キャロラインの父。
タビィ――キャロラインのメイド。

第一幕

「きみはおれ以外の男と結婚することは許されないんだ」
――『じゃじゃ馬ならし』第二幕一場

1

ヨークシャー、モンタギュー領
一八一六年九月

すべてはこの一矢にかかっている。

キャロライン・モンタギューは弓を引き絞った。弦を鋭く指に食いこませ、片方の目を閉じて細い木の幹にしっかりと狙いを定め、矢を放つ。

一瞬、周囲の男たちが驚きに言葉を失い、やがて口々に礼儀正しい称賛の声をあげはじめた。キャロラインが放った矢は、その場にいる誰のものよりも正確に的の中心を射貫いていた。彼女の両親がこんなところを見たら、ひどく立腹したに違いない。

「まぐれにしてもたいしたものだ、ミス・モンタギュー」カーライル子爵ヴィクター・ウィンスロップが言った。キャロラインは正式に競技に参加しているわけではないので、あくまでも勝者はこの男だ。だが、勝ち誇ったその顔から気取った笑みを拭い去ってやったことで彼女は満足だった。

「あら、まぐれではありませんわ、閣下」キャロラインは父の庭に集った一同に膝を折ってお辞儀をし、控えめな笑みを浮かべようとした——弓の技量を競うより、こちらのほうがよほど難しい。

男たちがここに集まった目的はただひとつ、モンタギュー家の娘を結婚相手として勝ち取ることだ。キャロラインは父親のふくれあがった借金を返すため、いちばん高い値をつけた者に与えられようとしているのだ。しかし、やすやすと手に入る賞品だと思われては困る。

近くにいた召使に弓を渡すと、キャロラインは勝者のヴィクターに贈る金杯を手に取った。父がナポレオンとの戦いでイタリアに出征したときに手に入れた、波間からせりあがるヴィーナスの姿を浮き彫りにした美しい金杯だ。

「競技の邪魔をしてごめんなさい。的を見るとじっとしていられない性質《たち》なの」彼女が言うと、男たちのあいだに笑いが起こった。

キャロラインはにっこりと微笑みながら、公の勝者に金杯を授けた。ヴィクターが彼女の胸のふくらみから顔に視線を移し、名残惜しそうな笑みを浮かべる。きょうは朝から、集まった男たち全員がキャロラインの体に注目していた。だが、ここまで堂々と胸を凝視したのはヴィクターくらいのものだし、そのあと不敵に笑ったのも彼がはじめてだ。キャロラインはいっしょになって笑ってみせた。そんな彼女と隣に立つヴィクターの姿を、やがて夫となる男性がじっと見つめているとは露ほども知らずに……。

レイヴンブルック伯爵アンソニー・キャリントンは無表情を崩さぬまま、義理の父親となるはずの男を見据えた。その男、フレデリック・モンタギュー男爵の戦場での行動に敬意を払っているのでなければ、アンソニーはこの場に来ることもなかっただろう。「あんな図々しい振る舞いをする女性をはじめて見たよ。男たちに囲まれて弓を取り、求婚者たちを打ち負かそうとするとはね。相手がカーライルのような鼻持ちならない男だったとしても、見苦しいことこのうえない」

もしこれがアンソニーの現在の恋人アンジェリークなら、世間を知り抜いている彼女のこと、絶対にそんな厚かましい真似はしないだろう。

「レイヴンブルック、考えてもみてくれ」モンタギューが言った。「娘はまだ若いんだ」

「にっこり笑って従順にしておけばいいものを、周囲の男たちに恥をかかせたんだ。感心はできない」

モンタギューがため息をついた。「わたしが娘を甘やかしすぎたのは認めるよ。とびきり頑固な娘に育ってしまった。息子が死んでからというもの、あの子がわたしの生きる希望だったからな」

長い付き合いの戦友の声に悲しみがにじんでいる。アンソニーは言おうとしていた非難の言葉をのみこみ、正面にあるマホガニー材の机に置かれた結婚契約書を指でなぞった。彼はロンドンで取った特別の結婚許可証を携え、四日間かけて馬を走らせてきたのだ。これでふつう必要とされるしきたりに時間を取られることなく、一週間以内にキャロラインと結婚できる。そうなれば、あとは領地のあるシュロップシャーに戻って跡継ぎとなる子づくりに励むだけだ。そして、戦友の借金は名誉あるかたちで消えてなくなる。アンソニーとモンタギュー男爵の娘との結婚話はすでに詳細まで決まっていて、あとは当のキャロラインに告げるばかりという状況にあった。

「妻には娘のことをたびたび口うるさく言われていたんだが、わたしは聞く耳を持たなかった」モンタギューが言った。「わたしの大陸暮らしが長かったせいで、キャロラインは導いてやる父親がいないうちに成長してしまったんだ。きみが色々と教えてやってくれ。わたしは戦場でのきみを見てきた。きみなら男勝りの女をひとり手なずけるくらい、わけないことだろう」

アンソニーはまだ態度をやわらげはしなかった。彼の妹のアンは家族に甘やかされすぎた報いを受け、生涯かけてその代償を支払う羽目になっているのだ。

「花嫁は純潔でなくては困る」アンソニーは強調した。「いままで確かに純潔を守っていて、これからも貞節を通すという誓約がない限り、彼女をわたしの妻として世間に出すわけにはいかない」

モンタギューがゆっくりと立ちあがった。「わたしはきみのかつての上官であり、友人だ。きみのことは自分の息子のように愛している。だが、もしまたいまのような言葉で娘を侮辱したら、わたしも口で答えるというわけにはいかなくなるぞ」

こみあげたいらだちをアンソニーはのみこみ、妹が犯した過ちのことを考えまいとした。モンタギューの娘は、どうあってもアンより慎重な女性でなくてはならないのだ。過去の事件に対する恐怖と心の痛みはまだおさまっておらず、彼はその恐怖と痛みを通してしかいまの状況を見られなかった。招いてくれた友人を侮辱するようなことを口走ってしまったのもそのせいだ。モンタギューは借金の泥沼から抜け出す道を求めており、そのためには今年のうちに娘を嫁がせなくてはならない。そしてアンソニーとしても、二度も命を救ってくれたこの友のためなら、金に困った家の美しい娘を娶るくらい喜んでするつもりだった。

「わたしの言葉で気を悪くしたのなら謝るよ。しかし、彼女はずいぶん奔放な性格のようだ。しかも、きみは長いこと家にいなかった。どうして純潔だと言いきれる？」

「娘はこんな田舎の干し草の山の上で貞節を捨てて、わたしを裏切るような人間ではないよ。キャロラインは自分の人生に課せられた義務をよく理解している。わたしが戦争から帰還したら自分にも結婚話が持ちあがると、ちゃんと覚悟はできていたはずだ。そして戦争は終わり、わたしは帰ってきた。娘にとっては〝そのとき〟が来たということだ」

アンソニーはひとつうなずいた。モンタギューは誇り高い男だが、そうした人間であればこそ、愛する者が不名誉な行いをしているなど想像もつかないものだ。アンほどの娘が誘惑者の手に落ちたのだから、そうしたことはどんな女性にも起こり得る。そう思いつつ、アンソニーはあえてその意見を口にはしなかった。

「もちろんきみの娘なら純潔を守り通しているに違いない。どうも口が過ぎたようだ。だが、まずは彼女とふたりで話をさせてくれないか」

しばらくのあいだモンタギューに見つめられて、アンソニーはふと、心のうちを読まれているのではないかという気になった。摂政皇太子の庇護をもってしても、人の口に戸は立てられないのかもしれない。これまで多大な犠牲を払って隠してきたにもかかわらず、アンが誘惑されて汚されたという事実は、すでに白日のもとにさらされているのだろうか。アンソニーは友の顔をまっすぐに見つめ返したが、相手の目に同情や軽蔑の色は見いだせなかった。ならば、モンタギューはまだアンの一件を知らないのだ。それが確かであればいいのだがとアンソニーは思った。

「キャロラインと話すといい」モンタギューが言った。「そのうえで、きみが娘の純潔を信じられないというなら、その結婚契約書を火にくべてもかまわない」

キャロラインは自分の居間に入り、後ろ手に勢いよくドアを閉めた。響き渡った大きな音にかすかな満足感を覚える。ディナーと見えすいたごまかしの会話が延々と続く、うんざりするほど長い夜だった。求婚者たちはみなひとりではなく、自分の姉妹や母親たちを連れてきている。ロンドンに住む彼女たちの話題といえば、流行の服やくだらないことばかりで、そんな人々と話すのは苦痛でしかなかった。心の平穏を取り戻せるなら、いっそ、さっさと父に結婚相手を決めてもらいたいとすら思えてくる。

貴族の家が二十軒もない田舎で育ったキャロラインにとって、身分の高い人々がロンドンから大挙して押し寄せてくるという事態は想像以上に疲れるものだった。お高くとまった物腰といい、鼻にかかる奇妙な話し方といい、南部で暮らす人々はことごとく彼女の神経を逆なでした。しかもあれだけ言葉を尽くしながら、結局は何も言っていないのと変わらない程度の話しかしない。とはいえ、キャロラインはその中の誰かと結婚しなくてはならないのだ。父がなぜこのヨークシャーで暮らす人々の中からふさわしい男性を選んでくれなかったのか、彼女には見当もつかなかった。

キャロラインのいらだちぎみの思考は突如としてさえぎられた。暗がりの中、お気に入りの肘掛け椅子に男性が座っているのに気づいたからだ。

「こんばんは、キャロライン」

とっさに口を開けて叫び声をあげそうになったが、すぐに思い直した。彼女は愚か者ではないし、小説に出てくるようなすぐに気を失うか弱い女性でもない。キャロラインは口を閉じ、母がいつも言っている〝口は災いのもと〟という言葉を思い返した。

「あなたは何者？」声音をいつもどおりに保ち、平静を装って尋ねた。

「きみの父上の友人だ」

「それにしては、はじめて見る顔だわ。本当にお父さまのお友達なら、ほかの人たちとおなじようにきちんと紹介されていたはずよ」

男性が声をあげて笑い、栗色の目でキャロラインの全身に視線を走らせた。後ろへなでつけた黒髪は襟に届くくらいの長さで、顎の輪郭がはっきりしていて力強い。リネンのシャツに黒っぽいズボンという服装で、シャツの上には手のこんだ緑と金色の刺繍を施したベストを合わせていた。その刺繍がろうそくの炎を受けてきらきらと輝きを放っている。彼は脱いだ上着を椅子の肘掛けに置き、首巻《クラヴァット》をゆるめて座っていた。

ルイ十六世時代につくられた繊細な椅子にはどう見ても似つかわしくない大きな体だが、それでも男性は悠然と足を組み、自宅の居間にいるかのごとく堂々としている。

「きみの友人でもある」

「いいえ、それは違うわ」

いままで会った男性の中で、彼は最も美しかった。男性を〝美しい〟と呼ぶのはばかげているかもしれないが、キャロラインはそう思わずにはいられなかった。しかも、この男性は自分でそれを承知しているように思える。

傲慢ではあるものの、きょう言葉を交わした愚かな男たち十人分の価値はありそうだとキャロラインは思った。この男性が昼間の弓の競技に出ていたら、彼女といえども太刀打ちできなかったに違いない。

秘めた力を感じさせるまなざしで、じっと動かず座っている男性の姿は獲物を狙うライオンを思わせた。だが恐ろしいというのではなく、キャロラインは一瞬、不可思議な喜びを覚えた。いままで意志の強さで自分に勝ると思う男性に会ったことはない。この栗色の瞳の男性は、はじめて出会う自分と対等な存在なのだろうか。

キャロラインはあわてて、愚かしい問いを頭から締め出した。どれだけ美しくても、対等であろうとなかろうと、この男性がたったひとりで彼女の部屋に入りこんだのは、いかがわしい目的のために決まっている。熱を帯びた栗色の瞳に見つめられて肌がじんわりとほてったものの、彼女はそれを無視しようと努めた。ドアを閉じた自室で男性とふたりきりで話していたなどと人に知られたら、それこそ身の破滅だ。それとも、この男性は身代金目当てで彼女を誘拐しに来たのだろうか。

キャロラインの思考をなぞるかのように、見知らぬ男性が口を開いた。その声は氷水さながらに彼女のほてった肌を冷まし、彼の魅力に引きつけられている状態から一気に現実へと引き戻した。

「わたしはきみを手に入れるために来た」

男性から目をそらしつつ、キャロラインはレティキュール（小物入れに使用する袋）に手を入れた。誰にも手を触れられるわけにはいかない。これまで育ててくれた父の、そしてみずからを磨いてきた苦労が無駄になってしまう。目の前の男性にもほかの誰にも、指一本触れさせるわけにはいかないのだ。

深く息を吸って呼吸を落ちつかせる。父の部下たちにこれまで武芸を教わってきたのはこんなときのため、ひとりで危険に遭遇したときのためなのだ。準備はできている。

「あなたがわたしを手に入れるのは、わたしの死体から最後の武器を取りあげたときだけよ」

短剣をレティキュールから取り出し、キャロラインは男性に向かって投げつけた。

狙いはよかったが速さがわずかに足りなかった。男性がなめらかな身のこなしで素早く動き、キャロラインの放った飛び道具をかわした。鋭い刃が、気に入っている肘掛け椅子のクッションに深々と突き刺さる。キャロラインは悪態をつき、相手に背を向けて逃げようとした。

だがすぐに男性に腕をつかまれ、ドアまで行くこともできなかった。殴りつけようとこぶしを振るったが、やすやすとかわされてしまう。男性がキャロラインの手首を片方の手でつかみ、空いたほうの腕を体に回してきた。「落ちつくんだ、キャロライン。きみを傷つけるつもりはない」

「それなら放して」

「きみが暴れずに話をすると約束してくれたら、放すよ」

男性の体からはぴりっとした、それでいて甘い香りがした。吸いこむと革のにおいがして、キャロラインはふと気持ちをゆるめ、自分の愛馬ヘラクレスを思い出した。この男性は彼女を押さえこんではいるが、きつくではない。怪我をさせないように力を加減しているのだ。それなら彼を殺す理由はない。

「あなたと話すことなんてないわ」キャロラインは言った。

「こちらにはあるんだ。五分だけ時間をくれ。五分たったらわたしは出ていく」

彼女がうなずくと、男性は手を離して慎重にあとずさった。まるで野生の牝馬に対するような接し方だ。彼にじっと見つめられながら、キャロラインはその場に立ち尽くした。揺るぎのない視線がしなやかな罠のように彼女を取り囲む。先ほどの男性の身のこなしも、腕に残る彼の手の熱さも、尋常なものではなかった。

キャロラインは強引に、男性の手の感触と甘いにおいを頭から締め出した。そして彼との距離を保ったまま、テーブルの上のランプに火をともすためドアのそばまで動いた。マッチで火をつけるとランプが黄色っぽい光を放ち、部屋を明るく照らす。彼女は自分を励ましながら、実際には感じていない自信に満ちた声を出した。

「話があるなら、さっさとすませて出ていって」

「きみは人に命令するのに慣れているようだな、ミス・モンタギュー。じきにわかるだろうが、わたしは命令されることに慣れていない」

キャロラインは腹に力をこめてしっかりと息を吐き、父の教えを総動員して声に力をこめようとした。この男性は話がしたいのだと言うが、ただ厄介をもたらすだけだ。言うことを聞かない召使は言いつけに従うまでにらんでやればよいと母に教わったとおり、彼女は威厳のこもった視線で男性をねめつけた。

「いますぐ名乗るか、出ていくかのどちらかにして」

男性が笑ってキャロラインのお気に入りの椅子まであとずさり、クッションに刺さっていた短剣を抜いた。穴から羽根が飛び出してふわふわとじゅうたんに舞い落ち、キャロラインは心の中で呪いの声をあげた。家具を傷つけるから家の中で短剣を投げるなと、母に強く言われていたのに。

「わたしは友人にしか名乗らない」男性が言った。

こちらを観察しているつもりなのか、薄笑いを浮かべたまま指先で短剣の刃をなぞっている。キャロラインは眉間にしわを寄せた。目の前の男性はなぜこれほど厚かましい態度をとるのだろうか。きょうはたくさんの男性と顔を合わせたが、彼はその中のひとりではない。会っていれば記憶に残っているはずだ。

いらだちと怒りはこみあげる一方だったが、キャロラインはなんとか冷静な声を保った。紐を引いてベルを鳴らし、召使を呼ぶのは論外だった。騒ぎを起こして、男性が部屋にいる事実をほかの客たちに知られてしまう危険は冒せない。そんなことになったら彼女の名誉は地に落ち、娘の結婚で借金を返そうという父の計画まで台なしにしてしまう。

「わたしの友情は、受けるにふさわしい人にしか捧げないことにしているの」キャロラインは言った。

「かわりにわたしは、いわれのない敵意を捧げられているわけだ」

「ここにいるだけで理由としては充分ではなくて？　何度も出ていってと言ったのは聞こえていたでしょう？　もういちど言うわ。この部屋から出ていってちょうだい。こんどは狙いをはずさないわよ」

短剣を手に立つ男性の目を、キャロラインはまっすぐにらみつけた。彼の栗色の目が彼女の顔から、やわらかなシルクのドレスに包まれた胸のふくらみへと移る。キャロラインの呼吸が速くなった。この二十四時間というもの、ずっとぶしつけな視線を浴びせられてきたが、こんなふうに反応してしまうことはなかった。まるで彼女の体だけが、すでにこの男性を知っているかのようだ。

「わたしがきみなら、もう短剣を投げようとは思わないな」男性が答えた。キャロラインの胸から、スカートの下で曲線を描く腰へ、そしてまた顔へと視線を動かしていく。「何をしたところで、わたしはまだ出ていくつもりはないのだから」

そう言った男性の目は自信に満ちていた。彼とは部屋の半分ほども距離があるというのに、キャロラインはシルクのドレスを通して相手が発する熱を感じられるような気がした。彼から目をそらすことができない。まるで蛇使いに飼われている蛇とおなじだ。これ以上ここでこの男性の熱にあてられていたら、自分がどうなってしまうか見当もつかなかった。

「あなたが出ていかないなら、わたしが行くわ」

「わたしを置いて逃げ出すのか？ 意外と臆病だな。驚いたよ」

挑発を受けて腹の底から怒りがわきあがり、キャロラインは声すら出せなかった。憤怒のあまり不安は消し飛んでしまった。

「あなたのような人を怖がったりするものですか」

「ほう？」男性がいったん短剣を明かりにかざしてから、音も立てずにマホガニー材の机の上に置いた。「最初にわたしを見たときはずいぶん怯えていたようだが。だからこれを投げつけたんだろう？」そしてまたしてもキャロラインのお気に入りの椅子に腰を落ちつけて、にっこり微笑んだ。「もっとも、しくじったけれどね。もっと練習したほうがいい」

「部屋が暗かったせいよ」キャロラインは言ったが、その声は自分でも言い訳がましく聞こえた。

男性が声を出して笑う。「わたしとしては、もっと素直な女性が好みなんだがね。短剣を持ち歩く趣味などないような」

「別の相手を探したいなら大歓迎よ。わたしの許可はいらないわ」

「すぐにわかると思うが、ミス・モンタギュー、わたしは何かをするのにきみの許しを求めようとは思わないよ」

男性は出ていくどころか身じろぎもせずキャロラインを見据え、魂まで読み取ろうとするかのごとく、じっと表情を観察している。彼女は体の力を抜こうとした。剣の稽古の前にはいつもそうするように。男性のすぐそばにあるマホガニー材の机、あそこには二本目の短剣を隠してあるのだ。もし短剣を取り戻せなければ、そちらを使って彼を殺してしまえばいい。だが、五分前であれば勇気づけられたはずのその考えも、いまとなってはそれほど魅力的には思えなかった。男性はあいかわらず微笑しながらキャロラインを見つめている。彼女の秘密などすべてお見通しだ、なんならあとひとつふたつ知らないことを教えてやろうか、とでも言いたげに。

キャロラインはなんとか、いつの間にかはまりこんでいた弱気な考えを振り払った。隠した短剣を使うのはあきらめて、逃げることを考えるのだ。たとえ評判が地に落ちても、この男性に臆病者呼ばわりされようとも、とにかくこの部屋から出ていかなくてはならない。

男性が立ちあがり、あっという間にふたりのあいだの距離を詰めた。あたたかい手でつかまれたと思った瞬間、キャロラインは男性のほうに引き寄せられていた。がっしりとした胸板がやわらかい胸に押しつけられ、そこから相手の体温が伝わってくる。まるで焼きたてのパンでも味わうかのごとく、彼がキャロラインのにおいを吸いこんだ。そして流れるような動きでふたたび肘掛け椅子に腰をおろし、彼女を自分の膝の上に座らせた。

それこそ一日じゅう、許されるものなら手を出したいと言わんばかりの求婚者たちにじろじろ見つめられて、キャロラインは心底うんざりしていた。男性から逃れようと彼女は身をよじり、机の上に置かれた短剣に手を伸ばした。無意識のうちによみがえった父の教えが頭を占めたせいか、恐怖は感じない。敵の喉もとに短剣の刃をあてたところで、われに返った。まだ彼の喉を切り裂くわけにはいかない。「このままあなたを殺してもいいのよ。でも、まずは何者か名乗ってもらうわ」

「感心だな、キャロライン。きみは見事に自分の名誉を守ったわけだ。だが、わたしを相手に身を守る必要などない」

「あなたは誰？」キャロラインはきいた。

「わたしはアンソニー・キャリントン、レイヴンブルック伯爵だ。きみと結婚することになっている」男性が答えた。

衝撃のあまり、キャロラインは彼に短剣を奪われたことすら気づかなかった。この人が結婚相手？　まばたきを繰り返しているうちに、彼が嘘をついているのではないかという思いがわいてきた。

またしても体を手で触れられ、キャロラインの思考はさえぎられた。アンソニーが彼女の片方の腕を椅子の肘掛けと自分の体とではさみ、もう片方の手首をつかんで完全に抵抗を封じる。そのまま空いた腕をキャロラインの腰に回してさらに引き寄せ、転げ落ちないようにしっかりと抱きかかえた。スカートがふたりのまわりにふわりと広がる。キャロラインは自分が硬く力強い男性の腿の上に座っているのをはっきりと感じた。胸のふくらみに押しつけられている彼の胸があたたかい。

息がまじり合うほどの距離でふたりは見つめ合った。アンソニーの栗色の瞳が、彼の腕と同じくらい力強く彼女をとらえている。キャロラインは慎みを忘れた。彼のにおいにときめきを覚え、彼によって体の奥で炎がかき立てられる感覚に喜びを感じる自分を抑えられなかった。こんな感覚は生まれてはじめてだ。抱かれているうちに、キャロラインの呼吸は徐々に荒くなっていった。彼が胸に手を触れてきた瞬間、その手の感触のことしか考えられなくなった。

ものすごい勢いで彼女が跳びあがったので、アンソニーが手の力をゆるめた。その隙にキャロラインは彼の腕を逃れて素早く自分の足で立ち、こぶしを振りあげてできる限りの攻撃を加えようとした。

アンソニーが立ちあがり、素早くキャロラインの手首をつかんだ。彼女の狙いは正確で、反応するのがあと少し遅ければ彼は顔をしたたかに打たれていたに違いない。ふたりは呼吸を乱し、まるで生死をかけた戦いのさなかのように、にらみ合って敵の表情を探った。

「二度とさわらないで。わたしの部屋から出ていってちょうだい」キャロラインは言った。「この家からも出ていくのよ」

対峙している相手の栗色の目からふっと緊張が失せた。瞳の中に燃えあがった炎がゆっくりと小さくなっていく。キャロラインが見つめる中、アンソニーがしぶしぶといった感じで手の力をゆるめた。彼女は力任せに手を引き抜き、あざができそうなほど強く握られていた手首をさすった。

「きみがまだ誰にも触れられていないかどうか、確かめなければならなかったんだ、キャロライン」

「あなたがこんな真似をするまでは、誰にも触れられたことなんてなかったわ。さあ、出ていって」

その言葉を聞くとアンソニーは背すじを伸ばし、自分の行為とここでの発見の両方に満足した様子で上着をはおった。彼の横柄な態度にキャロラインは悪態をついてやりたくなったが、言葉をぐっとのみこんでこらえた。うっかり反応してこんな男を喜ばせることはない。

「おやすみ、ミス・モンタギュー。また明日会おう」

「二度と会うつもりはないわ。もちろん明日もね」

アンソニーが笑い、栗色の目をきらめかせながら歩きだした。「いいや、きみはわたしに会いたくなると思うね」

「あなたは間違っているわ」

「わたしは間違ったことなどないよ」

とっさに彼女は机の上に置かれた短剣をつかむと、何も考えずに投げつけた。短剣は宙を切り裂くように飛んで彼の頭のすぐ横を通り、召使専用のドアの枠に突き刺さった。あざけるような笑い声をあげながら、アンソニーが部屋を出て後ろ手にドアを閉める。その声はしばらくのあいだ、キャロラインの耳に響き渡っていた。

2

キャロラインはしばらく立ち尽くしたまま、閉じたドアを見つめていた。やがてドアに近づき、枠に刺さった短剣を抜いた。白い塗料のついた木のかけらが床に落ちるのを見て小声で悪態をつく。

知らない男性と結婚するというだけでも充分ひどいのに、相手があの男性、レイヴンブルック伯爵アンソニー・キャリントンでは悪夢そのものだ。

それでなくとも長い一日がますます長く感じられる。お気に入りの肘掛け椅子に腰をおろすと、そこにはまだアンソニーの体温が残っていた。触れられたことを思い出しただけでいらだちがこみあげ、キャロラインは立ちあがってクッションを床に投げ捨てた。短剣が刺さっていた穴からまたしても羽根が飛び散った。

ため息をつき、キャロラインは短剣をかたわらの机に置いた。これでは母に殺されるかもしれない。

ベッドに目をやると、恐怖政治の時代（一七〇〇年代後半）以前のフランスでつくられた深緑のビロードの織物がかかるベッドのぬくもりが誘っていた。このまま枕に顔をうずめ、不運にも出会ってしまった男性のことなど忘れてしまいたい。

強風にあおられたように勢いよくドアが開き、母のレディ・モンタギューが居間に入ってきた。キャロラインは顔に笑みを張りつけて母を迎えた。レディ・モンタギューは白髪まじりのブロンドをレースのキャップの中にまとめている。

キャロラインは勇気を出して母と目を合わせた。どんなに隠したいと思っていても母の目はごまかせない。それはわかっていた。さっきまでアンソニーがいたことをひと目で見破られてしまうのではないかと思うと、心がくじけそうになる。だが、ここで誰にも知られなければ、あの耐えがたい男性とは面識がないふりを決めこむこともできるのだ。母の気をできるだけそらしたくて、キャロラインは膝を折って深くお辞儀をした。

娘が慇懃に礼をする姿が珍しかったらしく、レディ・モンタギューが足をとめた。堅いマホガニーの羽目板張りの床をこつこつと踏み鳴らしていた足音がぴたりとやむ。キャロラインはお辞儀がやりすぎだったと悟ったものの、そのまま突き進むべきだと心を決め、愛らしい微笑みを浮かべてみせた。

「あなたに知らせることがあります、キャロライン。急な知らせよ」

「まずはお座りになったら、お母さま《ママン》？　お茶の用意をさせましょうか？」

「いいえ。お茶なら下でご婦人たちといやになるほど飲んできたわ。まったく、南部の人たちは眠るということを知らないみたいね。大騒ぎでくたくたよ」

「ごめんなさい、お母さま。わたしのために」

「いいえ、それは違います。あなたの結婚のためよ。じきに実現する結婚のね。お父さまがご決断なさったわ」

結婚相手は長身で美しく、黒髪に栗色の目をした、耐えがたいほど横柄な男性ではないかときいてみたい誘惑に駆られる。だがキャロラインは生まれてはじめて、言いたい言葉をのみこんで黙っていた。

レディ・モンタギューはフランス生まれの小柄な女性で、身長はキャロラインの胸のあたりまでしかない。その母がキャロラインの腕に手を置いて引き寄せ、かがみこんだ娘の頬にキスをした。

「二日後に、あなたはレイヴンブルック伯爵アンソニー・キャリントンの妻となる栄誉を受けます」

二日後。母の言葉が死刑宣告のようにキャロラインの頭の中でこだました。残りの人生をあの傲慢な男性といっしょに暮らしていかなくてはならないうえ、それがたったの二日後にはじまってしまうとは。父と話してみようと彼女は決心した。父なら、残された自由な時間を数日ではなく数週間まで引き延ばしてくれるはずだ。

娘が倒れそうになるのをこらえながらそんなことを考えているとは知らず、母は言葉を続けた。「あなたはこれから、一年のほとんどをシュロップシャーの伯爵領にある屋敷で過ごすことになるわ。夫に従順にして、立派な男の子をたくさん産むのよ」

〝従順〟という言葉が毒のようにキャロラインの耳にしみこんでいく。「でも、わたしはその人のことを何も知らないのに」

「伯爵は裕福で立派な爵位をお持ちよ。あなたは伯爵夫人になるの。それだけわかっていれば充分です。あとは知る必要もないわ」

キャロラインはごくりとつばをのんでうつむいた。自分に課せられた義務はわかっている。体に合わない鞍をつけられた馬のようにつらくとも、義務は果たさなければならない。

「わたしたちには、あなたをロンドンの社交界に出してやる余裕はないの」母の言葉に、キャロラインは現実を思い起こした。「この結婚こそ、あなたにとっていちばんいい道よ。お父さまは知っている限りで最高の殿方をお選びになったわ」

母はふくれあがっている夫の借金については何も言わなかった。退役した部下の兵士たちに保護と生活の糧を与え、負傷した者たちにも居場所をつくってやるというモンタギュー男爵の行為は、とても気高く誇り高いものだ。そして母がよく言うように、誇りには金がかかる。そこで娘のキャロラインが伯爵と結婚し、伯爵が妻の父親の借金を返すことになるわけだ。

両親は娘を臆病者にするような育て方はしなかった。キャロラインは、父とともに戦場に赴いた信頼の置ける男たちから短剣の使い方を教わったり、気性の荒い牡馬の乗り方を習ったりしてきた。だがいまや、本物の勇気を見せるときがやってきたのだ。女性たちは毎日のように、家族のために見ず知らずの男性と結婚している。その現実をキャロラインは充分に承知していたし、自分もそのために育てられてきたという自覚もあった。いまは未来を恐れずに受け入れ、勇気を示すことだ。彼女は床から顔をあげ、背中をまっすぐに伸ばした。

「わたしは自分の務めを果たすわ、お母さま」

そんなことはわざわざ口にするものではないとでも言いたげに、レディ・モンタギューがフランス風の仕草で肩をすくめた。けれども、その瞳はやわらいでいた。「もちろんですとも。なんといっても、あなたはあのお父さまの娘ですもの」

驚いたことに、母はつま先立ちになってキャロラインの唇に祝福のキスをした。かすかな香水の香りを吸いこんだ瞬間、キャロラインは実感した。ここを去って夫の屋敷で暮らすようになったら、母が恋しくてたまらなくなるだろう。

レディ・モンタギューの声にためらいはなかった。あたたかいまなざしとは裏腹の冷静な声で、その日最後の忠告を娘に与える。「明日、伯爵が仕立て屋をよこしてくださるわ。伯爵家に代々伝わる花嫁衣装をあなたに合わせるそうよ」

キャロラインは言葉を失った。着る本人に確かめもしないで花嫁衣装を勝手に決めてしまうなんて信じられない。じきに夫となる男性の支配欲が着るものにまで及んでいるとなると、先が思いやられて仕方なかった。しかし、もちろん母に不安を打ち明けるわけにはいかない。強い母がそんな弱音を聞きたがらないのは知っているからだ。「準備しておくわ」

レディ・モンタギューの瞳が誇らしげに輝いた。その輝きをもたらしたのは、あるいは涙だったかもしれない。「そうね。あなたならきっとうまくやるわ」

母が部屋を出ていき、後ろ手にドアを静かに閉めた。いまごろは階下にいる求婚者たちも、モンタギュー男爵の決断を聞いているはずだ。もちろん、その場にはやがて夫となるあの男性もいるに違いない。将来をいきなり決められてしまったことに、キャロラインはめまいを起こしそうになった。紐を引いてベルを鳴らし、メイドのタビィを呼ぶ。

レイヴンブルック伯爵との結婚が決まったのだ。これまで会った中で最も耐えがたい性格の男性と結婚する。いったいこの先、どんな未来が待ち受けているのだろうか。

3

二階下では婚約を祝う即席のパーティーが開かれ、佳境に入っていた。アンソニーはワインとブランデーをすすめられて口をつけたものの、とにかく自分の部屋に戻り、ひとりで静かに過ごしたかった。

ほとんど人けのない廊下を歩き、屋敷の裏手にあるドアからテラスへ出て、そのまま階段から庭へおり立った。月明かりの下、観賞用にきちんと手入れされた低木が並び、ランプがテラスを照らしている。アンソニーは陰に身を潜め、婚約者の寝室の窓を見あげた。

キャロライン・モンタギューはこれまで出会った中で、いちばん美しい女性だ。イタリアからスペインまで、あらゆる美女たちとその魅力を目にしてきたアンソニーにしても、女性に目を奪われてそのまま引き離せないというのは、はじめての体験だった。キャロラインが部屋に入ってきたときにこみあげた、この女性を自分のものにしたいという強烈な欲求は、いままで感じてきたものとは趣が異なっていた。いつもの欲望ならいい。旺盛なのは自他ともに認めるところだし、それを自制する心の強さもあるつもりだ。

ところがキャロラインが挑むような顔を見せたとたん、その自制心が吹き飛んでしまいそうになったのだ。それもいちどではなく、何度も。彼女は彼が何者かをまるで気にとめずに戦いを挑んできた。部屋で待っていたのが皇太子だったとしても、おなじように腹を立てて向かってきただろう。これまでアンソニーに対してあれほど無礼な態度で接してきた人間はいなかった。こちらも腹を立てて当然だし、知り合いの男たちの中でも気を悪くしない者はいないはずだ。それなのに、彼が感じていたのは、キャロラインを手なずけ、自分のものにしたいという強烈な欲求だった。

彼の指先には、キャロラインのやわ肌の感触がまだ生々しく残っている。波形の飾りのついたドレスの襟の下でふくらみを描く胸の曲線も、はっきりと記憶に残っていた。腕に抱いた彼女はあたたかく、アンソニーに身を任せていた。彼が胸に触れるまでは。あの瞬間、アンソニーはキャロラインが本気で危害を加える気なのだと確信した。あのときの彼女の脅すような目が、薄茶色の瞳の奥の力強さが、アンソニーの心に火をつけたのだ。そして、その火はいまもまだ消えていない。キャロラインの部屋をあとにした理由はただひとつ、モンタギュー男爵との名誉ある約束をかなぐり捨てて、あの場で彼女をほしいままにしてしまいそうな自分を恐れたからだった。

アンソニーはキャロラインの寝室の窓を見あげながら、これからのことを思った。どうすれば彼女に触れずにいられるだろうか。いまこのときにも、キャロラインは夜着に身を包み、長い金色の巻き毛を豊かな胸に垂らしている。あの胸をほてったてのひらで覆い、口で吸ったら、先端はどのように硬くとがるのだろうか。

楽しい空想は長つづきしなかった。敵と思う男の声が耳に届き、アンソニーはまるで頭から冷水を浴びせられたように夢想から現実へと引き戻された。すべての欲望があっという間に萎えていく。

「やあ、レイヴンブルック。婚約者とはうまくいきそうかい？　見たところ、きみよりあちらのほうが男らしいようだったが」

いつの間にか庭に出ていたカーライル子爵ヴィクター・ウィンスロップが、庭に面した大理石のテラスの手すりに寄りかかっていた。まるで自分がキャロラインを勝ち取ったかのように、ふてぶてしい顔でにやにやしている。アンソニーはブーツに忍ばせてある短剣を手に取りたい衝動に駆られたものの、昨年、この男と流血沙汰は起こさないと皇太子に約束したのを思い出した。

アンソニーはなんとか平静な顔を保った。感情をあらわにすれば、このろくでもない男が勝ったことになる。「ここに何をしに来た？」

声をあげて、ヴィクターが笑った。「美しいミス・モンタギューと結婚しに来たに決まっているじゃないか。彼女の美貌は同世代では群を抜いている。あの融通のきかない父親に娘を社交界に出してやる才覚と金があれば、彼女はロンドンを席巻していただろう。あの娘と結婚するなど、たいした面倒でもないと思っていたんだ。世継ぎを産ませたあとは彼女を郊外にでも放り出して、わたしは好きなように生きるつもりだった」

アンソニーは吐き気となってこみあげる強烈な嫌悪感をどうにかのみくだした。

「しかし、異国の戦場や海でもおなじだな。いつもきみはわたしの先を行く。モンタギュー男爵から聞いたが、けさ、結婚の契約を結んだそうだな」

「きみには関係のない話だ」

　まさにいつもおなじだ。ヴィクターのにやついた顔を見ていると、肌が焼けるようにひりひりしてくる。アンソニーはつくり笑いを顔に張りつけ、リッチモンドでひとり寂しく暮らしているアンのことを思った。妹は一生、あの地で暮らしていかなくてはならないのだ。

「わたしは明日、ここを発つ。きみは残ってあの娘と結婚し、花嫁の腕の中で快楽にひたるわけだ」ばかにしきった口調でヴィクターが吐き捨てた。

　アンソニーは素早い身のこなしで短剣を抜き、ヴィクターの喉に押しあてた。もしヴィクターが武器を持っていたとしても、防御のために抜くことすらできなかっただろう。アンソニーを駆り立てたのは激怒だが、その怒りは冷酷無比だった。短剣を握る手はいささかも震えていない。まるで天気や道の混雑について話すように平然と、アンソニーは最後の警告を発した。「二度とキャロラインの話はするな」

　ヴィクターもひるまなかった。いまにも喉を切り裂こうとしている短剣に目をやりもせず、にっこりと微笑んだ。死をも含め、何も恐れるものはないと言わんばかりに。

「きみの言うとおりにしよう、レイヴンブルック。まったく、わたしはいつもきみの言いなりだな」

　おどけたヴィクターの口調を聞き、アンソニーは理性を取り戻した。短剣をおろすと、それまで感じていた怒りが、割れたボトルからワインが流れ出すように急速に冷めていった。ヴィクターがアンソニーに背を向け、テラスから屋敷の中へと歩きだした。背後に短剣を持った人間がいるのというのに、まるで気にしていない。

正面に広がるやわらかい光の中へと続くドアのところで、ヴィクターが立ちどまった。

「ではまた会おう。幸せな結婚生活を祈っているよ。きみの妹がわたしにしてくれたのとおなじくらい、奥方がきみにやさしくしてくれるといいな」

アンソニーは短剣を投げた。立てたはずの誓いや軽挙が招く不名誉が頭に浮かぶより先に、すでに手が動いていた。しかし、彼の短剣は接近戦用につくられたもので、投げるには不向きだ。敵に届くはるか手前で勢いを失って大理石のテラスに落ち、誰も傷つけることなく乾いた音だけをむなしく庭に響かせた。アンソニーは階段をのぼってテラスにあがり、革を巻いた太めの柄を持って短剣を拾いあげた。屋敷のどこかからヴィクターの笑い声が聞こえてきた。

その晩、アンソニーは自室で眠らず、キャロラインの部屋の向かい側にある使われていない部屋に身を潜めた。婚約者の部屋のドアを見張り、寝ずの番をしたのだ。かつてヴィクターに父の屋敷から妹を連れ去られてしまったことが忘れられなかった。やがて屋敷の壁の向こうに朝日がのぼりはじめると、アンソニーは仇敵のことではなく、じきに妻となる女性のことを考えている自分に気がついた。挑戦的な態度はともかくとして、キャロラインが勇気のある女性だというのは認めてやらなくてはならないだろう。彼女はたったひとりで彼に立ち向かったのだ。ふつうの女性であれば驚きで気を失うか、気がふれたように叫びだしてもおかしくないところなのに。

頭に残っているキャロラインの姿がアンソニーを誘惑した。目の前に立ったとき、彼女は息をつくたびになめらかなシルクのドレスに包まれた胸を上下させていた。金色の髪は髪どめでとめられていたが、それをはずして美しい髪を肩や背中に、そして裸の胸の先端に垂らしたらどんなふうだろうか。

新婚初夜にキャロラインを組み伏せる光景をアンソニーは思い描いた。彼女は彼を侮辱し、挑発するだろうが、まずは彼女の体を手なずけ、やがて心を飼いならすのだ。唇と手を使って生意気なキャロラインを黙らせ、彼女の口から言葉ではなく激しい息とあえぎ声しか出ない状態にまで追いこんだら、さぞ楽しいに違いない。キャロラインはベッドを焦がさんばかりに燃えあがるだろう。だがそんな情熱に身を焦がしながらも、彼女が敢然とこちらに立ち向かってきたら？

アンソニーはにやりと笑った。挑戦はいつでも大歓迎だ。

4

翌朝、キャロラインは遅くに目を覚まし、ベッドに降り注ぐまぶしい太陽の光に目をしばたたいた。ベッドの天蓋からさがっている幕が開けられ、紅茶のトレーを持ったタビィがこちらを見つめていた。元気のいいメイドは主が口を開くのも待たずに話しはじめた。

「お嬢さま、すごい大騒ぎですよ！　みなさん朝食の間に集まっていらして、お屋敷まで食べてしまいそうな勢いなんです。母が夜明けからずっと料理をしっぱなしなのに、人数が多いうえに食欲が底なしみたいで、いくらつくっても足りませんよ」

キャロラインは思わず微笑んだ。「あら、あなたのお母さんならシーザー（古代ローマの皇帝）の軍隊だって食べさせられるわ。お父さまの招待客くらい余裕でこなせるのではなくて？」

タビィが怯えた表情になった。「シーザーの軍隊ですって？　その人は旦那さまの敵ですか？　ここまで攻めこんでくるのでしょうか？」

キャロラインは笑って、あたたかい紅茶を飲んだ。けさも砂糖とクリームの量は完璧だった。そそっかしいタビィは主のドレスを何日か行方不明にしてしまうことがよくあるけれど、彼女の淹れる紅茶はいつだって最高なのだ。

「シーザーはここにはやってこないわ、タビィ」

若いメイドは海を越えて侵攻してくる敵の軍隊を想像したのか胸で十字を切り、それから背後の居間を振り返った。「仕立て屋が結婚式用のドレスを持ってきています」声を落としてささやく。

キャロラインは逃げ出したい衝動に駆られたものの、なんとかこらえた。結婚の契約はもう結ばれてしまった。将来はすでに決まったのだ。夫となる男性がドレスを選んだのだから、体に合わせて仕立て直すというのであれば協力しなければなるまい。一時間もすれば解放されて、剣術の稽古に行けるはずだ。彼女は呼吸したいのとおなじくらい切実に、外へ出たいと願っていた。

やはりこんなに早く結婚するのは正気の沙汰ではない。朝の光を浴びていると、その思いがいっそう強くなる。実際に婚約者と顔を合わせてみて、簡単には承諾できないという気持ちがキャロラインの中に芽生えていた。こうまで結婚を急ぐのはどんなによく言っても愚かなことだし、悪く言えば災難に飛びこむようなものだ。なんとか昼までに父と話さねばならない。父ならわかってくれるだろうし、結婚の予定を先に延ばしてくれるはずだ。

そのとき、郊外の村から来たという仕立て屋のミセス・ムラーが、シルクとレースでできた丈の長いドレスを持ってキャロラインの部屋に入ってきた。

「ミス・モンタギュー、本日はおめでとうございます。伯爵は幸運な殿方ですね」

キャロラインは笑みを顔に張りつけ、立ちあがって彼女を迎えた。「ありがとう。ご本人もそう思っていてくださるといいのですけれど」

丸顔の仕立て屋が笑い、明るいブルーの瞳を楽しそうにきらめかせた。「もちろんお思いですとも。あなたのような美しい花嫁を迎えるのに喜ばない男性なんているはずがありませんわ。きょうは伯爵のご命令で、このドレスを試着していただきにまいりました。これをあなたにぴったりに、それこそあなただけのためにつくられたように仕立て直すのがわたしの仕事です」

キャロラインはミセス・ムラーの手を借りて、スカートとボディスを身につけた。どちらも彼女のブロンドによく似合う濃いブルーだ。ドレスの型はずいぶん古くてスカートが床につくほど長く、引きずらないためにはパニエで広げなくてはならなかった。布地はとてもやわらかく、デザインはシンプルで、ボディスのレースから長い袖が伸びている。時代遅れには違いないのだが、キャロラインはそのドレスを着た瞬間、自分を美しいと感じた。

ミセス・ムラーは必要な箇所をピンでとめ、その場でできるところを素早く縫いつけていった。本格的な作業は午後に彼女の仕事場で行うらしい。キャロラインはできるだけ動かないように立ったまま、時間がたつにつれて大きくなるいらだちと闘っていた。いまや太陽は完全にのぼりきり、あたたかい日差しが窓辺の床に降り注いでいる。ズボンをはいて外に飛び出し、愛馬のヘラクレスを駆って父の領地をめぐりたい。未開の平野を進み、荒野を走るのだ。息をするたび、彼女の自由への渇望は募っていった。

仕立て屋が無言で作業をする中、キャロラインはため息をついた。叫び声をあげ、苦痛になりつつある沈黙を打ち破りたかった。体の中で緊張が高まり、喉がふさがれる気がして、危うく身震いしそうになった。だが、ミセス・ムラーが針を使っているうちは、黙ってじっとしているよりほかはない。ドレスに刺した針がきらめき、新しいひだができるにつれ、キャロラインは自分の人生がこのドレスとおなじだという思いを抱いた。本人とは無関係に他人によってかたちづくられ、仕上げられてしまうのだ。

ようやく作業が終わると、キャロラインはミセス・ムラーの手を借りてドレスを脱いだ。タビィが手伝い、脱いだドレスを郊外へ運ぶために薄紙を巻きはじめた。メイドが作業に気を取られている隙に、キャロラインは素早く仕立て屋に礼を言ってその場を離れた。時間を無駄にはできない。衣装室に飛びこんで、いつも剣術や乗馬をするときに着るズボンとリネンのシャツを引っ張り出して身につける。コルセットをつけていないのをごまかすために、シャツの上にベストを着てボタンをとめた。

衣装室から召使専用のドアを通ってこっそり廊下に出ようとしたとき、ミセス・ムラーがタビィにこぼす声が聞こえてきた。ドレスについているヴェールがキャロラインには長すぎるのだという。古いレースは長いドレスの一部になっており、切ってしまうわけにもいかないらしい。どうやらキャロラインは、先代のレイヴンブルック伯爵夫人ほど背が高くないようだ。

要するに背が低すぎると言われたわけだ。キャロラインは舌をかんで痛烈な反論の言葉をのみこみ、音をたてないようにそっとドアを閉めた。

召使専用の廊下を静かに歩き、階段をおりて屋敷の裏手に出る。キャロラインは慎重に小道をたどりながら菜園を通り抜けていった。いつもと違い、きょうはすれ違う人々に立ちどまって言葉をかける余裕もない。それでも手だけは振って挨拶しながら黙って歩いた。使用人たちのほうでも女は手を振り、男は帽子を取って彼女に挨拶を返した。

母にも、婚約者にも、父の招待客たちにも見られることなく厩舎の馬場までたどり着き、はじめてキャロラインは大きく息を吐き出した。剣術の指南役を務めるポールが、柵で囲った円形の馬場のひとつで待っているはずだ。そこなら厩舎と木々の陰になって、屋敷からは見えない。

「おやおや、お嬢さま、ブーツをお忘れですか」マーティンが声をかけてきた。

キャロラインは父の馬の世話をしている年老いた男と目を合わせた。太陽と風に焼けた赤ら顔のマーティンがにこにこと微笑んでいる。彼の茶色の瞳は来《きた》るべき結婚に怯えているキャロラインの本心を見抜いているようだった。マーティンは彼女が生まれる以前から父に仕えており、彼女が三歳のときにはじめて子馬に乗せてくれたのも彼だった。気遣うような老いた馬番の顔を見つめ、いつもと変わらぬやさしい声を聞いて、キャロラインの目に涙がこみあげた。顔を伏せて涙を隠すと、一頭の馬がすぐそばを通り過ぎていった。父の招待客の誰かのために厩舎から連れ出されたのだろう。

「少しお乗りになったほうがよさそうですね」マーティンが言った。

キャロラインは切望を隠しきれなかった。「ええ」

「いいですか、お嬢さま。今回のお話はそんなに悪くないと思いますよ。どのみち女性は結婚するんですし、お父上は立派な方をお選びになりました。それに、お嬢さまにはこのヘラクレスだっているじゃありませんか」いつの間にかそばに来ていた立派な牡馬の首を、マーティンが親しみをこめて叩く。ヘラクレスはぶるぶると首を振って鼻を鳴らした。キャロライン以外の人間にかわいがられるのを拒絶しているのだ。

気遣いあふれるマーティンの忠告を、キャロラインは聞かなかったふりをした。人生の大きな転換点であるこのときに、ほかのみんなのように冷静でいられたらどんなに楽だろう。

「あと三十分したら乗りに来るわ。先に剣の稽古をしてくる」

「ポールが裏で待っています。でもお嬢さま、くれぐれも人目には気をつけてくださいよ。旦那さまが招待なさったお客さまたちにズボン姿を見られたら大変だ」

キャロラインは顔をしかめた。「みんな見るべきなのよ。女にだって手足が二本ずつあって、ちゃんと動かし方を知っているってことを」

笑い声をあげて手を振るマーティンと別れ、彼女は厩舎の裏手に向かっていった。

キャロラインが柵の戸を閉めると、乗り場で待っていたポールが一礼した。彼女は笑みを浮かべて声をかけた。「わたしの結婚が決まったからって、そんなにかしこまる必要はないのに」

「あなたは伯爵夫人になられるんですよ、お嬢さま」

「だからって手加減はしないわよ。レディみたいにおしとやかになるなんて思わないでちょうだい」

「しかし、あなたはレディです」ポールが言った。

「そうね、剣が大好きなレディよ」

稽古場にしている馬場に足を踏み入れ、キャロラインは剣を掲げた。すでに準備を整えていたポールが最初の突きを繰り出す。キャロラインはそのまま、ポールが先手を取って攻めこんでくるのをかわしつづけた。太陽の光を浴びて体があたたまってくると、心が徐々に開放され、将来への恐怖が薄らいでいく。結婚は先延ばしになるに決まっている。まともな男性なら、知り合ってわずか二日後に女性と結婚したりしないものなのだから。

ポールが見せた一瞬の隙をついてキャロラインは攻撃に転じ、稽古用に先を丸めた剣を彼の喉にぴたりと押しあてた。競技であれば規則で禁じられている行為だが、気に入っている動きのひとつだ。

ポールが感心した笑みを浮かべる。「まいりました。お見事です、お嬢さま」

「わたしと戦うなんて、あなたは勇敢ね」

「フランス軍と戦うよりはお嬢さまのほうがましですから」ポールが答え、キャロラインは笑い声をあげた。

「剣の握り方を変えたほうがいいな」いきなりアンソニーの声がした。

キャロラインが振り向くと、馬場の柵のすぐ外にアンソニーが立っていた。片方の足を柵の低い横木にのせている。黒曜石を思わせる豊かな黒髪が襟にかかり、栗色の瞳は、すでに自分のものだと言わんばかりに彼女をまっすぐ見つめていた。

「剣の扱いなら心得ているし、人にもそう言われてきたわ。長剣も短剣も両方よ」

「ならば、そいつらは嘘つきだ。きみの腕がいまひとつなのは、ゆうべ証明されたと思うがね」

侮辱の言葉に、一瞬キャロラインの頭に血がのぼりかける。だが、なんとかいらだちを抑えこんだ。

「あなたは剣が使えるのかしら、閣下？」

「剣の握り方も知らない若輩者や女性が相手でなければね」

「わたしはどっちだと言いたいの？　若輩者？　それとも女性？」

「そんな格好をしていると、どちらだか判断しかねるな」

キャロラインは声をあげて笑い、目をいたずらっぽく輝かせた。このやりとりは彼女の勝ちだ。何を言おうとも、彼女の腰や腿、それにベストの下の胸のふくらみにアンソニーの視線が釘付けになっているのは隠しようもない。口では女らしくないと言いたいのだろうが、それが嘘なのは目つきから明らかだった。

「いまここで勝負してみるというのはどうかしら」

「素人に稽古をつける趣味はないよ」

「あら、そうなの？」

「剣の稽古は、ということだがね」

それ以外に何を教えるのかと思ったキャロラインだが、欲望をたたえたアンソニーの瞳を見て、思い至った。

彼女はアンソニーから視線をそらせなかった。彼もこちらをじっと見つめている。キャロラインは安全なところへ逃げるかわりに、わずかしか離れていない場所に立ち尽くしたまま、熱のこもった彼の瞳に引きつけられていた。それ以上近寄ってはいけないのはわかっている。冬の焚き火とおなじで、遠くからでも彼女をあたためてくれるが、近づきすぎればやけどをするのが道理というものだ。

アンソニーが馬場に入ってきて、ふたりのベストが触れ合うほど近くで足をとめた。本能は警告を発していたけれど、キャロラインは引きさがらなかった。その場に踏みとどまり、昨夜とおなじ野性のにおいを吸いこむ。このにおいでゆうべも骨抜きになりかけたのだ。

キャロラインはまだ手に剣を握っていた。アンソニーがそれを取りあげ、ふたりの手が触れ合った。彼が剣をどうするのかが気になり、キャロラインはあえて抵抗もしなかった。

アンソニーはまず剣を揺すって重さを確かめてから、控えているポールに投げて渡し、うなずいて彼をさがらせた。キャロラインはポールに目をやることも声をかけることもなく、じきに結婚する相手を見つめつづけていた。

「きみの武器を取りあげたよ」アンソニーが言う。

キャロラインは微笑んだ。「剣を一本だけね。ほかにもあるわ」

「どこに隠し持っているのか、確かめてみたほうがよさそうだ」

アンソニーの手が体に触れるのを想像するだけで、喜びに体が震える。ふたりとも服を着ているというのに、キャロラインは彼の体温が感じられる気がした。頭がどうにかなってしまったのだろうか。

「いまのところ、隠し持っている武器はそのままにしておきたいの」

アンソニーが欲望をたぎらせた目でキャロラインを見おろした。ゆうべあれほど彼女を怒らせた余裕たっぷりの男性はどこへ行ってしまったのだろう。キャロラインがそう思った瞬間、栗色の瞳が冷静さを取り戻し、声もふたたび命令する調子を帯びた。ふたりのあいだの熱気が嘘のように消えていく。しかし、彼女はその熱気を確かに記憶に焼きつけた。

「屋敷に戻ってドレスに着替えるんだ。ナイフも置いてくること。いいね」

キャロラインの胸に失望がこみあげた。欲望に満ちた情熱的な男性と、他人の人生を支配できると思いこんでいる傲慢なろくでなしと、どちらが本物のアンソニーなのだろう。彼女は無関心を装って肩をすくめ、偉そうな口調にも動じていないふりをした。

それから、呼吸をするためにあとずさって距離を取った。アンソニーが目をすっと細めたが、彼女を追って距離を詰めたりはしなかった。キャロラインは顎をあげ、相手の目をまっすぐに見据えた。

「閣下、こんなことを言うのは残念ですけれど、あなたには必要もないときに命令をくだす悪いくせがおありのようね。わたしは父が所有する屋敷の厩舎の裏にいるのよ。この敷地の中ではどこだろうと自由に、行きたいところに顔を出すわ。あなたに邪魔されるいわれはありません」

「わたしは妻がズボン姿でうろつくのを許したりしない。レイヴンブルック伯爵夫人は召使と一対一で格闘したりはしないものだ。さあ、戻ってふさわしい服装に着替えるんだ」

キャロラインはアンソニーを見つめた。ここで妥協すれば、このまま一生この男性に支配されるだけだ。彼は栗色の瞳を怒りにぎらつかせ、美しい顔を曇らせている。相手の反応を受けて、彼女の怒りもいっそう激しさを増した。こんどは無理に抑えこむつもりはない。

「わたしはまだあなたの妻でもなんでもないわ」

柵の戸を開けようともせず、キャロラインは柵をのぼり、ひらりと反対側へおり立った。アンソニーが追いつかないうちに、厩舎のヘラクレスの馬房へと向かう。ただ逃げ出したい一心で踏み台には目もくれず、あぶみにブーツを突っこんでひと息に体を引きあげた。大きな牡馬を駆り、厩舎の日陰から陽光の中へと飛び出す。そのまま、窮屈な屋敷を離れて自由へとつながる道にヘラクレスを導いた。愛馬と一体となって、母が丹精をこめた花が咲き乱れる庭園を抜け、飾り門を一気にくぐり抜ける。

アンソニーの叫ぶ声が背後で聞こえたが、キャロラインはとまろうとしなかった。手綱を握る力をゆるめると、ヘラクレスがますます走る速度をあげていく。彼女は道からはずれ、父が所有する休閑地へ、そしてその奥に広がる荒野へと入りこんでいった。婚約者と、彼の厳格な束縛から逃れた喜びが心を満たし、笑いとなってキャロラインの口からあふれ出る。編んだ金色の髪が風に揺れるにつれ、気分が高揚した。もしかしたら、このまま本当に自由の身になれるかもしれない。さっきのようなところを見たからには、アンソニーも結婚を取りやめてロンドンに戻るだろう。そうなれば、いずれ別の男性と結婚すればいいだけの話だ。

キャロラインはヘラクレスを荒野でいちばん気に入っている場所へ向かわせた。川べりにヤナギの木が立つ一帯だ。そのヤナギは祖母が三年前に植えたばかりで、ほかのヨークシャーの野生の木々と比べるとまだいかにも頼りなかった。平和な安息の地で馬をとめると、彼女の心の中に冷酷な事実がよみがえってきた。アンソニーは結婚契約書にサインしたのだ。そしてキャロラインの父はアンソニーの金を必要としている。やはり彼と結婚しないわけにはいかないだろう。母とも約束してしまった以上、ますますこの結婚は避けられない。

馬からおりて栗色の背をなでたとき、はじめてキャロラインは気づいた。ヘラクレスの体はアンソニーの瞳とおなじ色だ。彼女は未来が迫ってくるのを感じた。もうすぐ自分はその大きなこぶしの中に握られてしまうのだろう。まさにとらわれの身であり、それ以外の何物でもない。

彼女はヘラクレスのなめらかな首にぴったりと頬をつけた。「ご褒美を持ってくるのを忘れてしまったわ」かすれた声で言う。「ごめんなさい」

誇り高い牡馬は褒美などいらないと言いたげに頭をもたげた。それでもキャロラインが離れないでいると、また頭を伏せて彼女の髪に鼻先を寄せ、ふんふんとにおいをかいだ。キャロラインは洟をすすり、愛馬の鼻先の毛をなでてやった。

「そうね、あなたの言うとおりね」ヘラクレスにささやきかける。「こんなにいい天気なのに、自分を哀れんでいる場合じゃないわね」

キャロラインは手綱を取って川べりの背の高い草が生えたあたりまでヘラクレスを連れて

いき、そこで放してやった。愛馬が彼女を置いていってしまうことなどあり得ないとわかっているので、つないでおく必要はない。そしてキャラインは川岸に腰をおろし、逆らいようもなくゆっくりと海へ向かって流れていく川を見つめていた。

5

アンソニーは、キャロラインが復讐に燃えた鬼のように馬を走らせていく姿を見送った。驚くほどの剣の腕前を披露しただけではなく、馬上で生を受けたかのごとく見事に牡馬を駆っている。この二十四時間のうちで何回目になるのかもわからないが、彼はモンタギュー男爵がなぜキャロラインをこれほどまでに奔放に育てたのだろうかと考えた。いいかげんに、誰かが手綱を取ってあの暴れ馬のような娘をおとなしくさせなければなるまい。

みずからの愛馬であるアキレウスの準備が整うと、すぐにアンソニーはキャロラインのあとを追い、ヤナギの下に座っている彼女を発見した。彼のほうはずっと離れたところから気づいていたというのに、キャロラインは馬上の婚約者が川岸に座る自分のすぐ隣にやってきてから、ようやく顔をあげた。立ちあがって挨拶しようともせず、苔むした岩に腰をおろしたまままじっと彼を見あげている。アンソニーは馬からおりてキャロラインの姿を見つめた。編んだ金色の髪がところどころほつれ、顔のまわりに落ちかかっている。

この場でキャロラインを叱責する材料はいくらでもあった。誰にも何も言わずに屋敷を抜け出したこと。誰に見られるかもわからないのにズボンをはいて召使と剣の勝負をしたこと。さらに将来の夫に公然と逆らったあげく、柵を跳び越え、供も連れずに父親の厩舎から馬に乗って逃げ出したのだ。荒野に女性がひとりでいれば、何が起こるかわからない。しかも、いまやキャロラインはアンソニーと婚約した身であり、ヴィクターや彼の取り巻きが彼女の動向に目を光らせているのに。

アンソニーはキャロラインを叱りつけようとした。それが自分だけでなく彼女のためでもある。しかし言葉が詰まり、喉から出てこなかった。彼はごくりとつばをのみ、やっとのことで声を発した。「見事な乗馬の腕前だ」

キャロラインが微笑んだ。それを見て、アンソニーは褒美をもらった子どものような気分になった。しばし心がなごんだが、それが長く続くはずがないのはわかっていた。

「剣術はもっと上手よ」

たとえ稽古であっても妻が剣を持って戦うのを許すつもりはないとアンソニーは言いかけたが、そのとき、キャロラインの馬が自由になっていることに気がついた。大きな牡馬は彼には見向きもせず、アキレウスのほうをじっと見ている。アンソニーとともに戦場を駆けてきた愛馬も、ぴくりとも動かずにもう一頭の馬を眺めていた。どちらの馬も、力を誇示して自分の優位を確かめることも、血気にはやって蹄を鳴らすこともしない。たがいに息をかけ合い、静かに相手を見きわめようとしていた。アンソニーがアキレウスのすぐ横に立って慎重にくつわを握りしめていると、やがて危険な時間は過ぎ去った。二頭はたがいを敵とはみなさなかったようだ。

アンソニーは馬から離れ、キャロラインの隣の川岸に腰をおろした。

「あの二頭がおとなしくしていてくれるのを祈るとしよう」アンソニーは言った。

「あなたの馬が礼儀をわきまえて、ヘラクレスの行く手に立ちふさがったりしなければ、あの二頭はうまくやっていけるわよ」

「そうなのか？」アンソニーは尋ねた。

「間違いないわ。そもそも、ヘラクレスはほとんど出しゃばらないもの」

「アキレウスもふさわしい敬意を払う相手にはとても友好的だ」

「敬意は勝ち取るものよ、閣下」

ふたりはしばらく黙ったまま隣り合って座り、流れる川を眺めていた。心地よい沈黙のときが過ぎていく。やがてアンソニーは意を決して口を開いた。

「きみは自分の義務を理解していて、喜んで務めを果たすだろうとご両親が言っていたよ」

キャロラインが鋭い視線をアンソニーに向ける。「ええ、義務は果たすわ。だけど、わたしは自分以外の何者かになるつもりはないの」

「わたしの妻にはなるというんだね？」

「お父さまが決めた相手を夫として受け入れるだけよ」

「きみはわたしが夫でよかったと思うようになるよ、キャロライン。責任を持つ」

ため息をついて、キャロラインが立ちあがる。アンソニーはふたりのあいだの休戦が、はじまったときとおなじく唐突に終わってしまったのを悟った。

「でも、知り合ってたった二日後に結婚なんてできないわ。あなたにもそれはわかるはずよ」

「確かに今回の結婚はふつうとは違う。わたしもきみと通常の集まりで出会いたかったと思うよ。花を持ってきちんと求婚したり、いっしょに馬車で公園を走ったりもしてみたかった。だが、残念ながらわたしにはそんな贅沢な時間は許されていないし、きみの父上にとってもおなじことだ」

キャロラインが足もとを流れる川の水に視線を落とした。「わたしは舞踏会も社交の集まりも嫌いなの。いずれしおれて、枯れてしまう花も大嫌いよ」

アンソニーは微笑んだ。「では、ふつうの求婚ができなかったのは、思っていたほど残念なことでもなかったわけだ」

「花の問題じゃないわ。妻になる前に、あなたがどんな方なのかを知っておきたいだけよ」

彼はため息をついた。「キャロライン、わたしの両親は結婚して二十年連れ添ったが、おたがいがどんな人間かなんて知らなかったよ。時間をかけて親しくなったからといって、立派な夫婦になれるとは限らない」

「どうすればなれるの？」

アンソニーも川の流れに目をやった。「機会を逃さないことだ」彼は正直に、思ったままを答えた。「それから、おそらく運しだいだろうね」

「わたしはいつだって幸運に恵まれてきたわ」

「わたしもだ」

キャロラインの隣に腰をおろしてからはじめて、アンソニーは体の力を抜いた。ようやく彼女も彼の言うことを聞く気になってくれたのかもしれない。優秀な馬とおなじで、最初はかみついてくるものの、手綱をしっかり握って操ってやればおとなしくなるということだろうか？

「わたしはロンドンで、皇太子殿下とともに行う大事な仕事を二週間後に控えているんだ。結婚を先に延ばすわけにはいかない」

「その仕事は、将来の伴侶がどんな人間かを知るよりも大切なの？」

「きみはわたしの伴侶になるわけじゃない。妻になるんだ」

「そのふたつはおなじだと思っていたけれど？」

「それはきみの間違いだ」

それ以上は何も言わず、キャロラインが背中を丸くして川面に目をやった。編んだ美しいブロンドが肩のあたりでからまっているのを見て、アンソニーはその髪を手ですいてやりたいと心から思った。そして髪とおなじように、からまってしまった彼女の心をほぐしてやりたい。

「きみはわたしの妻となるんだ。知り合うための時間なら、一生分残されている」

彼女をよく知ることを、やわらかいベッドのシーツの上で体を重ねることを想像して、アンソニーは身を震わせた。頭を振って余計な考えを追い払い、目の前の問題に集中するよう自分に言い聞かせる。いまキャロラインは怒っていて、自分はその彼女をなだめているのだ。いやいやではなく、喜んで新しい生活を受け入れてほしかった。

「お父さまと話すわ」キャロラインが言った。「お父さまならあなたを説得できるかもしれない」

じきに妻となる女性を懐柔しようとする努力は水泡に帰しつつあるようだ。アンソニーの見守る前で、キャロラインが自分の馬にくつわをはめるために歩いていった。途中でアキレウスの前を通るとき、彼女は馬に挨拶を試み、てのひらの手首に近い部分をそっと差し出した。アンソニーとともに死地をくぐり抜け、幾人もの敵を大きな蹄でなぎ倒してきた歴戦の名馬は、いともあっさりとこの女性に陥落した。ゆうべのアンソニーとおなじように、アキレウスは彼女のにおいをかぎ、自分の仲間とみなしたようだ。

キャロラインが大きな馬に微笑みかけ、両目のあいだから鼻にかけての黒っぽい毛をなでると、アキレウスは頭を振りあげた。だが、怒っているのではない。その証拠に馬はすぐに頭をおろしてキャロラインにすり寄り、彼女がもっとなでられるようにした。

まるで子犬をあしらうように軽くアキレウスを叩いてから、キャロラインはアンソニーに背を向けて自分の馬に近づいていった。

ここで行かせてしまっては、キャロラインがこの先も好きなように振る舞えるのだと勘違いしかねない。夫に対してはそれなりの敬意を払う必要があることを、教えこまねばならないのだ。年若な妻にいいようにあしらわれて黙っていられるほど、アンソニーは甘い男ではなかった。

アンソニーは立ちあがってキャロラインに近づき、腕をつかんで引き寄せた。彼女の手からくつわが落ち、体が彼の体にぴったりと押しつけられた。ズボンとベストに隠された女らしくやわらかい体を感じ、アンソニーは危うくわれを忘れそうになった。強く抱きしめると、彼女がコルセットをつけていないのもわかった。新しい仲間を主人に取られたのが不服なのか、アキレウスが鼻を鳴らす。一方のヘラクレスは草をはみながら、目の前の光景をじっと眺めていた。

「あれこれ言うのは結婚してからにしてほしいというなら、それでもいい」アンソニーは言った。「だが、きみがわたしのものだという事実は理解しておくべきだ。わたしがきみを選び、きみはわたしの妻となる。つまり、きみはわたしに従わなければばならない」

キャロラインが彼の腕の中で瞳に怒りを宿らせた。「従わなければならないですって？まるで馬か犬みたいに？」

一方、アンソニーの怒りはキャロラインに触れているうちに静まっていった。かわりに息苦しいほどの欲望がこみあげる。これまで彼は女性に拒絶されたことがなかった。こんなふうに腕に抱いていながら、怒りもあらわにまくし立てられた経験などいちどもない。しかし困ったことに、アンソニーはこの状況を気に入りはじめていた。

「妻になる女性ならみんなそうしている。きみも結婚するとなれば、夫に忠誠を誓わなければならない。常識だよ。きみが思っているほどひどいことではないんだ」

額に軽く唇をつけると、キャロラインが身をこわばらせて逃げようとした。アンソニーはそれを許さずに片方の手を彼女の背中に回し、もう一方の手で頭の後ろをなでた。キャロラインは髪をまさぐられながら、あいかわらず彼をにらみつづけている。

「わたしを懐柔するつもりね。でも、妥協するつもりはないわ」

「そうかな」アンソニーがもういちど額にキスをすると、キャロラインがはっと息をのんだ。

「では、いまの反応はなんだ？ ここに触れるとどうなる？」こんどは背骨に沿って指を走らせると、彼女の体が大きく震えた。

「頬にキスをしたら？」

「わたしは絶対に妥協しないわ。あなたの慰み者としてではなく、理性ある人間としてあなたと話すだけよ」

「きみは慰み者なんかじゃないよ、キャロライン。そんなことは、はじめからわかっている。信じてほしい」

アンソニーは片方の手で髪をなでながら、キャロラインの頬に唇をすべらせた。

「きみを相手に遊ぶつもりもまったくない。これ以上ないほどに真剣だよ。わたしはきみを妻にする。いまだろうと二日後だろうと、あるいは二週間後だろうと結果は変わらない。きみはわたしのものになるんだ」

そして彼はキャロラインの唇に唇を重ね、味わい、むさぼった。彼女が華奢なてのひらでたくましい胸を押して逃れようとしても、そんな抵抗は許さなかった。キャロラインは唐突に襲いかかってきた喜びに抵抗しているようだが、アンソニーはそのあいだも彼女の甘美な唇を味わいつづけた。それほどきつくはなく、だがしっかりとキャロラインを腕に抱いたまま、キスを続ける。彼女は口を開けようとはしなかったものの、彼の手がゆっくりと背中をなでおろしていくと、またしても身を震わせた。

やりすぎてはいけない。キャロラインはこれまで純潔を守ってきた無垢な女性なのだ。どうキスを返したらいいのかもわかっていないところを見ても、それは明らかだった。アンソニーは唇を引き離し、大いなる喜びとともに所有者としての満足感がこみあげてくるのを味わった。キャロラインにはあとで、必要なことだけをゆっくりと教えてやればいい。ふたりのあいだにわきあがる情熱がすべてを解決してくれるはずだ。

アンソニーが唇を離しても、キャロラインは息もできない状態だった。彼の腕から逃げようとするでもなく、体を後ろに引いてアンソニーと目を合わせられるだけの距離をつくり、薄茶色の目に困惑をたたえて彼を見つめている。そのあまりに純真な姿に、アンソニーは危うく自分を見失いそうになった。

「わたしはいい夫になるよ、キャロライン」

キャロラインがアンソニーの視線をまっすぐに受けとめた。あと少しで彼はキャロラインの人生のすべてにおいて力を振るうようになる。それなのに、彼女の目にはわずかな恐怖も浮かんでいなかった。「口だけならなんとでも言えるのよ。いずれはっきりするわ」

きっぱりと告げた彼女があとずさり、こんどはアンソニーも望みどおりに腕を離してやった。

アンソニーが見守る前で、キャロラインは巨大な牡馬の口を両手ではさむようにしてくつわをつけた。まるで生まれたばかりで歯も生えていない子馬を相手にするようだ。ヘラクレスはまるで抵抗せず、彼女が仕事を終えるとその手に鼻をすりつけた。

キャロラインは優雅に、そして力強くヘラクレスにまたがった。さながら武器を持たないアマゾン（ギリシャ神話に登場する勇猛な女人族）だ。このまま何も言わずに走り去ってしまうつもりだろうか。アンソニーは声をかけようかと思ったものの、頭の空っぽな若者のように口がうまく動かず、ただ見つめているほかなかった。かけるべき言葉はどこかに行ってしまったらしい。

しかし、キャロラインは無言のまま立ち去りはしなかった。馬を反転させると、肩越しにアンソニーのほうを見てにっこり微笑んだ。

「素敵なキスだったけど、わたしの心は変わらないわよ。まだあなたと結婚するつもりはないの」

「わたしの意見は違うよ、キャロライン」

「あなたはそうでしょうね。でも、こんどはわたしが勝つわ」

「いずれはっきりするさ」

自分の言葉を使われたキャロラインがいらだったのかどうか、アンソニーにはわからなかった。

「そうね。そのとおりだと思うわ」

アンソニーはキャロラインが走り去っていくのを見送った。雷鳴を思わせるヘラクレスの荒々しい蹄の音だけが荒野に響き渡る。小さくなっていく彼女の後ろ姿を見ているあいだも、彼の唇にはまださっきの甘美な味が残っていた。またあとを追っていこうかという考えが頭をかすめる。だが、どうにかこらえてその場にとどまった。キャロラインには考えをまとめて父親と話す時間が必要だし、どのみち今夜は彼女と会うことになるのだ。彼女がなんと言おうと、繰り返し言って聞かせてやればいい。ろうそくの光の中で、ワルツを踊りながらやさしい言葉をかけてやれば、理性と常識を持って話しても通じなかった道理が彼女にも理解できるかもしれない。

どう転んだところで、キャロラインは彼のものになる運命なのだ。

6

キャロラインはヘラクレスを厩舎に戻る道へと向かわせた。途中で狩りの一団を追い越すと、紳士たちが帽子を掲げて挨拶をしてきたので、馬に乗ったまま笑みを浮かべ、頭をさげて礼を返した。しかし、笑みといっても唇を曲げただけのつくり笑いだ。目までは笑っていない。

紳士たちがキャロラインのズボンと靴下を見つめている。ふくらはぎの曲線や、ベストの下の胸もだ。彼らは何も言わないけれど、内心では驚き、非難しているのが充分に伝わってきた。ずっと父親の領地で暮らしてきたキャロラインは、いかに乗馬のためとはいえ、女性が男性の服を身につけるのがどれだけ伝統に反した非常識な行為であるかを忘れてしまっていたのだ。ズボンの上に女性用の乗馬服を着てくるべきだったと思い至ったところでもう遅い。彼女は肩をいからせて厩舎の馬場にヘラクレスを乗り入れ、出迎えたマーティンの手を借りてヘラクレスの背からおりた。

「お父上がお呼びですよ、お嬢さま」若い馬番がおっかなびっくりでヘラクレスを連れていくのを横目に、マーティンが言った。鞍をはずして毛並みを整えるところまで愛馬の面倒を見てやるつもりだったが、マーティンの不安そうな目を見てしまっては仕方がない。キャロラインはうなずき、ここは運命を受け入れようと観念した。もはやこれまでのように好き勝手に、思いどおりに荒野で馬を走らせるというわけにはいかないのだ。じきに結婚し、人の妻となるのだから。まったく、なんということだろう。

朝方に抜け出したときのように菜園を通るのではなく、母のバラが両側に咲き誇る小道を屋敷の正面へと歩いていく。正面の階段をのぼりかけると、父の執事を務めるジェンキンズが扉を大きく開いた。キャロラインは一段飛ばしで大理石の階段を駆けあがりながら、父のことを考えた。どうすれば痛む心を抱えたまま笑顔で父と対峙できるだろうか。考えにふけるあまり階段をおりてくる男性に気がつかず、そのまま彼にぶつかってしまった。

「失礼、ミス・モンタギュー」

キャロラインはまばたきをした。目がちかちかする。礼儀正しく謝罪の言葉を口にして離れようとしたものの、男性は彼女が階段から落ちないように気を使っているつもりか、キャロラインの腕をつかんで離さなかった。「まあ。申し訳ありませんでした」

「謝る必要はありません。男であれば誰だってあなたのような美しい方を腕に抱きたいと思いますよ。たとえ一瞬であってもね」

「カーライル卿、お言葉が過ぎますわ」

やんわりと咎めるつもりでキャロラインが発した言葉も、男性にはあまり効果がないようだった。カーライル卿ヴィクター・ウィンスロップは頭をさげて謝罪する仕草を見せたものの、まったく悔いている様子はない。そしてキャロラインの服装に動揺しているふうでもなかった。一瞬だけ彼女のふくらはぎのあたりに目をやり、すぐに顔に視線を戻す。金色の髪が彼の額と片方の目に落ちかかり、いかにも粋な雰囲気をかもし出していた。

「ヴィクターと呼んでください、ミス・モンタギュー。いや、レディ・レイヴンブルックかな？」

「わたしはまだ結婚したわけではありません」

「だが、すぐに結婚することになっておられる」

「ええ。そのようですわね」キャロラインはいらだちが声に表れるのをどうすることもできなかった。

ヴィクターが笑みを大きくし、白い小石を敷きつめた道に待つ馬車と従者たちを指さした。

「行かなくては。結婚の幸運を祈りますよ。わたしはこれからロンドンのわが家に戻ります。あなたが夫に連れられてロンドンにいらっしゃったら、またお目にかかりたいものですね」

「ロンドンにはぜひ行きたいと思っていますわ」

「その願いはじきにかなうでしょう。では、そのときまで」

優雅に一礼をし、ヴィクターはふたたび階段をおりていった。ああいうおだやかで打ち解けやすい男性ならばさぞいい夫になるだろうに、なぜ父は彼でなくアンソニーを選んだのだろうかと、キャロラインはいぶかった。

ヴィクターが行ってしまうと、ジェンキンズが叩きつけるように扉を閉め、キャロラインをにらみつけた。彼女が知らない男性と気安く言葉を交わしたことや、男物の服を身につけていることに憤っているのだろう。

モンタギュー男爵は一階のいちばん奥にある、裏庭に面した書斎にいた。彼は窓辺で背すじを伸ばしてまっすぐに立ち、両手を後ろで組んで屋敷の裏手に広がる光景を見つめている。芝の生えているあたりは、前日、弓の競技をしたときのままになっていた。

キャロラインが室内に入って静かにドアを閉めると、父が彼女に顔を向けた。

ズボン姿でもあるし、男性のように頭をさげて礼をすべきだろうか。だが、それではあまりにもやりすぎのような気がする。キャロラインはずっと、父が望み、求めてきた息子に生まれてきたかったと思っていた。もっとも、実際にはただひとりの女の子として無条件に父の愛情を受けて育ち、彼女もまた父を愛していた。娘の破天荒な振る舞いを叱責するのはいつも母ばかりで、父は何も言わないが、内心快く思っていないのはわかっている。結局、キャロラインはズボン姿のまま膝を折って、女性がするお辞儀をした。

「ドレスをなくしてしまったようだな」父がぽつりと言った。

「いいえ、お父さま。ドレスなら部屋にあります。外で乗馬をしてきたの。それから、ポールと剣の稽古もしてきたわ」

「レイヴンブルック卿にその姿を見られなかったかと尋ねても、すでに手遅れなのだろうね？」

「ええ」キャロラインは答えた。「もう見られてしまったもの」

信頼している飼い犬に脚をかまれたような、傷ついた表情が父の顔に浮かぶ。それを見たキャロラインは生まれてはじめて、自分を恥じる気持ちにさいなまれた。もっと慎重に行動するべきだったのだ。

当然の罵倒の言葉に備えてキャロラインは身構えた。しかし父は怒鳴ったりせず、ただ彼女を抱きしめた。

いつものモンタギュー男爵はやさしいところを見せる人ではない。それなのに、その日に限って彼は娘をきつく抱きしめ、額にキスをした。そして顔を引き、キャロラインの目をじっと見つめた。

「キャロライン。おまえはこの結婚でわたしたち一族を救うことになる。それをわかってくれていればいいのだが」

「お父さまが必要とされている縁組なら、喜んでお受けするわ」キャロラインは瞳におだやかな光をたたえたまま、しっかりとした声で答えた。「ただ、少しだけ先に延ばせないかと思っているの。相手の方を知る時間がほしいのよ。二週間、いいえ、一週間もあれば充分だわ」

父がため息をついた瞬間、キャロラインは自分の希望が受け入れられないことを悟った。モンタギュー男爵にはどうすることもできないのだ。もし父がみずからの意思を発揮できるのであれば、娘の希望を考えてみるくらいはするはずだ。キャロラインの心に、婚約者に対する怒りがこみあげた。契約書で定められた結婚の日取りはアンソニーが決めたものに違いない。

「おまえの結婚相手は立派な人間だ」父が言った。「わたしが知る限り、財力の点でも人格

の点でも、いちばんすぐれた男だよ。結婚が明日だろうと二週間後だろうと、いずれおまえ
は彼を愛するようになるはずだ」

キャロラインはなおも身じろぎせず、目をそらすこともしなかった。アンソニーの美点を認めたわけでも、父が彼に対して抱く信頼を理解したわけでもない。自分の務めを心得ているというだけの話だ。「それは神のみぞ知るところよ、お父さま。でも、彼を愛しても愛さなくても、わたしはいい妻になるわ」

「わたしの子どもたちはおまえひとりを残してみんな先立ってしまった。もしもわたしが、ひとりを除いてわが子をすべて失うという呪いを受けていたのだとしたら、おまえが残ってくれたことを神に感謝するよ」

キャロラインの目に熱いものがこみあげ、拭う間もなく涙がこぼれ落ちた。彼女は父の腕に抱かれたまま、上着に包まれた大きな肩に顔をうずめた。しばらくそうして泣いたあと、落ちつきを取り戻したキャロラインが顔をあげると、モンタギュー男爵の頬にもまた涙が流れていた。だが、あえてそれを指摘しようとは思わない。黙ったまま濡れた頬にキスをして、キャロラインは父から身を離した。

7

キャロラインは指先で涙を払いながら階段をのぼり、自分の部屋に向かった。

自室の居間へ通じるドアが近づくにつれ、いまにも母が姿を現すかもしれないという思いが大きくなっていった。屋敷が客であふれているにもかかわらず、ズボン姿で乗馬に出かけたのだ。厳しくとがめられても仕方がない。しかし、実際にドアから出てきたのはメイドのメアリだけで、その彼女も膝を折ってキャロラインにお辞儀をすると、炭が入った重そうなかごを持って早々に姿を消してしまった。

身につけているズボンとベストを見おろすと、かすかに馬のにおいが漂ってきた。すでに昼のお茶が終わってしまった時間だ。客たちを迎える役割をすっぽかしたことになるけれど、昼間にそうしたからといって夕食のときにもおなじことができるはずもない。まずは、もういちど風呂に入って準備をしなくては。

夫となる男性の姿が頭から離れない。深い色合いをたたえた瞳や、川岸を吹く風になびいて頬をなでていた黒い髪が思い出された。アンソニーは間違いなく、これまで出会った中でいちばん腹の立つ男性だ。それなのに、キャロラインは彼の手に触れられた感触が忘れられなかった。いよいよ頭がおかしくなってしまったのだろうか。

ドアがひとりでに開いたかと思うと、タビィの腕が伸びてきて、キャロラインは手をつかまれて居間に引き入れられた。背後でドアが大きな音をたてて閉まる。

「お嬢さま」タビィが興奮に息を切らして言った。「わたしもお嬢さまといっしょにロンドンに行きます。さっき、母に言われました。わたし、母に行かせてくれと頼んだんです。そうしたら、母が奥方さまにかけ合ってくれました。お伝えしようと思って来たのに、お嬢さまはいらっしゃらないんですもの。誰も行き先を知らないし、どうしようと思っていたら、マーティンが使いをよこして、それで――」

ひと息にまくし立てたタビィが、さすがに息が続かなくなったのかいったん言葉を切った。キャロラインはその隙をついて口をはさんだ。「ありがとう、タビィ。でも、いまはお風呂の準備をしてもらえないかしら。馬のにおいがするのよ」

「わかりました、お嬢さま。ですが、おかしなにおいじゃありませんよ。一生懸命働いてにおうのは恥じゃないって、母が言っていましたもの。もちろん、お嬢さまは仕事なんかなさらないでしょうけど……」

キャロラインは片方の手をあげた。メイドと陽気な話ができるのはありがたいことだと思う。しかし、いまはしばらく静かな時間がほしかった。「タビィ、お風呂……」

「はい、お嬢さま」

部屋の中には明日の結婚式で着る濃いブルーのドレスがきちんと広げて置かれていた。ミセス・ムラーはいい仕事をしてくれたようだ。キャロラインの目にも彼女がどこに手を入れたかわかるほど、最初に目にしたときとは違っている。隣には長いレースのヴェールも置いてあった。かつて白かったレースは、年月を経てわずかに黄ばんでいる。キャロラインは息苦しくなってドレスに背を向けた。とてもではないが、このドレスを着るところなど想像できないし、そのあと何が待ち受けているのかについても考えられない。とりあえず、きょうのことだけに専念するのだ。

居間のドアがいきなり開き、タビィがその場に凍りついた。まるでそうしていればオリヴィア・モンタギューの鋭い視線を避けられると思っているかのように。

「ふたりだけにしてちょうだい」キャロラインの母が威厳のある声で言った。フランス風のアクセントがはっきりと出ているのが、怒りの大きさを表している。

タビィがはじかれたように動いて寝室にさがり、ドアを閉めた。

「またそんな格好をしているのね」レディ・モンタギューが室内を歩き、小さな足で羽目板張りの床を踏み鳴らした。「どういうことなの？　娘を愚か者に育てましたと認めなければならない日が来るなんて、思いもしなかったわ」

屈辱的な言葉がキャロラインの胸に突き刺さった。「そんなことを認める必要はないわ」

「そうかしら？　それなら、アメリカから来た野蛮人みたいにズボンをはいてうろついている理由を説明してごらんなさい。自分を高地《ハイランド》地方生まれのスコットランド人だとでも思っているの？　ここはもっと洗練されたところなのよ」

「スコットランドの男性だってキルト（男性が着用するスカート）をはくわ」キャロラインは言った。

「ディナーにはきちんとした姿で出てきなさい」

彼女はそれきり黙りこみ、しばらく室内を歩き回った。小さな体から怒りがほとばしっている。キャロラインは口をつぐんで、ただ嵐が過ぎることを願っていた。

「あなたがお父さまと話したのは知っているのよ。またあの人があなたを甘やかして、厳しく言って聞かせなかったこともね。いつもそうだわ。お父さまの望みを実践しているつもりかもしれないけれど、いいかげんにしないと。あなたは女性なのよ。世の中の現実をありのままに見なさい」

「現実ならわかっているわ、お母さま」

「いいえ、キャロライン。あなたは何もわかっていないわ」レディ・モンタギューが立ちどまり、ひとり娘をじっと見つめた。「結婚は仕事の契約といっしょなのよ、キャロライン。あなたの場合もほかの人の場合も変わらない。あなたの美貌と純潔がレイヴンブルック卿の関心を買ったのよ。もし、そのどちらか一方にでも疑問を持たれたら、あなたの価値は大きく損なわれるわ」

「脚を折った馬が撃ち殺されるみたいに？」

「名誉を失った女性は結婚できなくなるということよ」

「いつわたしの名誉が失われたの？　まさか、わたしがズボン姿で出歩いていたという話をあの人が吹聴して回っているわけではないでしょう？」

「いまのところはね。でも、彼はそうしようと思えばできるのよ。そんな当たり前のことが、あなたにはわかっていない」

母が心を落ちつけようとして深く息を吸い、キャロラインもまったくおなじ仕草をした。

「あなたは非の打ちどころのない娘でなければならないの。汚れのない高潔な女性でなくては、この結婚は成立しない。そうなったら失われるのはあなたの名誉だけではないわ。わたしたちの評判も台なしになる。わかるでしょう？　だからこそ、あなたはわたしが育てたとおり、レディらしく振る舞わないといけないのよ」

キャロラインは川のほとりでアンソニーに受けたキスを思い出した。あのキスには彼女をわがものにしたいという思いがあふれていた。「あの人は結婚を取りやめたりしないわ」

「そう願うわ。すべてが順調に行けば、明日の昼までにあなたは彼の妻になる。そのあとは、一生続く安定した暮らしが待っているのよ」

「愛人か、お抱えの娼婦みたいに囲われて暮らすわけね」

レディ・モンタギューがはじかれたように進み出て、ものも言わずに娘の頬を平手で打った。強烈な一発に頬がひりひりしたが、傷ついた誇りのほうがずっと痛い。キャロラインは自分が一線を踏み越えてしまったことに気づいた。母に対しては決して言ってはいけない言葉だ。

「二度と自分のことをそんなふうに言わないで。たとえ冗談でも許さないわよ」

キャロラインは痛む頬に手をやった。母をこんなにも怒らせてしまった罪悪感がこみあげる。「ごめんなさい、お母さま」

後悔もあらわに、レディ・モンタギューが眉をひそめた。「わたしのほうこそ、叩いたりして悪かったわ。だけど、覚えておいて。この先あなたが自分のことをあんなふうに卑下したら、わたしは黙って聞いてはいないし、決して許しませんからね」

ふたりの女性はしばらくのあいだ黙って向かい合っていた。誇り高いふたりは、どちらもいったんできてしまった溝を埋めるすべを知らないのだ。

「また家の中で短剣を投げたみたいね」母が先に口を開いた。

「誰に聞いたの？」

「わたしの顔にはちゃんと目がついているのよ、キャロライン。さっきあなたを捜して寝室に入ったとき、穴の開いたクッションを見ました」

「縫って直すわ」

「だめよ。おやめなさい」レディ・モンタギューが片方の手をあげ、娘を制した。「あなたにはてんで縫い物の才能がないんだから、やったところで絶対に失敗するわ。タビィに任せておくことね」

「わかったわ。もう家の中で剣を投げたりしません」

「ぜひそうしてほしいわね。ここはあなたの家なのだから、何をしようがあなたの勝手よ。でも、お願いだからわたしの心の平穏も尊重してちょうだい」

キャロラインはにっこりと微笑んだ。「わかったわ、お母さま」

レディ・モンタギューがドアに向かった。「お風呂に入って着替えなさい。一時間後に下に来るのよ。レイヴンブルック卿だけではなくて、ほかのお客さまも待っているんですからね」

「一時間ね。わかりました」キャロラインがやりすぎなくらいに丁寧なお辞儀をすると、母は一瞬、悲しげに微笑んだが、すぐにその笑みを消した。

「あなたはとてもきれいよ、キャロライン。それに頑固だわ。あなたはわたしが生涯をかけてつくりあげた最高の作品よ。でも、あなたが世の中は自分の思いどおりにはならないという単純な事実を理解できなければ、その作品もただのごみくずになり果てるの。しっかりと現実を見つめて生きなさい」

キャロラインは返事をしなかった。考えこんだ娘を残して、母は出ていった。

客たちに挨拶をしに下へおりていったときには、すでに太陽が沈んでいた。キャロラインは顔に愛想笑いを張りつけ、目を伏せて歩いた。ずっとそうしているのは無理だとわかっているが、はじめだけでもつつましやかな女性を演じていれば、母も満足してくれるだろう。居間には、結婚式に出席するために残っている客たちが彼女を待ち受けていた。キャロラインが居間に足を踏み入れたのは約束の一時間を五分ほど過ぎたころだったので、すかさず母が険しい視線を送ってきた。

キャロラインの父もそこにいて、母をディナーの席に連れていこうとしていた。それだけでも、この夜が特別なものだというのがわかる。モンタギュー男爵は本当に必要なときにしか客たちと交わろうとしないのだ。レディ・モンタギューが社交の集まりを催す場合でも、彼は書斎に自分の食事を運ばせるのがつねだった。きっとロンドンの人々に囲まれるくらいなら、ベルギーの戦場にいたほうがましだと思っているはずだ。それなのに、今夜の彼は見事に主人役を演じている。獲物を見つけた鷹のようにこちらへ殺到してくる婦人たちを見ると、キャロラインも父と同感だと思わざるを得なかった。

「ミス・キャロライン、おめでとう！　こんなに急にレイヴンブルック伯爵との婚約が決まるなんて！　ご存じかしら、伯爵は去年の社交シーズン中、ロンドンでいちばん人気を集めた殿方なのよ！　そんな方を射とめて、明日には結婚するのね！」

レディ・ヒースブリーが言った。息もつかずに、あらん限りの大声でわかりきったことをまくし立てる。あまりの勢いにキャロラインは目をしばたたき、なんとか愛想笑いを保った。まだ若いレディ・ヒースブリーは、清水を思わせる澄んだ青い瞳を輝かせて微笑みかけてきた。はじめはかたちだけの笑みだったが、徐々に心からの笑顔に変わっていく。声は大きいし粗雑なところはあるけれど、悪気はなさそうな女性だとキャロラインは思った。

「ありがとうございます。とても名誉に思っていますわ」

「あなたにとっては名誉でしょうね」レディ・ウエストウッドが言った。その表情は不可解だが、目には心なしかさげすむような光がある。母が部屋の反対側で身をこわばらせたが、キャロラインは動揺せず、かえって大きく微笑んでみせた。

この女性はアンソニーの結婚式を見届けるために、けさロンドンからやってきたのだ。キャロラインは母から、アンソニーの親戚はレディ・ウエストウッドを含めてふたりしか残っていないと聞いていた。そして彼女は、アンソニーと最も親しくしている伯母だった。

大事な甥がロンドンの社交界に属する慎み深い乙女ではなくヨークシャーの田舎娘を花嫁に選んだことを、レディ・ウエストウッドは不満に思っているようだ。キャロラインは老婦人の目をしっかりと見つめてにっこり笑った。どうやら、南部の人間がみんな空疎な嘘ばかりつく軽薄な人間というわけではなさそうだ。

キャロラインはレディ・ウエストウッドに向かい、膝を折ってお辞儀をした。「それは違いますわ。わたしはみずからの身をもって彼に名誉をもたらし、彼はお金でわたしたち一族に名誉をもたらすのです。おたがいさまですから、公平な取引というものですわ」

短剣のように鋭い母の視線がキャロラインの背に突き刺さった。若いレディ・ヒースブリーは息をのみ、キャロラインがいきなり怪物になったかのようにあとずさった。

頭に巻いた緑色のシルクのターバンの下から、レディ・ウエストウッドがキャロラインをにらみつけた。だが気分を害したわけではなさそうで、すぐにおもしろそうに目を輝かせた。「あなたは遠慮をしない人みたいね、ミス・モンタギュー。わたしの甥はじゃじゃ馬に求婚したのかしら?」

「はい」キャロラインはおだやかな声で言った。「おっしゃるとおりですわ」

レディ・ウエストウッドが声をあげて笑い、頭上に吊りさげられているシャンデリアのクリスタルがぶつかる音がした。そのときジェンキンズが神の使いのごとく居間に登場し、ディナーの支度が整ったことをおごそかに告げた。キャロラインは口に気をつけなければとあらためて肝に銘じながら、両親に続いて客たちをダイニングルームに案内するために向きを変えた。足を踏み出そうとしたまさにそのとき、アンソニーが姿を現して彼女の隣に立ち、腕をすっと差し出した。

「こんばんは、閣下」

「こんばんは、ミス・モンタギュー」

キャロラインが彼の伯母に言ったことを聞いていたとしても、アンソニーは腹を立てたりしなかったらしい。ほかの誰も目に入らないかのように、栗色の瞳で彼女だけをじっと見つめていた。レースで縁取られたボディスの中で体がほてり、頬が熱くなる。震えてしまわないように必死で高ぶりを抑えながら、キャロラインは慎重に彼の腕に手を置いた。

キャロラインのドレスは淡い桃色と白のシルクで、母の庭園で育った白いバラがさしてある。金色の髪にも小さな花が編みこんであった。耳に真珠をつけた以外、宝石は身につけていない。

「今夜のきみは素敵だ」アンソニーが言った。

彼は一見、近寄りがたい無関心な表情で、居間にいるどの男性よりもおだやかで控えめに見える。しかしキャロラインには、アンソニーの目に暗い欲望の炎が輝いているのがよくわかった。彼の腕の熱がシルクの手袋越しに伝わってきて、焼き印を押されたように熱い。きちんと手入れされた爪と指先を見ているうちに、キャロラインは体が震えだした。視線をあげてアンソニーと目を合わせると、栗色の瞳に宿る炎がいっそうはげしく燃えていた。

「ありがとう」キャロラインはややかすれた声で言った。詰まりかけた喉から声を出せただけでもよかったかもしれない。「あなたも素敵です、閣下」

アンソニーが笑い声をあげた。前を歩いていた婦人たちが振り向いてじろじろ見たので、彼はうなずきで挨拶をした。しかし、キャロラインを連れて婦人たちのあとについていこうとはせず、その場に彼女を引きとめた。

「お世辞を言うとはきみらしくないな、キャロライン。だが、ありがとうと言っておこう」

「気安くわたしの名前を呼んでいいと言った覚えはないわ」

またしてもアンソニーが笑った。「そんなことにきみの許しなど必要としないよ。いや、ほかの何に対してもね」

「お願いだから、傲慢な言い方は慎んでいただけないかしら」キャロラインは彼から離れてディナーに向かう人々のあとを追おうとしたが、手袋をした腕をアンソニーにつかまれ、動きを阻まれた。

「お願いならそのつどすればいいさ、キャロライン。わたしはそのたびにきみを満足させてあげよう」

「いまのはただの決まり文句よ。わたしは誰にもお願いなんてしないわ」

彼の瞳が欲望に燃えるのを見て、キャロラインは、いまのやりとりにこめられた重要な意味をとらえ損ねたのではないかと不安になった。しばらく彼女の唇を凝視していたアンソニーが、ようやく視線をあげ、彼女の瞳を見つめた。

「この先が楽しみだよ、キャロライン。きみが懇願するところをこの目で見られるんだから。

賭けてもいい。きっとそうなる」

「そんな賭けには乗らないわ。あなたの負けに決まっています」

「わたしは賭けに負けたことはいちどもないんだ、キャロライン。今週中にきみを懇願させてみせる」

こんどはキャロラインが笑う番だった。「お好きにすればいいわ。でもこれだけは確かよ。あなたは間違っています」

この場は自分の勝ちだと思ったのか、アンソニーが満足そうな表情を浮かべると、期待もあらわにキャロラインをディナーの席へ連れていった。そばにいた召使を無視して彼女のために椅子を引き、自分もその隣に腰をおろした。

隣の席に座ったにもかかわらず、ふたりは食事中、ほとんど会話を交わさなかった。しかし、ほかの人々とロンドンでの社交シーズンや狩猟や戦争の話をしているあいだも、彼が熱のこもった視線を向けてくることにキャロラインは気づいていた。

キャロラインの婚約者はその場にいるすべての女性の目を釘付けにしていた。彼女の母であるレディ・オリヴィア・モンタギューですら例外ではない。年老いた者も結婚している者もみんな、あからさまにアンソニーに誘いかけるような視線を向けていた。もっとも、何を誘っているのかはキャロラインの憶測でしかなかったのだが。明日に迫った結婚は自分で望んだものではないとはいえ、アンソニーはいまや彼女の正式な婚約者なのだ。そう思うとふいに所有欲めいたものが生まれ、美しいレディ・クラリスが彼に微笑みかけたときには、キャロラインの胸に嫉妬がこみあげた。はじめはレディ・クラリスにいらだっていたのが、すぐに浅はかな自分自身への怒りに変わっていく。

　食卓で交わされる会話はどんどん盛りあがっていったが、キャロラインはひとことも口をはさまなかった。ふだんの夜なら彼女はその輪の中心にいるはずだった。父が客を招待したときはいつも、ディナーのあとも男性たちといっしょにワインを飲んで葉巻をくゆらせ、本当の会話に加わりたいと願っていたのだ。父は決して許してくれなかったが。今夜の彼女は、母がこうあるべきと育てた慎み深い女性そのままに、ほかの人々の話を黙って拝聴していた。先ほどレディ・ウエストウッドに見せたじゃじゃ馬ぶりがまるで嘘のように。キャロラインは控えめに食事を続けながら、もうすぐ夫になる男性を目の端で眺めていた。

　最後の遠征となったワーテルローの戦いについて尋ねられたアンソニーが、女性の耳に入れても差し障りのない部分だけを答えた。その戦いが本当はどんなものであったのか、いつかきいてみたいとキャロラインは思った。いままで聞いた話では、ワーテルローでの戦争は名誉に彩られた長い戦いで、結果的にイングランドの軍が強奪者を排し、ヨーロッパに平和と秩序を取り戻したのだという。だが、父がロンドンや大陸から送ってくれた新聞を詳しく読んでいた彼女は、その戦いがそれほど単純なものではないことを知っていた。けれども、父に尋ねる勇気はついに持てなかったのだ。アンソニーが深みのある声で国王陛下の軍隊の栄誉ある一員として戦いに参加した喜びを語っているあいだ、自分になら彼ももっと率直に語ってくれるのだろうかとキャロラインは考えていた。

ふと目をあげると、話を終えたアンソニーが彼女をじっと見つめていた。

まだ若い、戦争に参加した経験もない男性が懸命に話していたものの、キャロラインの耳にその声は一語たりとも届かなかった。強い意志を感じさせる栗色の瞳にすっかり気を取られてしまったからだ。アンソニーがキャロラインの肌に視線を走らせると、彼にさわってほしくてそこがうずきはじめ、ほかのことは何も考えられなくなった。

モンタギュー男爵や客人たちの目があるのだから、アンソニーは彼女の手に触れることすらできないはずだ。けれど、絶対にあり得ないと思うことで、キャロラインの欲望は逆に燃えさかっていった。女性たちが席を立って部屋を移り、男性たちが残ってワインをたしなむことになったころには、シルクの手袋越しでもいいから彼に手を握ってもらいたいという心境になっていた。

別室に移ると、女性たちの話はもっぱら明日の結婚式のことに集中した。キャロラインは何ひとつ聞いていなかったが、母は教会に飾る花やアンソニーが用意したヴェールについて語っているようだった。老いも若きも女性たちはみな、彼が新妻のためにかつて祖母や母が身につけた結婚衣装を持ってきたことを、アーサー王伝説の恋物語と同列に考えているらしい。若い女性たちがアンソニーの行為の素晴らしさを熱っぽく語り、母親たちがそれを笑顔で見守る中、レディ・クラリスだけがさえない笑みを浮かべていた。キャロラインはといえば、心ここにあらずという様子でひたすら話を聞き流していた。

やがて男たちがやってくると、ダンスができるように部屋の敷物がはずされた。キャロラインは一同のためにピアノを弾こうとしたが、母に腕をつかんでさえぎられた。ピアノの演奏は彼女が習得した唯一の女性らしい特技だ。なぜとめるのか不思議に思い、眉根にしわを寄せて母を見ると、アンソニーがそばに来て手を差し出した。レディ・モンタギューは娘の婚約者が近づいてくることに気づいていたのだ。

アンソニーとキャロラインは客たちの注目する中、居間の真ん中にできた即席のダンスフロアに進んでいった。彼がまずキャロラインの父に、続いて母にうなずきかけるのを見ながら、彼女は手袋越しに伝わるアンソニーのあたたかい手の感触に酔いしれていた。演奏に合わせて踊りだした瞬間、潮が引くようにまわりの世界が消えはじめ、アンソニー以外は何も見えなくなっていった。

彼の熱いまなざしが肌に感じられた。彼女とおなじくアンソニーもまた、欲望を感じているらしい。だが、欲望に黒ずんだ瞳の奥に隠れた彼の本心は読み取れなかった。つまり、証拠は何もないということだ。

無意識のうちに相手をリードする動きをしたキャロラインを見て、アンソニーが笑った。

「違うよ、キャロライン。リードはわたしがする。礼だけは言っておくがね」

村の集会場でのダンスに参加するとき、若い男たちをリードするのはいつも彼女だったのだ。リードされた経験のないキャロラインは、ステップを踏みながら少しばかり混乱した。だが同時に、たかがダンスでも、他人に主導権を渡すというのは不思議と落ちつくものだと実感してもいた。

最初のいらだちは、アンソニーのほてった手に吸いこまれてしまったみたいだ。キャロラインはダンスに集中し、やがて、若い男たちと踊っているときのようにいちいちステップを気にしなくてもよいのだと気がついた。アンソニーの動きはなめらかで、自然に優雅さが表れている。彼のペースに合わせて、キャロラインは体を動かした。

「ダンスがとても上手なのね」彼女は言った。

アンソニーが白い歯を見せてにっこりと笑った。「最近は練習をサボってばかりいるよ」彼はキャロラインの手を握る手に力をこめ、もう片方の手でしっかりと腰を支えて彼女をターンさせた。薄いシルクの上から触れられたところがたちまち熱くなり、キャロラインは息をのんだ。なんとかして正気を保たなくては。理由はわからないが、このままではふだんの自分でいられなくなってしまいそうだった。

「天性の才能にも見えるけれど」

「経験の不足は情熱で補えるものだよ」アンソニーの瞳が輝きを増し、キャロラインは口の中がからからに乾いた。「きみも天賦の才能があるようだ。いろんな面でね」

アンソニーが何を言おうとしているのか、はっきりとはわからなかったが、いきなり彼の体のあたたかみが増したのだけは感じられた。部屋がそれほど広くないせいだろうか。ふたりはこうして踊るために生まれてきたかのごとく、なめらかな動きで踊りつづけた。もはやキャロラインも抵抗せず、心を空っぽにして肩の力を抜き、明日には夫となる男性に身を任せていた。

やがて曲が終わった。ダンスがはじまったときとおなじく、キャロラインのかたわらにはアンソニーが立っていた。彼が顔を近づけ、誰にも聞かれないよう低い声でささやいた。熱い息が彼女の頬にかかる。

「部屋に戻る前に父上の書斎に来るんだ。そこで待っている」

キャロラインは笑い声をあげた。まるで恋人同士が秘密の逢引をお膳立てするみたいだ。彼女はアンソニーの目をのぞきこみ、そこに熱っぽいものを見いだした。彼のにおいをかいだときに自分の腹の奥に宿る熱と似ている気がする。

「それは不適切というものだわ」

アンソニーが彼女の手を取ってキスをした。「きみの名誉はいまやわたしの名誉でもある。ぶち壊したりはしないよ」

一瞬、キャロラインはアンソニーとふたりきりになったような気がした。ほかには誰も存在せず、両親やほかの客たちも溶けてなくなってしまった。もはやアンソニーと、彼の輝くばかりの笑みしか見えなかった。

その微笑みがいたずらっぽい笑いに変わる。「ぶち壊しはしないが、少しばかり傷をつけるだけさ」

アンソニーがキャロラインを母のもとへ連れていき、男爵夫人にお辞儀をした。レディ・モンタギューは娘の婚約者に笑みを投げかけたものの、キャロラインには顔をしかめてみせた。理由はわかっている。アンソニーと言葉を交わす時間が長すぎたと思っているのだ。

「お母さま、もう部屋にさがってもいいかしら」

「まだお客さまが踊っていますよ」

「わかっているわ。でも、明日は結婚式だし」

母がふっと目をやわらげ、誰にも見られないよう、そっとキャロラインの手を握って力をこめた。「いいわ。では、また明日の朝にね」

キャロラインはレディ・ウエストウッドに向き直って、膝を折ってお辞儀をした。ずっと彼女を見ていた老婦人がうなずきで応じる。キャロラインが登場してからの一挙手一投足を何ひとつ逃すことなく見ていたレディ・ウエストウッドは、満足そうな表情を浮かべていた。あとの客たちの多くはまだ踊っている最中で、キャロラインが退出しようとしているのに気づいていない。素早く廊下に出ようとしたとき、父と目が合った。手袋をした手をあげると、モンタギュー男爵はかすかにこわばった笑みを浮かべた。

父が娘のために顔をこわばらせるところを、キャロラインははじめて見た。ひとり娘がシュロップシャーに旅立ってしまうのを寂しく思っているのだろうか。胸がいっぱいになったキャロラインは嗚咽をこらえ、誰にも見られないうちに部屋を抜け出した。

8

キャロラインは静かな廊下を進んでいった。月が高くのぼり、窓から差す月光が廊下のじゅうたんを照らしている。

書斎にはろうそくが一本だけともされていた。暖炉の火はとうに消え、カーテンが月明かりをさえぎっているので、室内は長い影に包まれていた。しばらくのあいだキャロラインはドアのところでためらっていたが、アンソニーが陰から姿を現したのを見て部屋に足を踏み入れ、後ろ手にドアを閉じた。

ろうそくの光が届くぎりぎりのところまで行き、キャロラインは言った。

「陰に潜むのがお好きなのね」

「きみといっしょにいるときだけだよ、キャロライン。きみのまばゆい美しさの前では、男はどうしたって影にならざるを得ない」

キャロラインは鼻を鳴らした。「やめて。わたしとあなたの結婚はもう決まったことよ。心にもないお世辞を言う必要はないわ」

アンソニーがにやりと笑う。「傷ついたよ、キャロライン。わたしの心からの言葉を信じてもらえないのかい？」

「あなたは楽しんでいるだけでしょう。わたしを**だし**にしてね」

こんどはアンソニーも笑みを見せず、キャロラインに近づいていった。「きみは強さを主張するのに必死で、自分の美しさを忘れているようだ。男を夢中にさせるほどなのに」

彼が近くにいることに胸が締めつけられ、うまく呼吸ができなかった。まだ触れられたわけではない。だがアンソニーは、ベストのボタンが彼女のボディスに触れるほど近くに立っている。キャロラインは両足に力をこめ、どうにかその場に踏みとどまった。あとずさったりしたくはない。

「結婚を明日にしたのは、日取りを決めたときに酔っていたから?」キャロラインは尋ねた。

「きっと正気を失っていたのね」

アンソニーがそっとキャロラインの腕を取り、もっと近くへ引き寄せた。川のほとりでのときとは違い、まるで荒々しさを感じさせない動きだ。アンソニーはやさしくキスをし、唇を軽く重ねただけで彼女の動きを封じた。

キャロラインはなんとか身を引いた。「皇太子殿下との仕事を終えるまで待つべきよ。何も明日結婚する必要はないわ。こんなに駆け足では、醜聞を隠しているのではないかとほかの人が疑うかもしれない」

声をあげてアンソニーが笑う。それを聞いてもこんどは怒りがこみあげてくることもなく、かわりに体が勝手に震えはじめた。

「だが、わたしたちはまさに醜聞を避けているんだよ、キャロライン。なぜなら、たとえ殿下が結婚を二週間延ばせと命じられても、明日の夜にはきみをわたしのものにするからだ。

明日の朝、牧師の前に立って結婚式を挙げようが挙げまいが関係ない。きみはわたしのものだ。すぐにきみも理解するようになる」

「わたしはあなたのものなんかじゃないわ」キャロラインは言ったが、その声はとぎれた。アンソニーが唇を押しつけてきたために、息ができなくなったのだ。こんどはやさしいキスではなかった。

キャロラインは彼に体を預けた。力強くて大きな胸板が自分の胸に押しつけられる。彼女を抱くアンソニーの腕にも力がこもった。はじめはキャロラインが倒れない程度の力がこめられていただけだったのに、ひとたび彼女が口を開いてキスを受け入れると、その貪欲さに合わせるように、彼女の体を抱きしめる腕に力がこもった。

アンソニーの情熱がキャロラインを圧倒した。ぴったりと密着した体のあらゆるところに彼の力強さを感じ、硬く長いものが薄いシルクのドレス越しに彼女の下腹を刺激する。キャロラインは身を震わせ、さらに体を押しつけていった。少なくとも、こうしている分にはふたりの相性はいいのだ。結婚の理由には充分とは言えないが、これにも何かの意味があるには違いない。

とうとうアンソニーが体を引いてキスを終わらせ、荒い息をついた。キャロラインは彼に寄りかかり、髪のにおいをかいだ。

顔をあげると、唇の高さに身をかがめたアンソニーの顎があった。ひげでちくちくする顎にそっと唇をつけ、汗でわずかにしょっぱいのに甘美な彼の肌を味わう。

アンソニーがうなって身を離す。両手でキャロラインの肩をつかんで腕を伸ばし、もうキスができないように距離を空けた。

キャロラインはなんとか声を出した。「もう寝室に戻らないと」

「そして、わたしはきみをひとりでベッドに行かせなくてはならない」アンソニーが肩から手を離し、彼女の手袋のボタンを手首の位置からひとつずつはずしていった。それを見つめながら、キャロラインは立ちすくんだ。もう二度と動けなくなってしまいそうだ。長い手袋が引っ張られ、冷たい夜の空気と彼の視線にむき出しの腕がさらされる。その手を取ってアンソニーが自分の口もとに持っていき、ものすごい速さで脈を打っている手首のあたりにキスをした。「でも、明日の夜は」彼が言った。「わたしはきみといっしょだ」

もういちど、アンソニーはキャロラインの唇にキスをした。とても軽い、触れたか触れないかというほどのキスだ。

「明日わたしと結婚すると言うんだ、キャロライン。わたしのものになると言ってくれ」

もっとアンソニーに触れられたいという切望は募る一方で、キャロラインはうまく息ができなかった。眠りにつく前にあといちどでいい、彼はキスをしてくれるだろうか。「わたしは明日、あなたと結婚するわ。あとは運命を受けとめましょう」

アンソニーの手が離れると、キャロラインはとたんによろめいたが、暗くて足もとが見づらいせいだと自分に言い聞かせた。

キャロラインが歩いていってドアを開けると、暗い廊下を月明かりだけが照らしていた。

振り向くと、アンソニーが先ほどとまったくおなじ位置に立って彼女を見つめていた。片方の手をあげた以外は身動きひとつしない。彼女は微笑み、アンソニーの表情を記憶に焼きつけて薄暗い廊下へと進んでいった。

翌朝、アンソニーは顔をしかめながら、朝の乗馬のために馬に鞍をつけていた。ゆうべキャロラインと別れてから、一睡もできなかったのだ。金色の髪が体にかかるところや、やわらかな体がみずからの下に横たわる場面が頭に浮かび、心が焼かれる思いだった。おかげで寝つかれず、かつてないほど悶々とした夜を過ごす羽目になった。キャロラインや彼女のブロンドに魅了されるのは、よく言っても歓迎できないものだし、悪く言ってしまえば自分の弱さの表れと取れなくもない。アンソニーは厳しく自分を律する男のはずだ。年老いて、いわゆる〝奥方さま〟の言いなりになった紳士たちの姿は社交界でも数多く見かける。自分の半分ほどの年齢の女性に、首に縄をかけられて連れ回されているのだ。そんな男たちの仲間入りをするつもりはまったくなかった。

たとえ目立つロンドンで暮らさないにしても、キャロラインは貞淑な妻のあるべき姿を学ぶ必要がある。野蛮な行動はやめ、言葉にも気をつけて、夫の言葉にいちいち突っかかるのは慎むようにしなくてはならない。契約は双方が守ってこそのものだ。キャロラインは彼の跡継ぎとなる子を産み、アンソニーは彼女の父親の借金を返して、ヴィクターみたいな男から彼女を守る。キャロラインにはアンの身に振りかかったような苦難を経験させはしない。

彼女はレイヴンブルック伯爵の名に守られて生きていくのだ。妻には一族の領地であるシュロップシャーで静かで安全な日々を送らせてやり、夫たる自分は自分の道を行けばいい。

その考えにアンソニーは満足したものの、かすかな良心の痛みを覚えた。だが、すぐにその痛みを振り払う。男たちの中には妻を郊外に住まわせて子どもを産ませ、家を任せきりにして自分はロンドンに愛人を囲い、堂々としている者もたくさんいる。彼自身にしても、戦場の業火をくぐり抜けて帰ってきたのは妻の言いなりになるためではない。

そしてアンソニーは、女性でありながらデヴォンシャー伯爵の地位を持つ愛人のアンジェリーク・ボーチャンプに思いを馳せた。いまごろはこの結婚のことが耳に入っているはずだ。ロンドンに戻ったらひと悶着あるに違いない。愛人の激怒が避けられないならば、一刻も早く怒りがおさまるように宝石でも買ってやろう。そうすればアンジェリークも現実を受け入れ、彼の結婚を認める気持ちになるかもしれない。

馬にまたがり、義理の父となる友人の厩舎を出たときには、もはや愛人のことは頭になかった。結婚式当日の朝、アンソニーは自分が愛人の顔すらよく思い出せなくなっているのに気づいたのだった。

頭に浮かぶのは、ゆうべ書斎でキスをするために身をかがめたときに見えた、キャロラインの喉もとの曲線だけだ。どうやらあの美しさと、炎のようなはげしい人柄に魅入られてしまったらしい。魔術みたいなものだろうか。だが、キャロラインを自分のものとし、あの体を味わってしまいさえすれば、すぐにでも魔術は解けるに違いない。

今夜に迫った初夜のことを考え、アンソニーは息を荒くした。彼は愛馬を全速力で駆けさせていたので、前方にいた市場へ向かう農民たちがあわてて道を空けねばならなかった。しかし、どれだけ速く馬を走らせても、どこまで遠くへ行っても、いい香りのする長いブロンドをなびかせ、薄茶色の瞳を輝かせたキャロラインの面影が彼を追いかけてきた。

第二幕

「わたしがスズメバチなら、針に気をつけるがいいわ」
――『じゃじゃ馬ならし』第二幕一場

9

自由の身でいられる最後の朝、キャロラインは目覚めを迎えたものの、実際には自由とはほど遠かった。風呂に入れられて髪をくしけずられ、もう少しで平静を失いそうになるほど強く引っ張って整えられた。馬に乗って荒野を駆けたい気持ちがこみあげてくる。だが、そうした日々はもう終わってしまったのだ。じきに故郷の荒野とは似ても似つかない夫の領地、シュロップシャーの丘を駆けることになる。

夫の領地のことも、待ち受ける新しい人生が何をもたらすのかも、キャロラインは知りたくなかった。かわりに、自分がいまいる場所に気持ちを向けた。タビィが髪を整えているあいだ、台所から漂ってくる香ばしいパンのにおいをかぎ、井戸からくんできた冷たいきれいな水を飲む。

その朝、キャロラインは夫となる男性が持ってきたドレスを身につけた。濃いブルーのドレスは肌ざわりのなめらかなシルクで、幾重にも重なるペチコートの上にスカートが円を描くように広がっている。背後では繊細なレースのヴェールが彼女の髪と腰を覆い、床にまで達していた。

タビィがヴェールを顔の前に垂らすかどうか尋ねてきた。アンソニーの一族の女性たちは代々そうしてきたらしい。だがキャロラインはそれまで顔を隠した経験などなかったし、いまさらそうしようとも思わなかった。結局、古いレースを二重に重ねて後ろに回すことにした。重なり合った白いレースが滝のように流れ、まるで雪が積もっているようにドレスの濃いブルーを隠す。さらに、家の金庫から出してきた宝石を身につけた。ロンドンから取り寄せたひとそろえのサファイアだ。首回りに金色の鎖が輝くネックレスも、首を回すと下に引っ張られる気がするイヤリングも、いやに重かった。

ドレスと合うブルーの靴も、この日のために急いでつくられたものだった。身だしなみにはかなりうるさい母でさえ、こんな贅沢はしない。キャロラインは何度もドレスの裾を持ちあげて靴を眺めずにはいられなかった。こんなに落ちつかない思いをするくらいなら、以前からもっと身だしなみに関心を払っておくべきだったのだ。彼女はため息をついた。ほかの女性たちならドレスや靴をもっと楽しめていただろうと思うと、自虐的な笑いがもれる。しかし、彼女はすぐにその笑いを引っこめた。教会へ行く時間だ。

玄関広間では父が待っていた。ジェンキンズも、樫の木から切り出した重たい扉を開けて支えている。厳格な執事はキャロラインに向かっていちどだけうなずきかけた。屋敷のおてんば娘がいなくなるのだから、喜んでいるのかもしれない。

すっかり見慣れたジェンキンズの不機嫌そうな表情を目にして、キャロラインは微笑んだ。父もそんな娘を見て笑顔になった。「とてもきれいだ。お母さんもわたしも、おまえを誇りに思っているよ」

キャロラインはしっかりと父の腕に手をかけた。「ありがとう、お父さま」

教会は客たちや地元の領民でいっぱいだった。領民たちは、ようやくキャロラインの結婚が決まったのを大いに喜んでいるようだ。ふだんは厳粛な雰囲気の教会にお祝い気分が満ちている。だが、当の花嫁はなぜか陽気な雰囲気になじめず、祝祭から取り残されたような気がしていた。

後ろのほうにはタビィが立っていた。屋敷の料理長を務める母親のミセス・ヒルと並んで、ヒースの花束を手に持っている。いつもとまるで変わらぬ様子で手を振る彼女を見て、キャロラインはようやく笑うことができた。最前列で、牧師と祭壇の真ん前に座っている母にも微笑んでみせ、それから花婿に目をやった。たちまち、お祝い気分も集う人々のことも意識から消えていった。

まるで時間はたっぷりあるとでも言いたげに、アンソニーは静かにおだやかに花嫁を待っていた。最高級の濃紺の上着に、細身のぴったりとした黒いズボンを合わせている。落ちついた立ち姿には、キャロラインがすでに彼の妻であるかのような余裕すらうかがえた。本当は顔を覆っていなくてはならないヴェールが後ろへやられているのを見て、アンソニーの唇がおかしそうにぴくりと動く。しかし、父に付き添われた花嫁が通路を歩いてくるにつれ、その笑みは消えて真剣な表情に変わっていった。

アンソニーがキャロラインの手を取り、ふたりは並んで、かつて彼女に洗礼を施してくれた牧師の前に立った。祝福の言葉も、キャロラインの耳にはほとんど届かなかった。ようやく宣誓のときが来て、牧師に続いて〝従います〟という言葉を繰り返したけれど、その言葉はとげのように彼女の喉に引っかかった。

　またしてもアンソニーが唇をぴくりと動かして笑った。つぎは新郎が誓う番だ。彼は全身全霊をかけて妻を崇めると誓い、栗色の瞳に暗い炎を宿らせた。それを見てゆうべ父の書斎でしたキスを思い出し、キャロラインは人知れず身を震わせた。

　時間はあっという間に過ぎていき、結婚式が終了した。教会の前でアンソニーのキスを受けたが、それは冷静でよそよそしい、他人同士のようなキスだった。すべてが終わり、ついに新しい人生がはじまるのだと思うと、キャロラインの胸にいきなり不安が押し寄せてきた。これでいよいよ本当に父の決断を受け入れ、人生をアンソニーの手にゆだねてしまったことになる。でも、たとえどんな言葉で誓ったにせよ、自分は自分のものでしかないとキャロラインは思った。

　式のあとの朝食が終わると、キャロラインはまだ食事を続けているほかの客たちをよそに自室へ戻り、旅装に着替えはじめた。レディ・モンタギューがタビィをさがらせて、娘の支度をみずから手伝った。キャロラインを化粧台の前に座らせ、娘の長い髪を編みあげて、馬車に乗るときにかぶるクジャクの羽根飾りがついた青いビロードの帽子にきちんとおさまるようにする。支度が終わってキャロラインが立ちあがるころには、服を詰めた大きな鞄はすでに屋敷から運び出され、じきに夫とともに乗りこむことになる馬車に積みこまれていた。

　母がキャロラインの正面に立って彼女を引き寄せ、身をかがめたひとり娘の額にキスをした。「あなたの幸せを願っているわ」

「わたしもそう願っているわ、お母さま」

キャロラインは母の体を強く抱きしめると、ランの香水の香りを大きく吸いこんでから、体を離した。レディ・モンタギューが娘に花束を差し出した。屋敷の温室で育てたピンクと黄色のバラを黄色いリボンで束ねたものだ。バラのとげはすべて取り除いてある。

玄関広間に、モンタギュー男爵がアンソニーといっしょに立っていた。客たちはみんな、新婚夫婦の幸運を祈るために外の馬車のまわりに集まっている。父は玄関扉の陰で娘を待っていたのだ。ジェンキンズの姿はなく、この瞬間は家族だけだった。

父が無言でキャロラインを抱き寄せた。この二日間で三度目だ。そのまま顔を伏せて娘の髪にキスをすると、彼女の目をまっすぐ見つめて口を開いた。だが、彼が発した言葉はキャロラインではなく、かたわらに立つアンソニーに向けられたものだった。「娘を頼んだぞ」

「ご安心を」

キャロラインはアンソニーに手を取られて、降り注ぐ太陽の光の中へと出ていった。両親が扉の前に立って別れの挨拶に手を振る。彼女は振り返り、手を振って応えた。客の全員と領民たちの大半が、彼女の新しい人生に歓声を送ってくれている。しかしキャロラインの目には、自分にこの屋敷から去ることを命じた両親の姿しか映らなかった。母は涙を流し、父は背すじをまっすぐ伸ばして立っていた。

10

その日の午後、馬車の中でふたりは何時間かを黙って過ごした。南部の道はきれいで馬車もほとんど揺れないし、背中にあてた座席のクッションがやわらかくて心地いい。アンソニーは彼のほうを見ようともしない若い妻を眺めていた。シュロップシャーまでの道のりは長く、あと二日ばかりはかかる。その旅の初日、キャロラインは結局ずっと窓の外に顔を向け、通り過ぎていく生まれ故郷の景色を眺めていた。四時間ほど馬車に乗ったあと、ふたりはヨークの街に到着した。

結婚初夜を迎える宿にようやくたどり着いたのだ。キャロラインがかすかな笑みを浮かべて彼を見た。「着いたわね」

アンソニーは新妻に手を差し伸べ、馬車からおりるのを手伝った。宿の庭は旅行者たちでこみ合っている。ロンドンを目指して南に向かう人々だ。誰もが足をとめ、二本の羽根飾りがついた騎士の兜をかたどった伯爵家の紋章が輝く、黒光りする立派な馬車を興味深そうにのぞきこんだ。黒いたてがみを生やし、長く伸ばした尻尾の毛をきれいにすいた四頭の葦毛の馬も注目の的だ。

キャロラインは人々がじろじろと見ているのにもかかわらず、馬車につながれたままじっとしている馬たちに歩み寄った。伯爵家の従者たちや御者は彼女をとめようとしたものの、伯爵よりも先に声をかけるわけにはいかない。彼らは横目で主人の顔をうかがい、アンソニーがうなずいてみせるといっせいにあとずさって道を空けた。そんなやりとりがあったとはつゆ知らず、キャロラインはてのひらを上に向けて先頭の馬に手を差し出した。

「ありがとう」馬に向かってささやく。アンソニーは、馬が驚いて暴れだしたらすぐに妻を引き離せるようかたわらに立っていたので、ただひとりその低い声を聞くことができた。

大きな馬が黒い瞳をキャロラインに据えたままのひらのにおいをかぎ、頭を軽く振ってたてがみを揺らした。彼女がにっこり微笑んで汗ばんだ馬の首すじに軽く触れ、それからアンソニーを見て動きをとめた。彼の目に宿る欲望に気づいたのだ。彼女を怖がらせないよう、アンソニーはできるだけ平静を装った。キャロラインは簡単に怯える女性ではないが、やはり女性であり、これから結婚初夜を迎える身だ。今夜は充分気をつけてやさしく振る舞い、苦労して磨きあげてきた技巧を存分に発揮するのだ。妻には夫とベッドで過ごす夜が素晴らしいものだと思ってもらわなければならない。

ところが、アンソニーに視線を返すキャロラインは怯えているようには見えなかった。一瞬ためらったものの、前に進み出て夫の腕に手を置く。ヘラクレスとアキレウスを運ぶ荷馬車が庭に入ってくると、近寄って出迎えようとする妻を彼は制止しなければならなかった。

「明日になれば会えるよ」彼は言った。

キャロラインがじっと彼を見つめ、考えこむ。アンソニーは一瞬、彼女が夫の言葉を無視するのではないかと思った。だが、意外にも妻は素直にうなずき、彼の案内に従って宿の中に入っていった。

アンソニーは妻の突然の変貌ぶりに驚いた。馬車の中での沈黙といい、結婚の誓いがキャロラインをおとなしくさせたのだろうか。誓いのとおり、このまま一生、夫の言葉に従う従順な女性になってくれればありがたい。

歓迎すべき変化なのに、熟していないベリーを食べたときに感じる思いがけない酸味にも似たかすかな失望がアンソニーの心に広がっていった。


キャロラインは夫があらかじめ選んだ宿の部屋に足を踏み入れた。大きなテーブルが暖炉のそばに移され、木でできた長椅子が火のほうに向けられている。本当はそんな必要もないのに、彼女は暖炉に近づいて炎に両手をかざした。

「寝室は右だ、キャロライン」

やっと彼が声をかけてきた。結婚式で夫婦となってから、アンソニーはほとんど口もきかないし、話したとしてもせいぜい二言三言といったところだ。キャロラインはこみあげるいらだちを抑え、無理に笑みを浮かべた。

「わかったわ。ありがとう」

「すぐに夕食が運ばれてくる。焼きたてのパンと肉料理だよ。ここの食事は簡素だが、味は格別だ。きみは朝もほとんど食べていなかったからね」

キャロラインがにらみつけても、アンソニーは無表情のままだった。気遣ってくれているのか、それともただたんに食が細いと文句を言っているのかわからない。彼女は分別も勇気のうちだとみずからに言い聞かせ、おだやかな声でありきたりの返事をした。

「ありがとう」

キャロラインはこれから夜を過ごすベッドをちらりと見た。ドレスを着替えないまま居間に戻ると、ちょうど食事が運ばれてきたところだった。食欲をそそるパンとビーフシチューの香りがする。どうやら自分で思っていた以上に空腹だったらしい。

「きみがこの旅を楽しんでいるといいんだが」アンソニーが言った。

「ありがとう」キャロラインは答えた。「楽しんでいるわ」

「そうか、それならいい」

またしても沈黙が流れる。キャロラインは礼儀正しい会話には興味がないほうだが、かといっておとなしいわけでもない。この先、延々と沈黙に支配された退屈な日々が続くのだろうか。肉をほおばっているあいだにそんな考えが頭をよぎり、恐怖で体が震えた。

「思ったより早くヨークに着いたわね」キャロラインは言った。「あなたはとても素晴らしい馬をお持ちだわ」

どこか不自然な笑みがアンソニーの顔に浮かぶ。「そうだな、人にもよく言われる」

「そうでしょうね」彼女は応じた。「馬を見る目がある使用人がいるの?」

「自分の馬は自分で選ぶことにしている」

「それなら、こんどロンドンに行くときはタッタソールの馬市場に連れていってもらえるかしら」キャロラインは冒険を試みた。

「馬市場なんて女性が行くところじゃない」

パンといっしょに、キャロラインはいらだちをのみこんだ。礼儀正しく話そうという無駄な努力をやめ、食事に専念する。

しばらくのあいだ、沈黙の中でナイフとフォークを使う音だけが部屋に響いた。やがてふたりが食事を終えると、一階からメイドがやってきて残り物をさげた。

「では、わたしはもう寝るわ」キャロラインは言った。

アンソニーが彼女の目を見つめた。「わたしもすぐに行く」

夫に手を取られた瞬間、キャロラインの腕が熱くなり、震えが走った。手袋は食事の前にはずしてあるので、肌がむき出しだ。その手をアンソニーに持ちあげられ、てのひらの真ん中にキスを受けて、キャロラインは息をのんだ。退屈することへの恐怖はたちまち消し飛び、目の前にいる夫と、彼に対する欲望しか考えられなくなった。たがいに見つめ合い、キャロラインは夫の栗色の瞳に隠れた真の姿を探ろうとした。だが、答えはそこにあるはずなのに、彼はとても上手に隠しているようだ。

それ以上何も言わずに、キャロラインは寝室に入った。ドアを閉めたとたんに、興奮しきったタビィが大げさに自分の体に腕を回した。

「お嬢さま……いいえ、奥方さま。こんなに素敵な宿をご覧になったことがおありですか？まあ、食事がわたしの母の料理にかなわないのは仕方ありませんね。母は世界一の料理人ですもの。でもこのベッドのやわらかいこと……お屋敷のベッドにも引けを取りませんわ。そうそう、お顔を洗う水を持ってきましたから、スポンジでお顔をきれいにして髪をおろしましょう。わたしが髪をといて差しあげます。今夜はいつもみたいに手間取ったりしませんからご安心を。だって、奥方さまにとっては大切な夜ですものね」

タビィが息継ぎのために言葉を切る。キャロラインは声をあげて笑いながら、子どものころからいっしょに育ったこのメイドに手伝ってもらって服を脱いだ。「奥方さま、明日は新しいドレスを着ていただけますよ。いま、しわ取りをしていますから。こんな田舎でもちゃんとお部屋の中にしわ取りの道具が置いてあるなんて、素敵だと思いませんか？　ちゃんと文化的な暮らしをしているということでしょうか？　もちろん、もっと南に行ったら文化も何もなくなってしまうのでしょうね。でも、わたしたちには関係ありませんわ。新しいお屋敷で異教徒に囲まれても、ちゃんとお祈りを唱えて自分たちの暮らしをしていけばいいのですもの。そうすれば神さまがお守りくださると母が言っていました」

仕事の手をとめ、タビィが胸で十字を切った。ここで何もしなければ、信心深いメイドは夜も眠れなくなってしまうので、キャロラインはおなじ仕草をしてやった。

そのあともタビィのおしゃべりは続いたが、キャロラインは話の内容よりも、メイドのすずやかな声音に耳を傾けていた。やさしいアクセントが故郷を思い起こさせる。それから顔を洗い、母が用意してくれたナイトドレスを身につけた。袖がついた白のシルクで、大きく開いたボディスの胸もとにはレースがあしらわれ、まるで妖精の衣装みたいにふわふわしている。上等のシルクを使っていて、少し動いただけでひだのあいだから肌が見えてしまいそうだ。キャロライン自身はなぜかさして不安でもなかったけれど、妻がこんなドレスを着ているのを見たらアンソニーがどんな顔をするか、それだけが気がかりだった。

タビィがキャロラインの母のバラを花瓶に生けて暖炉の上に置いた。茎にはまだ黄色いリボンが結んである。モンタギュー家にいれば、そろそろタビィの母親が台所から声を張りあげ、主に対して遠慮がなさすぎると娘を叱りつけているころだ。その声が今夜も届いたかのように、タビィがキャロラインの頬に素早くキスをして、いそいそと寝室を出ていった。ひとりになったキャロラインは暖炉のそばに立って炎をじっと見つめた。背後で静かにドアが開き、沈黙のときが終わりを告げる。部屋の温度がどんどんあがっていくように感じるのは、暖炉の炎のせいではなかった。

キャロラインは振り返り、ドアノブに手をかけたまま立っているアンソニーと向き合った。彼は妻の薄いシルクのドレス姿を見て、途中で動きをとめたようだ。

「やあ、キャロライン」

アンソニーの声はまるで何かを喉に詰まらせたかのごとく、かすれていた。

「閣下」

「この部屋ではふたりきりだ。アンソニーと呼んでほしいね」

「いいわ」

笑みを浮かべたアンソニーがキャロラインに向かって足を踏み出した。床には分厚いじゅうたんが敷いてあるので、ブーツの足音がくぐもって聞こえる。夫が近づいてきても、キャロラインは逃げなかった。彼は妻を引き寄せたりベッドへ誘ったりするかわりに、やさしく手を取って握りしめた。「ワインをもう一杯、飲みたいところだ」

「お好きにどうぞ」キャロラインは言った。

「そうさせてもらうよ」

キャロラインがじっと見守る前で、アンソニーは寝室の奥で木の桶に入れて冷やしてある白ワインを取りに行った。どうしてワインがあるのかは謎だった。ヨークでは蜂蜜酒のほうが人気が高いはずなのに。結婚式用のドレスとおなじで、アンソニーが持ちこんだものに違いない。

アンソニーがワインを注ぐ姿からは、自然な優雅さがにじみ出ている。キャロラインはこの男性が自分のものなのだという事実に喜びを感じながら、彼の姿を眺めた。厳密に言えば、そうでないのは承知している。結婚初夜は妻が夫のものになるのであって、その逆はあり得ないと母は言っていた。でもアンソニーを見ていると、自分が彼のたくましさに大きな喜びを見いだしていることに気づく。キャロラインは思わず笑みを浮かべた。夫は過去に数多くの女性と親密な関係になったのだろうが、彼の妻になったのは自分だけだ。

ひとつのグラスにワインを注ぐと、アンソニーはその場で口をつけず、グラスを手に持って戻ってきた。妻のかたわらに立ち、古いしきたりに則ってまずは自分がワインを口に含む。キャロラインはこの作法が記してある本を何度も読み、いまでは廃れてしまった優雅な作法が復活すればどんなにいいかとずっと思ってきた。かつての不幸な時代にはワインに毒が盛られることが多く、男性が先にグラスに口をつけて女性のために毒見役を買って出るのが作法だったのだ。

もちろん、ここでワインに毒が入っていることなどあり得ない。わかってはいても、キャロラインは彼の行動に心を動かされずにはいられなかった。まるでおとぎ話の姫にでもなったような気がする。彼女はアンソニーが差し出すグラスを受け取って、夫への信頼のあかしにワインをごくりと飲み、グラスを返した。

アンソニーがグラスを口に持っていって残りのワインを飲み干した瞬間、キャロラインはふたりがともに、これまでとはまったく違う世界へ足を踏み入れたのだと実感した。いま、この寝室でふたりは新たな誓いを交わしたのだ。単純なやりとりだったけれど、夫が生涯妻を守り抜くという、ふたりにとっては二度目の誓いだった。

ワイングラスを暖炉の上にあるバラの花瓶の隣に置き、アンソニーはキャロラインの手を取ってベッドにいざなった。すぐに組み伏せたりはせずにベッドの脇に立ち、身をかがめてそっと妻に口づける。とても軽いキスで、握り合った手を除いてはたがいにどこも触れてはいない。

アンソニーが唇を離し、キャロラインを見つめた。栗色の瞳が暗く燃えている。彼女には夫が自分を求めているのがはっきりとわかっていた。ゆうべもすでにわかっていたし、はじめて会った瞬間からわかっていたことだ。そして彼女自身も、アンソニーの瞳に燃える炎に身を投じ、焼き尽くされるのを望んでいた。

「ベッドに座って、キャロライン」

ふだんは他人の命令に従ったりしないはずなのに、キャロラインは言われたとおりにした。魔法にかかったように現実感がなく、夢の中の出来事かと思える。アンソニーが白いクラヴァットをはずして椅子に向かって投げ、続けて濃紺の上着を脱いでその上に放り投げた。はだけたシャツからのぞく夫の肌を見た瞬間、彼女は息が詰まり、これは現実なのだと思い知った。

アンソニーがキャロラインの目の前で一枚ずつ服を脱いでいった。ろうそくの火を消しもせず、彼女から見えるところに立ったままだ。キャロラインも目を閉じたり顔をそむけたりはしなかった。夫がベストからシャツ、そしてズボンを脱いでいく姿を、目をそらさずに直視した。彼はまるで、父の書斎にある本で見たギリシャの彫刻のようだ。ただし絵よりもずっと大きく、美しく、現実的だ。

顔をあげて彼の目を見ると、アンソニーは笑みを浮かべていた。夫がおどけて眉をあげたので、キャロラインは笑い声をあげた。「さて、伯爵夫人。きみの夫をどう思う?」

膝を引きあげ、キャロラインはベッドにのぼった。そのままあとずさって、雪のように白いシーツをかけたやわらかいマットレスの中央まで進む。そして膝立ちのまま、夫に向かって片方の腕を伸ばした。喉がからからに渇いていたけれど、なんとか言葉を発することができた。「自分の美しさはあなた自身も承知しているはずよ。いままでずっと人にそう言われてきたのではなくて？」

アンソニーが前に進み出てキャロラインの手を取った。ほてったてのひらが焼き印のように熱く、ナイトドレスの薄いシルク越しにたくましい体がすぐそばにあるのが伝わってくる。甘美でいて刺激的な男性のにおいを吸いこむと、酒に酔ったように頭がくらくらした。男性の裸を目にするのははじめてだったけれど、それでもキャロラインは夫を凝視しつづけていた。

「いままで誰に何を言われたかなんてどうでもいい。いまはふたりきりなんだから」

大きくて重いアンソニーがベッドに乗ってきてやわらかい羽毛のマットレスが沈み、キャロラインはバランスを崩して夫のほうに倒れこんだ。またしても笑い声をあげると、アンソニーが彼女を抱きとめてキスをした。キャロラインは未来も過去も考えまいとした。家族も故郷も頭の隅に追いやった。いまここで起きていることがすべてだ。自分にそう言い聞かせてアンソニーに体を預けると、胸と胸が触れ合った。腕を伸ばして彼のたくましい首に回し、黒髪に指をからめて夫を引き寄せる。ベッドに横たえられる前に、彼女はアンソニーの目を見つめながら語りかけた。

「それなら言うわ、アンソニー。あなたは美しい男性よ。わたしは幸せ者だわ」

アンソニーの表情がみるみるやわらいでいく。彼の瞳は、キャロラインがはじめて見るやさしさをたたえていた。欲望とも、ふたりが結んだ契約とも無縁の、もっとあたたかいものだ。そのやさしさを目にしたとたん、キャロラインがそれまで知っていた世界は消え去っていった。

燃えるように熱いアンソニーのてのひらが、ゆっくりとキャロラインの背中から腰のくぼみへとおりていく。やがて大きな手が彼女の尻を包み、高ぶったアンソニーの欲望のあかしがぴったりと体に押しつけられた。熱い両手でさらに強く引き寄せられ、キャロラインは夫の燃えさかる欲望の中に取りこまれていった。キスで重なった唇からもはげしい情熱が伝わってくる。

もはや、これまでのようにアンソニーを押しとどめるものは何もないのだ。紙が燃えて真っ白な灰になるかのごとく、このまま彼にむさぼり尽くされる気がした。けれど、力強く硬い体をしなやかな肢体で受けとめているうちに、キャロラインはそれでもいいという気持ちになった。みずから体を押しつけて腕を夫の首に回し、口を開いてキスを受け入れる。だが、どれだけ近づいてもまだ足りなかった。

アンソニーがキャロラインを仰向けに横たえた。両手を使って彼女の体をなで回し、ナイトドレスをはぎ取っていくにつれ、冷たかったシーツがだんだんとあたたまっていく。夜の空気に素肌が触れ、キャロラインは身を震わせた。

ろうそくの炎がベッドを照らす中、キャロラインは夫の顔を見つめていた。アンソニーが彼女の体にあますところなく目を走らせ、胸のふくらみから腹へ、そして脚の付け根の金色の茂みへと視線を移していく。彼はじっくりと目で妻の体を楽しみ、そのあとを追うように手を触れていき、さらにあとから唇を這わせていった。

胸の頂をアンソニーの口に含まれ、身悶えするまで唇と舌で愛撫を加えられて、キャロラインはせつない声をあげた。体に触れられるたびに、時間が過ぎるほどに、脚の付け根のほてりが増していく。両方の胸の先端を愛撫したアンソニーが顔をあげてキャロラインと目を合わせ、にやりと微笑んだ。夫の視線が女性らしい腿のほうへ向かうのを見て、キャロラインは身を震わせた。アンソニーが少しだけ体を離してベッドの下のほうへ移動する。そのまま彼がどこかへ行ってしまうと思ったキャロラインは抗議の言葉をつぶやいたが、とたんに脚を大きく開かれ、夫がそのあいだに体をすべりこませてきた。

脚の付け根に口をつけられたとき、キャロラインは驚きに息をのんだ。唇にするのとおなじ丁寧さでアンソニーがそこにキスをし、自分だけでなく彼女にも喜びを与えた。彼の舌の動きに翻弄され、キャロラインは呼吸もままならない。逃げようとして身をのけぞらせても、アンソニーは素早く彼女をとらえて逃がさなかった。

どくどくと血が流れる音が耳の中で響くうえ、夫の顔も見えない。キャロラインの目に見えるのは腿のあいだに顔をうずめているアンソニーの黒い髪だけだった。枕に頭を預けると、こんどは木でできた天蓋しか目に入らない。彼女は目を閉じ、全身を駆け抜ける強烈な快感に身を任せた。というよりも、体が勝手に暴走してそうするよりほかなかった。

キャロラインはアンソニーの舌に導かれるままのぼりつめていき、切り立った断崖の上に立った。強く締めつけられる感覚に見舞われたあと、堰を切ったような快感の洪水にのみこまれていく。そして彼女は夫の名を叫んだ。

波が引くように絶頂の快感が去っていき、キャロラインはようやくわれに返った。母は結婚初夜の妻の義務について教えてくれたけれど、こんなに圧倒的な充足感が得られるものだとはひとことも言っていなかった。

アンソニーが顔をあげ、キャロラインのかたわらに来て横たわり、彼女の体を抱いて金色の髪をなでた。少しずつ彼女の呼吸は落ちついていき、はげしく打っていた胸の鼓動も徐々におさまった。

夫は何も言わなかったし、キャロラインもまた黙っていた。彼が与えた圧倒的な喜びによって、かえってふたりのあいだの溝がいっそう深いものに感じられる。つい先日までは短剣を持ち出すような間柄だった他人同士がどうしてこんな強烈な喜びを分かち合えるのか、キャロラインは不思議でならなかった。

こんなときどうしたらよいのかは見当もつかなかったけれど、何か言わなければならない気がして、彼女は口を開いた。

「ありがとう」

アンソニーが顔を引き、キャロラインの目を見つめた。「わたしたちのあいだで感謝なんていらないんだ。わたしはきみにただ与えるだけだし、これからはきみもわたしに与えられるように教えていく」

「じゃあ」キャロラインは無理に明るい声を出した。「わたしにどうやって教えていくつもりなの？」

アンソニーが微笑んだ。その顔の輪郭や、力強い顎の線や、ゆるやかなカーブを描く唇に、キャロラインはあらためてうっとりした。

「ゆっくりとね」彼が答え、キャロラインに唇を重ねた。

11

キャロラインはあらゆる不安や未来への懸念を放り出し、重ねられた夫の唇を楽しむことに専念した。アンソニーの唇に残るワインの味を楽しむのとおなじように、結婚初夜を存分に味わえばいいのだ。重なった口を開くと、夫が舌をからめてきた。その唇に誘われるがまま彼の上になる。アンソニーは力を抜いてシーツの上に横たわり、妻が存分にキスを堪能するに任せていた。自分が教わる立場なのも忘れ、キャロラインは体を彼に押しつけていった。ろうそくの光に照らされる中、キャロラインは夫の美しさをじっくりと眺めた。たくましい腿や無駄な肉のない腰回りに視線を走らせ、がっしりとした胸板に軽く手を置く。欲望のみなぎる瞳と目を合わせたとたん、息が苦しくなった。だが、アンソニーはまだ彼女に触れようとしない。

キャロラインは両手を彼の胸と肩にすべらせた。そのたくましさを確かめ、引き締まった筋肉の感触を堪能するうち、指先がなめらかな胸の先に行きあたった。その瞬間、アンソニーの口から短い息がもれる。彼女は微笑んで、夫の瞳が欲望に黒ずんでいくのを見守った。身をかがめてアンソニーの左胸に唇をつけると、心臓の鼓動がじかに伝わってきた。彼はじっとしたまま飢えた目つきで妻を見ていたが、それもキャロラインが唇を動かして胸の先を口に含むまでだった。

アンソニーがキャロラインの髪に手を突っこんでうなり声をあげ、頭を持ちあげて強引に唇を重ねてきた。こんどはなんの遠慮もなく、口を開いてはげしいキスをする。体を入れ替えてキャロラインを組み伏せ、味わい尽くすように夢中で唇をむさぼった。息ができなくなりそうだったけれど、キャロラインはそれでもかまわなかった。息などできなくてもかまわない。ただアンソニーの舌を受けとめ、味わっていたい。

やがてアンソニーが顔を引いた。キャロラインが身を寄せ、たったいま教わったとおりに唇にキスを返そうとすると、彼はただ微笑んだ。そしてそのまま軽く彼女の唇にキスをし、喉もとから鎖骨へ、胸のふくらみのあいだへとキスを続けていった。アンソニーの唇が片方の胸の頂を覆うとキャロラインは息をとめ、身をこわばらせた。舌で先端をなぶられ、あえぎ声をあげる。さほど時間をかけずにアンソニーがもう片方の胸へと愛撫を移し、キャロラインはひたすらに身悶えた。夫の唇が肌に触れて快感が導き出されるたび、さらなる切望がこみあげる。

そのときアンソニーが身を起こし、手でキャロラインの両脚を大きく開かせた。彼を相手にこの門が閉じていられるはずもない。アンソニーは脚の付け根にあるつぼみに手で愛撫を加えながら、秘部に情熱的な口づけをした。

思わずキャロラインは息をのんだけれども、その愛撫は長くは続かなかった。妻がすっかりうるおって準備が整ったと見るや、先ほどの微笑みが嘘のような真剣さで、アンソニーが彼女の目をじっとのぞきこんだ。

「これからきみをわたしのものにする、キャロライン。いいね」

いよいよ〝そのとき〟が来たらしい。母はおとなしくじっと横たわっているようにと教えてくれたが、この強烈なほてりや夫の体に抱かれる感触については何も言っていなかった。アンソニーの肌のぬくもりを感じ、体の芯がとろけそうになるほどの強烈な快感を覚えて、キャロラインの心には言葉にできないほどの切望がこみあげていた。もはや話すこともできない。そこで彼女は夫を引き寄せ、彼の口に自分の唇を押しつけた。アンソニーが話す力を返してくれたのか、口づけから力を得たキャロラインは言葉を発した。

「わたしはあなたのものよ。あなたがわたしを望むなら」


妻のおだやかな声を聞いた瞬間、アンソニーはわれを忘れそうになった。低くかすれた声は、まるで経験豊かな女性の愛撫のようだ。キャロラインの瞳にはアンソニー自身の欲望が反映されているかのごとく、強烈な渇望が浮かんでいる。妻のほうが若くて無垢であるにもかかわらず、この瞬間、ふたりはまるで同格だった。

最初のときは痛みがあると告げるつもりだったし、できる限りゆっくりと、やさしく慎重にしようと思っていた。でも、自分の下で身をよじる彼女を見ているうちに、そうした気遣いは頭から吹き飛んでしまった。

キャロラインにキスをし、彼女の口から吐き出された息を吸いこみながら、アンソニーは身を沈めていった。彼女の脚のあいだに安住の地を見いだしたような、不思議な気分だ。

押し入ってくる異物にキャロラインが痛みを覚えているのが感じられる。しかし、アンソニーができるだけ体重をかけないようにしてゆっくりと少しずつ動くにつれ、驚きに目を見開いた妻の体から力が抜けていった。いよいよ存分に快感を味わい、みずからを解き放つときだとアンソニーは思った。わがままかもしれないが、彼にはそうする権利がある。はじめての女性を相手にするのは簡単ではないとはいえ、やさしさと心配りはできる限り発揮した。はじめてキャロラインに出会ったときから、思いどおりの快感を与えられると確信していたし、愛の技術で彼女を喜ばせられる自信もあったけれど、二度も絶頂を与えるつもりではなかった。ところが、こうしてキャロラインの薄茶色の瞳を見つめていると、もういちど彼女に至福の感覚を味わわせてやりたいと思っている自分がいた。

そこでアンソニーは身を起こし、キャロラインとひとつになったまま わずかに腰を引いた。彼女の口から当惑まじりのせつない声がもれる。妻の低いうめき声に、彼は限界を超えそうになった。精神力を頼りに絶頂の手前でどうにか踏みとどまる。キャロラインの腰をベッドから浮かせ、最も喜びが大きくなるところに触れるよう侵入の角度を変えた。

彼女の尻を持ちあげながら腰を動かし、またしても絶頂に近づいて焦点を失っていく目をのぞきこんで、その場所を探っていく。

キャロラインが鋭く息を吸いこんだので、アンソニーは求めていた場所を探りあてたことを悟った。強烈な快感から逃げ出すように身悶える彼女を見て、勝者の昂揚感に包まれる。彼は思わず笑みを浮かべながらキャロラインの体をしっかりと抱き、強烈な快感を受けとめるよりほかないようにして腰を動かしつづけた。

彼女が叫び声をあげ、アンソニーの名を呼ぶ。彼はすさまじい快感に身をゆだねながら、夢中になってキャロラインの体を突きあげていった。そして体験したこともないほど強烈な絶頂を迎え、ついにみずからを解き放って彼女の上に倒れこんだ。しばらくして頭がものを考えられる状態になると、アンソニーは不思議に思った。キャロラインは田舎育ちで、良家の令嬢だが、男女の営みに関してはなんの経験もなく、美しさ以外はこれといった取り柄もないように思える。そんな女性が、どうして彼に生涯最高と言っていいほどの快感を与えることができたのだろう？

自分は正気を失ってしまったのか、それとも結婚の誓いがなんらかの魔法をもたらしたのか、さっぱりわけがわからなかった。しかしアンソニーは、すぐにこうしたことを考えるのをやめた。キャロラインのあたたかい体にぴったりと寄り添い、やわらかな胸と腿に密着しているうちに、どうでもいいことのように思えてきたからだ。以前から思い描いていたとおり、長い金色の髪が枕の上に広がっている光景。

そこに至ってようやく、アンソニーは自分がわれを忘れてしまったのを思い出し、キャロラインを痛い目に遭わせてしまったのではないかと不安になった。だが、顔をあげて妻の目を見ると、彼女はおだやかな微笑みを浮かべていた。

「あなた」キャロラインが言った。アンソニーに与えられた喜びのせいで、声がかすれている。「つぎはいつ、またさっきみたいなことができるのかしら？」

アンソニーは笑ってキャロラインを強く抱きしめ、彼女を押しつぶさないよう横に体をずらした。どんなに頑強な男でも営みのあいだには休息が必要だ。キャロラインはそんなことすら知らず、無邪気な笑顔を向けてくる。そうした些細なことからひとつずつ自分が彼女に教えていくのだと思うと、めったに感じたことのない――もしかしたらはじめて感じる――心の平穏を覚えた。その瞬間、アンソニーがそれまで知っていた世界は消え去り、あとには未踏の海に浮かぶ島のようなベッドと、そこに彼とともにやわらかな体を横たえる女性だけが残っていた。

顔を合わせるたびに挑むような表情を浮かべた猛々しい女性や、彼から逃げるために垣根を跳び越えて馬に飛び乗っていった荒々しい女性は、もうどこにもいない。彼は妻を変えたのだ。それも、これ以上ないほどに甘美な方法で。

そんな安らぎの中だというのに、アンソニーの胸には喜びにまじって、かすかな失望があった。男性たちを弓の勝負で打ち負かし、いちどならず二度までも自分に短剣を投げつけた女性のことを、彼は思い浮かべた。あの強い女性ならば、さぞ立派な息子をたくさん産んでくれるはずだ。結婚の誓いを交わしたことによって、キャロラインが彼の望んだとおりの従順でやさしい女性になったのだとしても、あの強さが彼女のどこかに生きつづけてくれればいいと、アンソニーは願わずにはいられなかった。

隣に横たわるキャロラインのあたたかい吐息がアンソニーの胸にかかった。この瞬間、妻は守られ、平穏の中で眠っているのだ。たとえ何が起きたとしても、どんなことをしてもこの女性を生涯守り抜いてみせる。心の中で誓いを新たにする一方、彼はモンタギュー男爵の屋敷で出会った女性に言いようのない懐かしさを感じていた。あのキャロラインはいったいどこに行ってしまったのだろう。彼女がふたたび戻ってくる日はあるのだろうか？

12

なじみのないベッドで目が覚めたとき、キャロラインはひとりきりだった。夫を求めて腕を伸ばし、アンソニーがいないとわかると、彼女は長いことそのままじっと横たわっていた。やわらかい羽毛の布団にくるまり、上掛けから頭と目だけを出してあたたかさを保っていたが、朝の冷たい空気が心にしみるようだった。アンソニーはどこに行ってしまったのだろう。

頭の中で母の声が響き、愚かな真似はするなとキャロラインに警告した。南部の人間、とりわけロンドンの社交界の人々にとって結婚とは何かをその声は告げていた。彼らにとって、結婚とは契約にすぎない。富と出産とを交換する取引でしかないのだ。それはもちろんキャロラインだって知っている。戦争が終わり、父が戻ってすぐに母に説いて聞かせられたのだ。さらに言えば、母はそのとき、自分たちの経済的な事情が悪化し、会ったこともないキャロラインのいとこが男爵家の領地を相続すると決定したことも教えてくれた。キャロラインが息子を産めば、その子はアンソニーの財産を継いで不安のない安泰な一生を送ることができる。かわりに彼女はロンドンと領地にあるアンソニーの家を管理し、やってくる客たちに笑いかけ、それで満足するよう自分に言い聞かせて生きていかねばならないのだ。

キャロラインの父が戦争で外国に行っていた何年ものあいだ、まさに母はそうやって暮らしてきた。愛し合って結婚したにもかかわらず、母はそんな結婚生活にも満足しているように見えた。家が借金で傾いていることをはじめてキャロラインが聞かされたのは十一歳のときだ。愛情で夫を選ぶのは無理だと母に告げられ、その日からずっと、家族を破産という不名誉から救うために結婚するのだと思ってきた。

そして、いまやキャロラインは結婚した。この先の人生でベッドをともにするただひとりの男性が決まったのだ。その相手であるアンソニーと、体の関係だけで結びつく夫婦になってしまうのが彼女は怖くてたまらなかった。めったに帰ってこない夫と朝食のテーブルで他人行儀に挨拶を交わすだけなんて、おぞましいとしか言いようがない。これまでたくさん話には聞いてきたそんな夫婦に、自分たちもなってしまうのだろうか。キャロラインは頭を振ってその考えを追い払った。ゆうべのむつみ合いで、アンソニーとならそれ以上の関係を築けるのではないかという希望が芽生えていた。だいいち、先のことなど誰にもわかりはしない。彼女とアンソニーも、ベッドを出たところでたがいを好ましく思うようになる可能性はあるのだ。いずれいっしょに声をあげて笑うことだってできるかもしれない。

ずきりと胸が痛み、キャロラインはその痛みをぐっとこらえた。手にすることのできないものをどれだけ欲したところで意味はないし、彼女はそんな弱い人間ではない。ゆうべ夫の瞳に浮かんでいたやさしさは、結婚前に望んでいた以上のものだったのだから、それで満足すべきなのだろう。そして、母がよく言っていたように、彼女自身も大人として現実を受け入れ、この世界で生きていくよりほかはない。アンソニーがこのうえなくやさしく夫婦の営みを進めてくれたことも、夢中になって初夜のベッドの手ほどきをしてくれたことも、ふたりが結んだ取引とは何も関係ないのだ。

キャロラインは上掛けをはねあげ、素早い身のこなしでベッドから出た。シーツには処女のあかしである血の跡が残っている。夫が結婚の条件としていた彼女の純潔を確かめに戻ってくるかもしれないので、そのままにしておくことにした。

けさはタビィのおしゃべりに耐えられそうもなかったので、キャロラインは手伝いのメイドを呼ばずにきのうも着ていた旅装用のドレスを身につけ、その上にケープをはおった。暖炉に火が入っている部屋でも肌寒いのだから、部屋の外はもっと寒いはずだ。

結婚初夜にして夫にベッドを去られてしまった。だが、厩舎に行けばヘラクレスが眠っている。さすがに旅の途中で遠乗りに出かけるというわけにはいかないが、行って会うだけなら問題はないはずだ。

大きな旅行鞄に手を突っこむと、キャロラインは奥のポケットに三つだけ隠し持ってきたリンゴをひとつ取り出した。それからボンネットをかぶった。金色の髪は肩からケープの背中へと垂らしたままだ。素早く静かに行けば人に見られることもないだろう。

ドアを開け、ゆうべ夫といっしょにディナーをとった居間に入る。アンソニーはそこにもいなかった。初夜のベッドに妻を置き去りにした夫がどこへ行ったのかなど知るものか。キャロラインはアンソニーのことを頭から追い払い、ドアの鍵を開けたままにして夫が借りた部屋をあとにした。裏階段が見つけられるとは思えなかったので、とりあえずは宿の酒場へ続く階段をおりていった。

酒場では数人の男がマントにくるまって、暖炉のそばで眠っていた。宿の女将が台所で忙しそうに料理人たちに指示を飛ばしている。少女がひとり、暖炉のかたわらに膝をついて火をかき立てていた。キャロラインは少女が体の向きを変えて背中を見せた瞬間に素早く動き、酒場を通り抜けて宿の庭へ出た。

白みはじめた空はどんよりしていて、夜の濃い藍色がいまにも消え去ろうとしているところだった。オレンジ色の輝きが東からのぼりはじめると、キャロラインはそれを見て微笑んだ。二日でシュロップシャーに到着する。夫の領地に着いたらさっそく遠乗りに出かけよう。アンソニーからも、選ぶ余地もなく導かれた人生からも、できる限り離れたところまで駆けていくのだ。愛馬とともに自然の中を駆けるほどの喜びはないのだから、新しい土地でもどうにかして遠乗りをする時間をつくらなくてはならない。シュロップシャーに荒野はないかもしれないが、未開の自然を楽しむことのできる場所はきっとあるはずだ。うまくすれば、ヘラクレスやタビィとともに暮らす、新しい家や土地を愛せるようにもなるかもしれない。

キャロラインは厩舎に足を踏み入れた。板で仕切った馬房を掃除していた馬番の男ふたりが手をとめ、帽子を取って挨拶してから、また作業に戻っていった。彼女はうなずきで挨拶を返し、厩舎の中を進んでいってヘラクレスを見つけた。たくましい愛馬は目をむき、前足を踏み鳴らしてアンソニーの御者を威嚇しているところだった。

「まあ、ヘラクレスったら。わたしの夫の御者を怖がらせているの?」

キャロラインの声を聞きつけ、姿を認めると、ヘラクレスはたちまちおとなしくなり、鼻先のまばらに白くなっている毛を主人がなでられるように頭をおろした。「あなたに仕えてくれる人たちには礼儀正しくしないとだめよ。さっきみたいな振る舞いは紳士的じゃないし、あなたにはふさわしくないわ」

やさしく告げたキャロラインはリンゴを差し出した。ヘラクレスが口を近づけ、主人の繊細な肌に歯を立てないようにそっとリンゴを唇でつまみあげた。

アンソニーの御者は距離を置いたところに立っていた。ヘラクレスを怖がるのとおなじくらい、新しい奥方のことを恐れているようだ。

かちかちになっている御者に、キャロラインは笑いかけた。「キャロライン・モンタギューよ。いいえ、いまはレディ・レイヴンブルックね。あなたのお名前は？」

「ジョンです、奥方さま」すでに帽子を取っていたジョンが、深くお辞儀をした。

「そんなに頭をさげなくてもいいのよ、ジョン。ヘラクレスが迷惑をかけたみたいでごめんなさいね。この子は知らない人や土地が苦手なの」

「まさか、奥方さま。迷惑なんてとんでもないことです。立派な馬ですね」

キャロラインはジョンの手に汚れた布が巻いてあるのに気がついた。ヘラクレスにかまれたのだ。

「かまれたのね。手当てをしなくちゃ。傷口が化膿したら大変だわ」

「いけません、奥方さま。いや……つまりその……仰せのままに」

リンゴをひと口で食べ終えたヘラクレスは主人のボンネットを顎と鼻先を使ってはずし、

髪に鼻をすりつけている。キャロラインは愛馬に向き直った。

「ジョンをかんだりしてはだめよ、ヘラクレス。彼はわたしの夫の使用人なのだから、わたしに仕えているようなものなの。つまり、あなたに仕えているも同然なのよ。わかった？」

ヘラクレスがぶるっと全身を震わせてからふたたびキャロラインにすり寄り、ほかに何か持ってきたのかと期待するように、しきりにケープのにおいをかいだ。

「わかったということだと思っておくわ」キャロラインは牡馬の首に手を置いた。そのまま彼女はしばらく厩舎に残り、ヘラクレスとアキレウスが彼らを南へと運ぶ荷台に載せられるのを見守った。アキレウスは羊のようにおとなしくしていたし、ヘラクレスは上機嫌とまではいかないまでも、少なくとも二度と御者にかみつこうとはしなかった。ちゃんと荷台に乗った二頭をキャロラインはなでて褒めてやり、それからジョンのほうを向いた。「いっしょに宿に行きましょう。傷口を洗わないと」

「平気です、奥方さま」

「それはわたしが決めます」

最後にもう一度ヘラクレスの首を軽く叩き、キャロラインは夫の御者を厩舎から宿の酒場へと連れていった。ジョンの傷を洗う湯と消毒用の蜂蜜を用意してもらい、みずから彼の手当てをする。「傷口を清潔にして、濡らしてはだめよ、ジョン。奥さんはいるの？」

「はい、奥方さま。マージョリーといいまして、シュロップシャーのお屋敷で料理人をしております」

「そうなの、よかったわ。マージョリーに頼んで家で一日に二回、傷口に蜂蜜を塗ってもらいなさい。ちゃんときれいな包帯に交換するのよ。わかったわね？」

ジョンが微笑み、濃い茶色の瞳を感謝の念で輝かせた。「まだご結婚されたばかりなのに、すっかり奥さまぶりが板についておられますね」

言い方は丁寧でも、やかまし屋だと言われているのには違いない。キャロラインはおかしくなって笑いながら階段に向かった。部屋に戻ると、すでに居間に朝食が用意されていた。バターがついたパンに新鮮なチーズ、それに煮たリンゴとベーコンエッグだ。彼女は椅子に座って朝食をとりながら、ゆうべもしっかり食べたというのにまだ空腹な自分に驚いた。そこで、ディナーのあとで何をしたかが頭に浮かび、キャロラインはひとり頬を赤らめた。アンソニーの姿はまだ見えない。

タビィがキャロラインのほうをしきりに気にしながら、ジャムとパン、そして豆と煮こんだトマトを運んできた。「奥方さま、わたしがうかがったとき、お部屋にいらっしゃいませんでしたね」

「ええ、厩舎にいたの」

そばに立ったタビィが愛らしい顔にこれ以上ないほどみじめそうな表情を浮かべたので、キャロラインは彼女の手を取った。「心配させてごめんなさいね。つぎからはちゃんと書き置きを残していくわ」

「でも、わたしは字が読めません」タビィが泣きそうな声を出す。

「シュロップシャーに着いたら、すぐに先生を探すわ」

タビィの顔が朝日のようにぱっと輝いた。

「まあ、素敵！　わたしが字を教わったりしていいんですか、奥方さま？」

「もちろんよ、タビィ。勉強をするのにわたしの許しなんかいらないわ」

「だが、きみはまずわたしの許しを得るべきだな」

アンソニーが廊下に立ち、ドアの外から彼女をにらんでいた。「そうかしら？」キャロラインはいつもと変わらぬ声を出そうとしたつもりだったが、彼の背すじがぴんと伸びたところを見ると、どうやら母によく叱られていた不遜な調子になってしまっていたようだ。彼女は夫の視線を受けとめながら、紅茶の残りを飲み干した。タビィが彼女の好みに合わせて淹れてくれた、いつもどおりにクリームと角砂糖がふたつ入った紅茶だ。

「ふたりにしてくれ」アンソニーが言った。

片方の手に紅茶のポットを持ち、もう片方の手にパンやほかの皿を持って、タビィが部屋を出ていった。キャロラインはため息をついてそれを見送った。出発前にパンをあと一枚と紅茶がもう一杯ほしかったのだが無理らしい。夫に視線を移すと、アンソニーが目に怒りを宿らせて彼女をにらんでいた。おなじように怒りがこみあげてきたけれど、キャロラインはこらえた。たとえ何を言われようと我慢し、尊厳を保つのだ。

「わたしのメイドに思いやりのない接し方をしないでいただきたいわ。わたしもあの子も新しい生活に慣れようとしているところなの。邪魔をされては困ります」

「邪魔だって？」アンソニーが入ってきて、部屋が揺れるほど力いっぱいドアを叩きつけて閉めた。「そう思うなら覚悟しておいたほうがいい。わたしはきみの夫として、これからもことあるごとにきみの邪魔をすることになる」

キャロラインは危うく呪いの言葉を吐いてしまうところだった。口から出かかった悪態をなんとかのみこむ。「おかしいわね。あなたはもっと大切なお仕事をされていると思っていましたのに、わたしの召使のことにあれこれとかかわるなんて」

「きみがまともに家を仕切れるようになったら、仕事のことも考えられるんだがね」

「なんですって――」

「だいいちだ。伯爵夫人でなくとも、どこの妻が夜明け前に夫のベッドから抜け出して、ナイトドレスのまま厩舎へ馬に会いに行ったりするんだ？　しかも、よりによって宿の酒場で、わたしの御者と気安く接していたそうじゃないか」

キャロラインはかっとなって椅子から立ちあがった。両手をテーブルの上に置き、懸命に怒りを静めようとする。これほど腹の立つ男性には会ったことがない。しかも、それが彼女の夫なのだ。きっとこの先もずっと、ことあるごとにアンソニーはこんなふうに彼女を激怒させるのだろう。

「閣下」キャロラインは言った。「わたしはこのドレスとケープを着て外に出たのであって、ナイトドレスのまま出たわけじゃないわ。厩舎に行ったのだって、自由な女性なら認められて当然の権利を行使しただけよ。それから、わたしはあなたの召使に気安く接したりなどしていません。放っておいたら間違いなく化膿していた傷を手当てしていたの。それも、わたしの馬の世話をしてできた傷をね」

「きみはレイヴンブルック伯爵夫人なんだぞ、キャロライン。ふつうの人々が出入りする宿の庭をうろついて、召使の世話をするなどという真似はできないんだ」

「できますとも。これからだってそうするわ」

「だめだ。きみには好きなように振る舞う権利はない。きみはわたしの妻なんだぞ」

「そんなことを、いちいち言われなければわからないとお思いなの？」

「思うとも、現にわかっていないじゃないか！」

キャロラインが両足を踏ん張って立ち、夫をにらみつけている。まるで行いをあらためる気がないのは明らかだった。

アンソニーは大股で部屋を突っ切り、妻の両腕をつかんで引き寄せた。キャロラインは身じろぎもしなければ目をそらそうともしなかった。わずかに痛そうな顔をしたものの、懸命にそれを隠そうとしていた。

心の中で、アンソニーは自分を罵った。そもそも明け方にキャロラインをひとりで残していくべきではなかったのだ。部屋に残ってロマンティックな新婚の朝を演じていれば、伯爵夫人がヨークの宿で醜聞の種を振りまくこともなかっただろう。

もし不逞の輩が厩舎に侵入し、キャロラインと鉢合わせしていたらと思うだけで、アンソニーの心臓はとまりそうになった。妹のアンがヴィクターにかどわかされた日のことが頭に浮かぶ。あの日アンは馬で村へ出かけると言い、馬の用意をしに厩舎へ行ったきり姿を消してしまった。ようやく戻ってきたのは一週間後で、そのときすでに妹の名誉は地に落ちてしまっていた。そして、一族の名に傷がついたことに戦々恐々とした母は恥辱のあまり倒れ、事件からひと月後に亡くなったのだ。

アンを捜して田舎の道を駆けずり回ったのをいまでもよく覚えている。兄であるアンソニーは、ヴィクターがレイヴンブルック家の門の前に置き去りにしていくまで、妹を見つけられなかった。あの愚劣な男はアンを玄関まで送り届けることもせず、門から屋敷までの長い距離をたったひとりで歩かせたのだ。家族に受け入れられるかどうかもわからない状態で。結局、皇太子の骨折りを得て名誉は完全に損なわれなかったものの、アンは立ち直ることができなかった。社交界の人々の目はごまかせても、彼女がみずからを責めるのだけはどうしようもなかったからだ。

すべての後始末をしてアンの名誉をかろうじて守り、彼女をリッチモンドの小さな領地にかくまったあと、アンソニーは誓った。自分の保護する女性が――妻ならばなおさら――あんな愚か者にだまされるようなことがあってはならない。育ちのいい女性にはしょせん、この世界の真実の姿などわからないのだ。ヴィクターほど腐った男が相手でなくとも、女性の人生は簡単に台なしにされてしまう。わずかでも保護の手を離れた隙に身代金目当てで誘拐されることもあれば、喉をかき切られることだってあるだろう。下手をすればもっとひどい目に遭わされるかもしれないのだ。

アンソニーは妻を見つめた。もしもキャロラインがそんな悪人の手にかかったら、自分はとても耐えられない。

じっくりと時間をかけ、彼はキャロラインの薄茶色の瞳と、しわが寄ったシルクのドレスからのぞく真っ白な肌を目に焼きつけた。怒りとおなじくらい強烈な欲望がこみあげてきて、うまく息ができない。ただし、いまこの欲望に屈するわけにはいかなかった。意志の力でどうにかしてこの妻を手なずけねばならない。彼は欲望のためにいちばん大事なことを見失うほど、やわな人間ではなかった。

「キャロライン、ロンドンの人々は、中途半端な装いで人前に出たりしないものなんだ」

「わたしに礼節の講義をするつもりなの?」

「誰かがしなければならないのは明らかだ」

怒りをたたえた夫の目にも、キャロラインは動じていない。アンソニーは自分が必要以上に妻の腕をつかむ手に力をこめてしまっていると知りつつも、振りあげてしまった剣をただおろすわけにはいかなかった。みずからの身の安全や夫の名誉をないがしろにするような真似は、伯爵夫人には許されない。それを確実に理解させなければ。

長い沈黙のあと、キャロラインがアンソニーをさげすむような目つきでようやく口を開いた。「ロンドンがヨークシャーとは違うことくらい、わたしにもわかっているわ。こんな妻を持ったあなたは大変だとも思います。でも、これはあなたが自分の自由な意思で選んだ結婚なのよ。わたしもわたしが信じる道を行くわ」

この挑発に、アンソニーは完全に己を見失った。彼女が簡素ながらも力強い言葉を発し終えるやいなや、彼はキャロラインの唇にはげしく唇を重ねていった。

13

キャロラインはアンソニーの唇のあまりの猛々しさに身をこわばらせた。もう少しでひるみそうになったけれど、誇りがそうさせなかった。理不尽な要求に屈するわけにはいかないのだ。自分は彼の妻であって、召使ではない。

襲いかかってくる唇に、キャロラインは口を開きもせず冷たく応じた。かみつくような勢いでアンソニーの歯が唇に押しあてられる。夫は強く彼女をつかんだまま、まるで罰するかのごとく唇を重ねてきた。自分の力強さを誇示して命令に従うことを強いているのだ。

しかし、キャロラインは妥協しなかった。するとアンソニーのキスがやさしいものになっていき、腕をつかむ手の力もゆるんで愛撫へと変わっていった。

そうなってはじめて、キャロラインは身を引こうとしたが、ゆるんだとはいえアンソニーの手や唇はしっかりと彼女をとらえて放さなかった。彼女が背を向けるのを許すつもりはないらしい。

かわりに、アンソニーはキャロラインを寝室へ連れていき、ゆうべ至福のひとときを過ごしたベッドへと導いた。別の方法で妻を征服してみせるつもりなのだ。キャロラインにはすぐに察しがついた。

キャロラインが身をよじると、急な動きにふいをつかれたアンソニーが手にこめた力をゆるめ、その隙に彼女は夫の手から逃れた。居間に駆けこみ、廊下へと続くドアに向かって駆けていく。だが、アンソニーのほうが動きは早かった。ドアを開けた瞬間に追いつかれ、たちまち大きな音をたてて閉められてしまった。彼がキャロラインの頭上でドアに手をつき、黒く塗られたドアとみずからの大きな体で妻をはさみこんだ。

「逃がしはしないよ」

キャロラインはこみあげる怒りと、夫のあまりの近さに息も継げなかった。「いまのあなたはわれを忘れてしまっているわ」

「わたしは何も忘れたりしない」

アンソニーが両手をキャロラインの頭の両側に動かし、身をかがめて彼女の耳もとにささやきかけた。熱い吐息がこめかみと頬にかかり、キャロラインの体がひとりでに震えた。体の芯が欲望でほてりはじめる。

「ゆうべのキスだって残らず覚えているよ、キャロライン。きみがわたしの下で身をよじらせてあげた声もすべて頭に残っている。どうやってわたしの名前を呼んだかもね。決して忘れたりしない」

両手をドアについたまま、アンソニーが唇をキャロラインのこめかみから顎へと這わせていく。膝がとろけるような気がして、彼女は分厚いドアに寄りかかった。大きな体と唇だけで彼がキャロラインの動きを封じ、ふたたびキスを挑んできた。こんどは彼女も自分を見失いかけたが、夫がドアの鍵をかける音で正気を取り戻した。

アンソニーを押しのけて逃げるのだ。キャロラインは自分の体に命じたが、いまや唇だけで彼女をとらえている夫から離れられなかった。彼の大きな手が胸に触れると、力を取り戻しかけたと思っていた両膝からあっという間に力が抜け、不本意ながら喉の奥から喜びの声がもれた。小さなあえぎ声が出てしまうのを自分でも抑えられない。アンソニーの愛撫に身を任せ、体に触れるあたたかい手の感触を意識で追いかける。引き締まった硬い体を強く押しつけられ、なめらかなドアを背中に感じた。

彼が唇を喉へと移し、愛撫を加えながらズボンに片方の手をかけた。キャロラインが両手をおろして手伝おうとするとアンソニーはその手を払いのけ、唇と空いたほうの手で妻のあらゆる部分に触れていった。頬や喉、髪や胸へと愛撫が移っていく。ドレスのスカートを持ちあげられ、キャロラインの全身がゆうべとおなじように熱くなった。アンソニーは動けないほど強く彼女を抱きしめ、みずからの準備が整うまでキスを浴びせつづけた。

「アンソニー」キャロラインは息もたえだえに言った。

「抑えられないんだ、キャロライン。きみがほしい」

アンソニーの声が渇望で震えている。キャロラインの喉もまた、みずからの欲望でふさがれていた。男女の営みがこんなにも強く、急激に感情を揺さぶるとは思ってもみなかった。夫が喉もとに唇を走らせながら答えを待っているあいだにキャロラインは気づいてしまった。自分はこの行為を好きになりはじめている。

「いいわ」聞き取るのもやっとの小さな声で答えると、それを聞いたアンソニーはもはやためらわなかった。

腰に手をかけたアンソニーに体を持ちあげられ、キャロラインはドアに体を預けた。両腕で夫を抱き、両脚を引き締まった腰に回す。アンソニーは両手で彼女のヒップを抱き、妻のあたたかく湿った場所にみずからの猛々しい欲望をおさめた。低いうなり声が彼の喉からもれ出す。

荒々しい動きで彼女を傷つけないように、アンソニーはキャロラインの体を高い位置に保っていた。宿のドアに体を押しつけての行為だというのに、彼は気遣いを忘れてはいない。妻がもたらす快楽に身を投じ、ドアに寄りかかる彼女にみずからの体をはげしく叩きつけていく。絶頂が近づくにつれてその動きは速まっていった。

夫の張りつめた切迫感がキャロラインの体に流れこんだのか、彼女自身の快感もどんどんと高まっていった。ゆうべ、借り物のベッドではあんなにやさしかったアンソニーが、完全に自制心を失ったように体を動かしている。いまや相手の名を呼んでいるのは彼のほうで、妻のほてった肌に向かってせつなげに彼女の名をささやきつづけていた。キャロラインは自分でも気づかないうちに、すでにそれだけの力を備えていたのだ。

さらにアンソニーの動きがはげしくなり、夫に導き出された快感が体の芯からキャロラインの全身を貫いた。徐々に高まっていく快感が絶頂の波となって襲いかかってきて、彼女は必死で彼の髪をつかみ、自分の名を呼ぶ夫の名を口にした。

アンソニーもキャロラインの喉に口をつけたままうなり声をあげ、みずからの欲望をついに解き放った。そのあいだも両手はしっかりと彼女のヒップを抱えたままだった。そっと妻の体を床におろし、アンソニーが呼吸を整えた。スカートが自然に落ちてキャロラインの両脚を隠したけれど、彼はまだ彼女を放そうとしない。キャロラインが自分の足で立てない状態なのを知っているのだろう。片方の手をキャロラインの頭の後ろに置き、もう片方をヒップに添えたまま、その場に立ちつづけた。

ゆっくりとキャロラインの体が言うことを聞きはじめた。まるで脱穀機に放りこまれた小麦がもみ殻をはがれたように全身が痛む。夫の体に寄りかかると、頬にあたるビロードのコートがあたたかくやわらかかった。

夫が旅装に身を包んでいるのにはじめて気づき、キャロラインは自分たちが夜明けとともに出立する予定だったのを思い出した。アンソニーは早起きをして出発の準備をし、妻をできるだけ長く寝かせておこうとしていたのかもしれない。けさのことはすべて、そのやさしい心遣いが生んだ誤解だったのだろうか。

キャロラインはアンソニーの栗色の瞳をのぞきこみ、自分の耳にも届かないほどの小さなかすれ声で笑った。怒りはすでに高ぶる情熱によって解け、その情熱もいまや落ちつきを取り戻しかけている。アンソニーが彼女に向かって片方の眉をあげてみせた。

「どうも、わたしたちはそろって短気なようだ」

キャロラインの耳に、ドアの向こう側から遠慮がちな咳払いの声が届いた。さっきまでの夫婦の営みを宿じゅうに聞かれていたに違いない。

「最初からやり直したほうがよさそうだ。おはよう、奥方」

キャロラインは笑顔のまま、夫と目を合わせて答えた。「おはようございます、あなた」

「きみさえよければ、そろそろ出発したいのだが」

きのうまでは考えもしなかった仕草だったが、キャロラインはみずからアンソニーにぴったりと体をつけた。夫の目がふたたび欲望に曇っていく。彼女はつま先で立ち、ささやきかけた。「いいわ。本当は馬車とは違うものに乗りたいけれど、出発しなくてはいけないなら仕方がないわね」

またしてもアンソニーの表情に渇望が浮かぶのを見ながら、キャロラインは顔を離した。だが彼女の夫はみずからを厳しく律するのに慣れた男性だ。彼女がひとりで立てるのを見ると、静かにあとずさってズボンをしっかりとはいた。

「そっちの乗り物は今夜までお預けだ。夜になるまでには長い道のりが待っている」

キャロラインはアンソニーの姿を眺め、裸身を頭に思い描いた。顔をあげて目を合わせたものの、夫は挑発に乗ってくるそぶりも見せない。わずかに乱れた呼吸だけが彼の欲望を示していた。

乱れた呼吸はアンソニーが自分を欲しているあかしだ。キャロラインは自分に彼をそうさせる力があるのをしっかりと確認し、譲歩することにした。軽く夫と体を触れ合わせ、そのまま歩いていって彼と距離を取る。

「仰せのままに、あなた」

寝室に入る前に、キャロラインはもういちど振り返って夫を見た。アンソニーはすでに廊下に出て、ちょうどドアが閉じられるところだった。その直後に同じドアからタビィが入ってきた。無表情を装い、何も言おうとしない。黙っている彼女を見るのははじめてだった。キャロラインも何があったのかあえて言おうとはせず、ふだんどおりでいるよう努めた。実際には、まだ夫の手や舌の感触が生々しく体に残っていたのだが。

「わたしの髪を整えるより、先に荷造りをしたほうがいいわ、タビィ」キャロラインは言った。「閣下は早く出発なさりたいそうよ」

キャロラインはすっかりしわだらけになったドレスを脱ぎ、新しいものを準備した。実った小麦を思わせる深い黄金色のドレスに、エメラルドグリーンのスペンサー（丈が短く、体にフィットした上着）だ。ひとりで木のついたての後ろに入って体を清めていると、あわてて荷造りをしているタビィが櫛とブラシを取り落とす音がした。

「タビィ」荷造りを終えたメイドに髪を束ねてもらいながら、キャロラインは声をかけた。「心配はいらないわよ。レイヴンブルック伯爵はいい人だわ」

「みんなもそう言ってますわ、奥方さま。でも、短気なお方です」タビィが声を潜める。

キャロラインはにっこりと微笑んだ。「そうね。でも、わたしだっておなじよ」

14

ダービーシャー、ペンブローク・ハウス

結婚した翌日だというのに、馬車に乗ったキャロラインとアンソニーのあいだにはまたしても沈黙が流れていた。キャロラインは眠っていることが多く、そうでないときは窓の外を眺めている。彼女の着ているエメラルドグリーンのスペンサーがやけに目についた。ロンドンに行ったら仕立て屋に連れていき、もっと流行に合った服をつくってやらなくては。もっとも、何を着ていても彼女の体が素晴らしいのには変わりないし、むしろドレスを着ていないときのほうがいい。アンソニーは妻を見ながら思った。

キャロラインが落ちついた寝息をたてながら胸を上下させているのが、スペンサーの上からでもわかる。ダチョウの羽根飾りをあしらった異様に大きなボンネットの下には、髪どめからほつれた金色の髪がのぞいていた。おそらく彼女は母親の好みに合ったファッションしか知らないのだろう。アンソニーは、美しい妻がロンドンの流行のドレスに身を包んだところを想像した。もっと色調をやわらかく抑え、ミントグリーンやピンクや明るいブルーのドレスを着たほうがいい。小枝模様を施したモスリンのドレスも悪くないだろう。最初の舞踏会では艶やかな金と銀のドレスに身を包み、髪にはダイヤモンドだけを飾るのだ。

アンソニーはその日の午後、ダイヤモンドを身につけた妻の裸身が頭から離れず、悶々として過ごした。ダービーシャーで暮らす彼の友人、レイモンド・オリヴァーの屋敷に近づいたころ、キャロラインが目を覚まし、夫の肩にもたせかけていた頭を起こした。レイモンドはペンブローク伯爵の爵位を持つ貴族で、戦争から戻って以来、ほとんど自分の屋敷であるペンブローク・ハウスにこもりきりの生活をしている。

由緒ある屋敷は内装こそ新しくしてあるとはいえ、やはり過去の雰囲気を色濃く残していた。手入れの行き届いたオークとサンザシの木々に囲まれた古い壁はツタに覆われている。春になるとうららかな陽光の下、岩のあいだから顔をのぞかせるフジが白や紫の花をつけるのだ。アンソニーも少年時代、レイモンドの父が家を空けるたびにここを訪れては、幸福なひとときを過ごした。レイモンドはいまでも憎んでいる不仲だった先代伯爵の死後、新たに伯爵となり、長く留守にしていたこの屋敷に戻ってきたのだった。

馬車が屋敷の正面でとまると、従者たちが御者台から飛びおりるより先に、アンソニーは馬車の扉を開けて地面におり立った。とたんにレイモンドの大きな手に肩をつかまれ、抱きしめられる。

「アンソニー」レイモンドが言った。「久しぶりだな」

アンソニーが軍での仕事を辞したあとも、レイモンドは大陸に残って上等のワインと女性たちに囲まれる日々を送っていた。まだ午後四時だというのに、友人の濃い金色の髪は乱れて片方の目に落ちかかり、青い目は充血している。だが、あたたかい笑顔は変わっていない。

痛みを隠した表情の奥には、かつてよく笑いかけてきた少年の姿を見ることができた。

「最後に会ったのはたったの三カ月前だぞ」アンソニーは言った。

「長すぎるくらいだよ」レイモンドが応じる。「きみの奥方はどこだ?」

「ここですわ、閣下」

男たちが手を貸すのも待たずにキャロラインが馬車から飛びおりた。白い革のブーツが小石を敷きつめた道を踏みつける。「ごきげんよう、ペンブローク卿。わたしたちを迎え入れていただいて、お礼を申しあげます」

「長旅でお疲れでしょう」

「元気です。ほとんど寝ていましたから。揺れる馬車の中でできることといったら、ほかにはありませんもの」

レイモンドは眉ひとつ動かさず、アンソニーに笑みを向けることもなかった。だが、揺れ動く馬車の中でもできることについては、彼もアンソニーもよく知っていた。男が閉めきった馬車に閉じこもる理由といったら、自分が選んだ女性と〝親しく〟すること以外にない。

レイモンドはアンソニーのほうを見もしないで、キャロラインだけに視線を送った。

「お元気なら何よりだ。この屋敷にいる限りは、ここを自分の家だと思っていただきたい。なんでもお好きに使っていただいてけっこうですよ」レイモンドがキャロラインの手を取ってお辞儀をすると、彼女は両手で彼の手を包んで応じた。「どうやらわたしの友人は、女性を見る目に年々磨きをかけているようだ」彼が言った。

アンソニーの予想どおり、キャロラインは通りいっぺんの返答はしなかった。「うれしいお言葉ですわ。短気な性格のほうもますます磨きがかかったようですけれど、お気づきになりましたか？」

レイモンドが大きな笑い声を庭に響かせ、まるで戦友を相手にするようにキャロラインの肩を叩いた。あまりの強さに彼女は顔をしかめたものの、たじろぎはしなかった。

「本当ですか？　いや、それは気がつかなかった」そう言いながらレイモンドが来客を屋敷の中に案内しようとすると、キャロラインが彼の隣に立って歩きだし、夫を後ろに従えるかたちになった。

「わたしが短気を起こすのは、それなりの理由があるときだけだ」アンソニーは言った。

キャロラインがあきれ顔で眉をあげ、レイモンドはまたしても大笑いした。「きみは何ごとにも理由をつけないと気がすまない性質だからな」

玄関広間に入ると、レイモンドがアンソニーのほうに顔を向けた。「ひとつ警告しておかなくてはならない。どうやらきみは忘れていたようだが、いまこの屋敷では、わたしたちの知り合いの紳士たちが月にいちどの集まりを開いているところだ」

「〈ヘルファイア・クラブ〉か」アンソニーは答え、眉をひそめてとびきりいやそうな顔をした。

「ああ」レイモンドが慎重に感情を隠した声で言った。「カーライル男爵もここにいる」

アンソニーは自分の顔から血の気が引いていくのをはっきりと感じた。夫の顔色が変わったのに気づいてキャロラインが彼の腕に手を置いたが、感情を抑えるので精一杯だったアンソニーはそれに気づかず、妻のほうを見ようともしなかった。

「みんなを帰そうか？」

キャロラインが見ている手前、アンソニーは苦心して無表情を保ちつづけた。ふつうの既婚女性と同様、キャロラインも〈ヘルファイア・クラブ〉やその集まりの性質について知る必要はない。

「ひと晩、おなじ家にいるくらいはかまわないだろう。ペンブローク・ハウスは広い」

「わたしも平気ですわ」キャロラインがふたりのあいだに割って入った。「クラブの人たちにもぜひご挨拶したいと思います。長旅のあとですし、にぎやかなほうがありがたいわ」

妻の勝手な発言にアンソニーが言葉を失っていると、レイモンドがかわりに答えた。「申し訳ありません、レディ・レイヴンブルック。今夜の集まりは女性が同席できるようなものではないのです。すべてわたしの責任だ。どうかお許しいただいて、上の部屋で夕食をとっていただけませんか」

「わたしの夫はみなさんといっしょに夕食を？」キャロラインが尋ねた。

レイモンドがわずかに居心地の悪そうな表情を浮かべて黙りこんだ。

「そうだよ、キャロライン。だからきみは部屋で食事をするんだ」

「叱られた子どもみたいに？　だめよ。受け入れられないわ」

アンソニーの声は自分の耳にも苦しげに聞こえた。「キャロライン、頼むからここは言うとおりにしてくれないか」

一瞬、キャロラインがにらむような目つきで夫を見つめたが、すぐに優雅な微笑みを浮かべた。「ご心配なさらないで」アンソニーからレイモンドに視線を移す。「すべてうまくやりますから」

レイモンドは安心したような笑みを浮かべたものの、アンソニーにはわかっていた。キャロラインの返事は彼の言葉に同意したものではない。愛らしく微笑んでいるのが、何かを企んでいる何よりの証拠だ。

必要とあらば強引に妻を部屋に閉じこめてもいい。とにかく、アンソニーは今週二度目となるヴィクターとの邂逅に全精力を注ぎこまねばならなかった。あの男は疫病さながらに忍び寄ってくる。キャロラインを近づけてはならないのだ。

キャロラインは淡い褐色の家具が置かれ、淡いクリーム色の敷物が敷かれた、明らかに女性向けに整えられている続き部屋に通された。母の趣味である濃い紅色やエメラルドグリーンのビロードはいっさい見あたらない。とにかくすべてが明るく軽快な雰囲気で、ベッドにかけられたサテンの上掛けにも明るいブルーとクリーム色の刺繍が施されていた。しばらく彼女は空想にふけり、この部屋をレイモンドがどんな女性のために整えたのだろうかと想像した。

タビィにブラシをかけてもらうと、キャロラインの髪は暖炉の火に照らされて金色に輝いた。主人もおなじ道を通ってきたことなどおかまいなしに、荷馬車に揺られてきた旅のことを延々と語りつづけるタビィの声を、彼女はうわの空で聞いていた。

たくましく筋肉が隆起する腕を上等な緑色の上着で包んだアンソニーの姿が頭に浮かぶ。馬車に乗っているあいだずっとキャロラインは夫のことを、そして昨夜の夫婦の営みのことを考えていた。

アンソニーがなんと言おうと、ディナーの席に顔を出して彼に会うのだ。キャロラインは夫がそばにいるところを想像して身を震わせた。ほかの客がいてもかまわない。ただ、あたたかいアンソニーの体を身近に感じ、じきやってくる夜には彼が自分のものになるのだと実感したかった。

「奥方さま、どうしてお笑いなんです？　わたし、何かおかしなことを言いましたか？」

「いいえ、タビィ。あまりにも楽しい気分だから、思わず笑ってしまったの」

「お風呂をすませたら、部屋着をお召しになりますか？」

「それではひと騒ぎ起こすことになってしまうわ。ダイニングルームで夫といっしょに食事をするつもりだから」

「でも、旦那さまはわたしたちに食事をここでとって、明日の旅に備えて休むようにとおっしゃったのではありませんか？」

「それなら、いまからわたしが別の指示を出すわ。タビィ、先月つくった白いドレスは持ってきたかしら？　明るいピンクの縁飾りがついたドレスよ」

「ええ……奥方さま。すぐにしわを伸ばしてまいります」

ドレスに着替え、ヨークシャーの女性ならまずしないような洗練されたかたちに髪を結いあげたキャロラインがディナーに向かおうとしたところ、巨大なトレーを持ったメイドがやってきた。一週間かかっても食べきれないほどの食べ物がのっている。メイドは膝を折ってお辞儀をすると、暖炉のそばにあるよく磨かれたテーブルにトレーを置いた。

「お食事です。奥方さま」

「ありがとう。ところで、わたしの夫はどこにいるのかしら？」

「ダイニングルームです、奥方さま。ほかのお客さまたちと、それから……その……」

「女の人たちが来ているのね？」キャロラインはかわりに言ってやった。

若いメイドが顔を赤らめて口ごもった。どうやらキャロラインの疑念はあたっていたようだ。紳士たちの集まりは時間も遅く、ディナーのあとで開かれることが多いけれど、それにしても妻帯者であれば妻を連れてくるだろう。さっき階段をのぼってこの部屋に来たとき、女性の笑い声が聞こえたのは、やはり聞き違いではなかったのだ。メイドがすっかり取り乱しているところを見ると、いよいよ間違いない。

「はい、奥方さま」

つまり、ほかにも女性たちがディナーの席に参加しているのだ。それなのに、アンソニーはひとりよがりのばからしい理屈をこねて彼女をそこから締め出そうとしている。キャロラインは肩をいからせた。「ありがとう、ききたいのはそれだけよ」

彼女は階段をおりてダイニングルームに向かった。たくさんいる召使の誰かに案内を頼むまでもなく、その部屋は簡単に見つかった。男性たちの騒々しい笑い声や大きな話し声、そして女性たちがもらす忍び笑いが聞こえてくる。キャロラインはあらためて、自分がディナーに招待されなかった怒りをのみこんだ。

たんにレイモンドは彼女が疲れているのではないかと心配してくれたのかもしれないが、そんなことがあるはずがない。

ダイニングルームに入っていくと、すでにディナーがはじまっていて、室内は笑いさざめく人々でいっぱいだった。紳士たちは黒や濃紺の上着に身を包み、派手な金や銀のベストを着て白いクラヴァットを巻いている。女性たちは全員、巻いた髪を肩から背中へと垂らし、キャロラインが目をしばたたくほど胸もとが大きく開いたドレスを着ていた。彼女は自分がディナーに招待されなかった理由をはっきりと理解した。食事を部屋に運ばせたのもこのためだったのだ。レイモンドは娼婦たちを大勢、屋敷に招待していた。

キャロラインは夫の姿を見つけた。胸のふくらみに黒髪を垂らした女性を左隣に座らせている。その女性はわざとアンソニーの腕に胸を押しつけているように見えた。そして、彼の右隣にも金色の髪をバラで飾った女性が座っていた。

どこにもキャロラインが座る場所は残されていない。だが、すぐに数人の男性が立ちあがって椅子を開けてくれた。その中に、父が開いた集まりに参加していた男性がひとりいた。

カーライル子爵ヴィクター・ウィンスロップ、弓の競技で勝者となったものの、そのあとでキャロラインに負かされた男だ。微笑みを浮かべているところを見ると、彼女が自分に気づいたのを察したようだった。

キャロラインは背すじを伸ばし、娼婦たちを無視しようと努めた。まずはヴィクターに優雅な微笑みを向け、それから、やはり笑みを浮かべながらも動揺を隠せないレイモンドに、にっこり笑いかける。

夫であるアンソニーを完全に無視して、キャロラインはヴィクターともうひとりの男性のあいだに腰をおろした。男があわてて、海軍のウォッシュバーン提督と名乗る。それまでそこに座っていた娼婦は、おなじテーブルの下座のほうへと案内されていった。

ずっと離れたところに座っていながら、アンソニーがにらみつけてくる視線がキャロラインの肌を焼くように感じられた。部屋の反対側と言っていいほど距離が開いているのに、夫の怒りがありありと伝わってくる。

みずからも怒りにすがりつき、キャロラインは心の痛みを無視しようとした。ふたりのあいだには確かに情熱がほとばしっているものの、やはりアンソニーは彼女を愛しているわけではなかったのだ。それがよくわかった。友人の家のテーブルで娼婦に囲まれたまま、立ちあがって妻を出迎えようともしないのだから、これ以上の証拠があるだろうか。

キャロラインの目に涙がこみあげた。嫉妬で体じゅうを切り裂かれるようだ。あまりのつらさに彼女は驚き、大きく息をついてアンソニーを頭から追い払おうとした。完全に頭から消すのは不可能だったけれど、ほかのものに意識を集中して彼のことをあまり考えないようにするのはかろうじてできた。レディは娼婦と同席したりしないし、そうした女性たちの存在すら知らないように振る舞わねばなりません。母の声が、まるで隣に座っているかのようにキャロラインの耳に響いた。

自分が結婚した身であるのをキャロラインは思い出した。ほとんど知りもしない男性と結びつけられたとはいえ、彼女はもう一家の女主人でもあるのだ。たとえ自分の好きなように生きても、もはや母がなんと言うかを心配する必要はない。それだけが結婚で得られた唯一の成果だった。

アンソニーはあいかわらず離れたところからにらんでいたが、夫以外の紳士たちはみんな、厳格に礼儀を守って接してくれた。女性たちは完全にキャロラインを無視していた。

ヴィクターがキャロラインに飲み物をすすめ、レディ・モンタギューの健康について尋ねたあと、彼女にもちゃんと聞こえるように体を向けたまま、キャロラインの登場前に話していた話題を再開した。

軍が国に帰還することが決まってからの議会の動きについての話だ。キャロラインはその会話に参加した。皇太子は父王の権力を継承して以来、みずからも加わる戦争を繰り返している。ヨークシャーではめったに話題にのぼらないけれど、ロンドンから取り寄せた——ときには数週間かかることもある——新聞を通じて事情を知っていた彼女は、苦もなく紳士たちの話に加わることができた。

やがて話題が演劇の話に移ると、キャロラインは聞き役に回った。舞台を観た経験がなかったからだ。

「皇太子殿下お気に入りのティタニアが、冬に『じゃじゃ馬ならし』に出演するらしい」バサースト卿が言った。

「あの戯曲は好きではありませんわ」キャロラインは言った。アンソニーが聞いているという重圧が岩のようにのしかかってきたけれど、あえて無視する。

「シェイクスピアがお嫌いなんですか？　どうしてです？　あなたのような聡明で感受性の豊かな方なら、気に入って当然でしょうに」ヴィクターがキャロラインのグラスにワインを注ぎながら、夫の存在をまったく無視して彼女に微笑みかけた。

「そうですわね、わたしもシェイクスピアは好きですわ。ただ、あの戯曲は女性を軽く見ているところが多すぎると思います。主人公のカタリナは結婚を無理強いされて家から引き離されたあげく、言うことを聞くまで食事もさせてもらえないんですよ。文明が花開いたいまの世の中で、どうしてそんな野蛮な作品がもてはやされるのでしょう？」

そう言ってキャロラインはアンソニーを見た。夫の日焼けした浅黒い肌に血の気がのぼっていくのが遠目にもわかる。栗色の瞳にはすさまじいまでの怒りがみなぎり、両隣の女性たちも彼をあきらめて反対側に座る男性たちを新たな獲物に定めてしまったほどだ。娼婦たちに見放された夫の姿を目にして、キャロラインはこっそり笑った。

「しかし、レディ・レイヴンブルック。カタリナも芝居の最後には、夫に従順であれとほかの女性たちに呼びかけていますよ？」

「飢えさせられ、軽蔑されつづけたからです。ほかにどうしようもありませんわ。ナポレオンだって捕虜をもう少し寛大に扱うでしょう。とにかくわたしが言いたいのは、あの戯曲はシェイクスピアの作品の中で最高の出来とは言いがたいということです」

「ならば、どの戯曲がお好きなのですか？」ウォッシュバーン提督がきいた。

「『ハムレット』と『マクベス』が好きですわ。どちらも陰謀に満ち、血にまみれていますから」

一同がどっと笑った。しかし娼婦たちは、あまりにも長く男性陣の関心を引きつけたキャロラインをにらみつけている。そしてアンソニーはといえば、まるで妻が怪物に変わったかのような目をして彼女を見つめていた。

キャロラインはデザートの最後のひとかけらを口に入れ、上等なチョコレートとクリームの甘さを堪能した。レイモンドが客を選ぶよりも慎重に料理人を選んでいるのは間違いない。白とピンクのドレスを着たキャロライン以外に、部屋の中でレディと呼ばれる階層の女性はいなかった。そのせいかいつもとは違い、男性たちは葉巻とワインを楽しむ時間をつくらずに、めいめいが選んだ女性を連れて居間へ向かった。キャロラインもためらいつつ立ちあがったが、アンソニーはなおも妻を迎えに来ようとはしなかった。

妻に見向きもしない夫にかわって、ヴィクターがキャロラインを居間へと案内した。目の前で敷物が取り除かれ、紳士たちと連れの女性たちがワルツを踊りはじめた。

ヴィクターが彼女をワルツに誘うつもりでいるのは間違いない。彼はにっこりと微笑み、目を輝かせてキャロラインに手を差し出した。

キャロラインが誘いに応じようとしたまさにそのとき、アンソニーが近寄ってきた。栗色の瞳が黒く染まってしまうのではないかと思うほど、目に暗い怒りをたぎらせている。彼はヴィクターに声をかけなかったものの、ふたりのあいだにはただならぬ空気が漂っていて、キャロラインはふたりが知り合いなのだろうかといぶかった。

無言の夫とおなじく、ヴィクターが何も言わずに頭をさげて引きさがり、キャロラインのかわりにスタイルのいい赤毛の女性を連れてダンスフロアに向かった。

とたんにアンソニーが言った。「キャロライン、いっしょに来るんだ」

「わたしは楽しんでいるのよ。あなたのお友達はみんな素敵だわ」

「これ以上、娼婦たちとおなじ部屋にいるのは許さない」アンソニーが彼女の耳もとでささやく。キャロラインは目を細め、顔をあげて夫を見た。

「どうしてなの？　あなたはあの人たちに囲まれてずいぶん楽しそうだったのに」

アンソニーが口をつぐみ、キャロラインを引きずるようにして部屋の外へ向かった。あまりにも突然だったので、彼女は紳士たちに退出の挨拶もできなかった。腕を強くつかまれ、だだをこねる子どもさながらに連れ出されるあいだ、キャロラインは夫を見ようともしなかった。

部屋を出ていく間際に、キャロラインは屋敷の主人と目を合わせた。椅子に座ったレイモンドが彼女に微笑みかける。彼の両腕にはひとりずつ女性が寄りかかり、三人目が彼の膝にまとわりついていた。キャロラインは思わず頭を左右に振った。まったく救いがたい。けれど、なぜかそうした愚かしさに不快感を覚えることはなかった。レイモンドの瞳には悲しみの色が浮かんでいる。何も考えずに享楽を追求しているようだが、その陰には何かを失った苦しみが隠されている。彼の苦悩に彼女は同情を覚えた。

階段の下に着くと、キャロラインはレイモンドも彼の苦悩もきれいさっぱり忘れることになった。まるで食べ物の詰まった袋みたいに、アンソニーが彼女の体を持ちあげたのだ。

「すぐにおろしなさい。頭がどうかしてしまったの？」

彼の目が怒りに燃えさかっている。ディナーのあいだ怒りを抑えて冷静に振る舞っていた姿とはまるで別人だ。鉄のごときアンソニーの自制心にひびが入ったのを見て、一瞬、キャロラインは気持ちを高ぶらせた。

「わたしがおかしくなっているのなら、それはきみのせいだ」

アンソニーが強い力で妻を抱えたまま階段をのぼっていった。キャロラインの体の重みなどなんでもないかのようにやすやすと。それをレイモンドの召使たちが階段の下から無言で見守っていた。

15

アンソニーがキャロラインの寝室のドアを足で蹴り開けた。やわらかいクリーム色のじゅうたんの上に妻をおろし、叩きつけるようにドアを閉める。

「キャロライン、いつでも自分の好きなように振る舞えると思うな。娼婦に囲まれて食事をするなんて、とんでもない話だ。わたしは絶対に許さないからな」

キャロラインはドレスを脱いで髪どめをはずし、翌朝タビィがすぐに見つけられる位置に置いた。

「あなたが何を許して何を許さないかを聞かされるのはもうたくさんよ。わたしはあなたの行くところに行くわ。あなたが娼婦に囲まれて座るなら、わたしもいっしょにそこに座ります」

夫に背を向けて部屋着を身につけるキャロラインを、アンソニーがドアの脇に立って見つめていた。

「きみがわたしの言葉をないがしろにするということは、夫を物笑いの種におとしめるのとおなじなんだぞ」

部屋にはメイドが用意したワインの瓶とグラスがふたつ置いてあった。キャロラインは自分のためにワインを注いでひと息に飲み干し、さらにもう一杯注いだ。夫にもどうかときこうとしたけれど、アンソニーはあいかわらず怖い顔のままだったのでやめた。

「アンソニー、わたしはあなたをないがしろになんてしてないわ。あなたの友達といっしょに食事をして、父の家で会ったことのある顔見知りとダンスをしようとしただけよ。ロンドンの常識ではそれが夫をないがしろにしていることになるのなら、わたしはもう何を言ったらいいのかもわからないわ」

アンソニーがゆっくりと、静かにキャロラインに歩み寄った。背後からろうそくの光が差しているので、表情まではわからない。

「きみは娼婦と同席した」アンソニーが言った。「そしてこのイングランドで最も堕落した男たちと食事をともにした。中でもきみを隣に座らせて最初にワインを注いだ男は最低だ。きみがあの男と知り合いになるのを許すつもりはないぞ」

「何がいけないの？　父だってあの方を知っているのよ。カーライル子爵は紳士だわ」

「わたしはきみの夫だ。わたしの許しがない限り、あの男はもちろん、見知らぬ他人と話してはいけない」

夫の言葉のばかばかしいまでの横暴さに、キャロラインは逆上した。

「ずいぶんね。自分はふたりも娼婦をはべらせていたくせに、わたしが父の友人とワインを飲むのもいけないというの？」

「カーライルはきみと同席するのにふさわしくない男だ」

「さっきの集まりだと、あそこにいた殿方はみんなわたしにふさわしくなかったみたいね。

でも、わたしはあなたに連れてこられてここにいるのよ。偶然そこにいたあなたの友達と同席しただけだわ」

「とにかく、わたしが紹介した男以外と話してはだめだ。この世にはきみの考えも及ばないような行動に出る悪党だってたくさんいる」

「わたしのお父さまの家に招かれたカーライル子爵がそういう人間だというの？」

「そうだ」

キャロラインは夫に背を向けた。怒りが大きすぎて口をきく気にもなれない。

アンソニーがキャロラインの肩に手をかけ、強引に振り向かせた。ものすごい力だ。彼女はグラスを落とし、赤いワインをクリーム色のじゅうたんにこぼしてしまった。上等なリネンでつくられた部屋着の裾にも濃い赤の液体が飛び散った。いつもであれば悪態のひとつもついておかしくないところだったけれど、彼女の目は夫の表情に釘付けになっていて、それどころではなかった。

「キャロライン、わたしはきみを守ろうと全力を尽くしているんだ。わたしが部屋にいてくれと言った以上、その言葉には理由があるものと思って、信じてくれないと困る」

はじめてアンソニーがやさしい声で言った。どういうわけか、夫の怒りよりもやさしさのほうがキャロラインの心を傷つけた。ダイニングルームで女たちが豊かな胸をアンソニーに押しつけていた光景が頭に焼きついて離れない。

「信じられないわ。それにわたしの行動にも、わたしなりの理由がちゃんとあるの」

「わたしを信じるんだ、キャロライン。わたしは責任を持って、あらゆる危険や悪意からきみを守る。この命ある限り毎日だ」

「誰の悪意から守るというの？　あなた？　それともわたし自身？」

アンソニーがため息をつく。足もとのじゅうたんに赤いワインが流れ出したように、最後に残った夫の怒りがため息とともに彼の体から出ていくのを、キャロラインは感じ取った。

彼がふたたびキャロラインの体を持ちあげて無言のままベッドまで運び、シルクのカバーの上におろした。

そのまま夫が去ってしまうのではないかと思ったキャロラインをよそに、アンソニーは服を脱ぎはじめた。ろうそくの光に照らされた彼の体は本当に美しい。ふたりの問題は何ひとつ解決していないというのに、夫のたくましい肉体がキャロラインを呼んでいた。解決する日など来るのだろうかという疑問が彼女の頭をかすめた。

振り向いたアンソニーの目には欲望の火がともりはじめていた。結婚の日に誓ったとおり、みずからの体でもって妻の肉体を敬い、慈しもうとしている目つきだ。その視線を受けるうちに、キャロラインは夫の侮辱で傷ついた心が少しずつ癒やされていくのを感じた。

アンソニーが薄い部屋着越しに彼女の体に触れ、はじめてそうするように手を走らせた。

キャロラインは夫の愛撫に身を任せた。裾に赤いしみがついてしまった部屋着を頭から脱がされると、彼女の体も彼の両手とおなじくらいに熱くほてりはじめた。

キャロラインの髪に手をやり、アンソニーが彼女の上に覆いかぶさる体勢をとった。上を向かせてキスから逃れられないようにし、強く唇を押しつけてはげしいキスをする。夫の高ぶる一方の欲望といらだちがいっしょになって伝わってきた。キャロラインもせわしない手つきで彼に触れながら、キスを返していった。

アンソニーの手つきがやさしくなり、唇がかろうじて触れるところまで引き離された。

「二度とあんな連中にまじってはいけない」彼が言った。

「わたしはあなたに連れていかれるところに行くだけよ、アンソニー」

「では、いまから行くところにも連れていこう」アンソニーが答えた。

唇をキャロラインの喉もとまでさげ、胸にするように吸い立てる。その部分に歯を立てられると、彼女はかすかな痛みを感じた。食事で味わうスパイスのきいたソースのようだ。アンソニーの口が喉から胸の近くに移っていくにつれて、欲望の火は燃えあがる勢いを増していった。ついに胸の先を口に含まれるとキャロラインはあえぎ、また彼が脚の付け根に愛撫を移してくれないものかと待ち焦がれた。ゆうべのように、いちばん敏感な部分でキスを受けるのだ。さっき喉にされたみたいに、そこに歯を立てられたらどんな感じがするだろう。

みだらな想像にキャロラインの口からふたたびあえぎ声がもれると、アンソニーが目を合わせ、体を重ねてきた。片方の手で彼女の濡れた秘部をもてあそび、はげしく脈打つ男性の欲望のあかしを受け入れるよう押し開く。キャロラインが両脚を大きく広げると、彼女の大胆さにアンソニーが驚いた顔をした。でも、この欲望も喜びもすべて彼に教わったものだ。

彼女が恐れていないのを見て取ったのか、一瞬、アンソニーが満足げな表情を浮かべた。

のしかかるように妻に覆いかぶさってキスをする。やさしく重ねられた唇からは、もはや怒りは感じられなかった。

キャロラインがキスを受け入れるのと同時に、アンソニーがひと息に彼女の体を貫いた。口を重ねたまま息をのんだキャロラインの腰を、ゆうべとおなじように抱え、完全にみずからをおさめられるようにして貫きつづける。いままでよりもはげしい快感に襲われ、キャロラインは肺が破けてしまうのではないかと思った。歓喜は高まりつづけ、彼女は声をあげてアンソニーの名を叫んだ。ところが今回はそれでも快感がやまず、続けて二度目の絶頂の波がやってきた。その波がようやく引いてもまだ、キャロラインは言葉を発することができなかった。

そしてアンソニーもまたキャロラインの名を叫びながら、身を震わせてみずからを解き放った。

行為が終わってふたりの情熱が燃え尽きると、アンソニーが彼女にキスをして身を離した。何ごともなかったかのように服を探しはじめた夫を見て、キャロラインの胸に恐怖がこみあげた。ついさっき彼の声に表れていた感情は嘘だったのだろうか。それとも、あの感情は一時の快楽を求めるときにだけ表れるものなのか。

頭を枕にのせて仰向けに横たわっていると、ふいに取り残されたような気分になった。彼女は起きあがり、暖炉の火に照らされて服を着る夫の姿を見つめた。引き締まった直線的な輪郭の体が、疲れ果てているはずの自分を誘っているようにも思える。

「また娼婦たちのところに行くの？」ワインを飲むアンソニーに向かって、キャロラインはきいた。

アンソニーがまたしても妻の大胆さに驚いた顔をして振り返ったが、一瞬で表情を変えた。

「いいや」彼が答える。「自分の寝室に戻って眠るんだ。きみも休んだほうがいい」

「別の寝室で眠るの？」キャロラインは夫の目を見ながらおだやかな声音で尋ねた。

アンソニーが近づいてきた。けれど、ベッドに体重をかけようともしない。彼は身をかがめ、いちどだけ軽い口づけをしてすぐに背すじを伸ばした。

「きみが隣にいたんじゃ、眠るどころではなくなってしまうからね」

夫がドアの鍵を開ける。キャロラインはアンソニーのあとを追いたいのを我慢し、誇りと意志の強さを最大限に発揮して、やわらかなベッドの上にとどまりつづけた。

すぐに出ていってしまうだろうと思っていたキャロラインの予想とは違い、ドアを開けたアンソニーが振り返って彼女を見た。その顔に熱のこもった欲望が表れる。そして、目には欲望とは違う影が差していた。それがやさしさに見えたのは、弱々しい光のいたずらだろうか。こんどはキャロラインが先に体を動かし、彼に背を向けた。

キャロラインはかちりとドアが閉まる音がするまで動かなかった。そうして夫が部屋を出ていってしまってから、彼女はドアの向こうに立っているかもしれないアンソニーに聞こえないよう、声を殺してすすり泣いた。

自制心がかろうじて残っているうちに、アンソニーは妻の寝室をあとにした。

ダイニングルームに入ってきたキャロラインの姿を見た瞬間、妻のあまりの美しさにアンソニーは心臓がとまるのではないかと思った。白いドレス姿の妻は、さながら地獄の門をくぐって入ってきた天使のようで、キャロラインを見るなり、彼はクラブの面々を放り出して彼女のもとに駆け寄りたい衝動に駆られていたのだった。

アンソニーの目には〈ヘルファイア・クラブ〉がそれまでとはまったく違うものに映っていた。以前は楽しくて仕方がなかったことが、いまや汚らわしく意味のないものに思える。以前は陽気で粋に見えていた男性たちも、いまや道に迷う孤独な者たちに見えた。たとえ美しい娼婦たちに囲まれていたとしてもだ。妻がそうした男たちと同席し、彼らの目に触れ、さらには娼婦たちの視線にさらされると思っただけで、アンソニーは妻のもとに飛んでいき、そのまま抱えて連れ去ってしまいたい心境だった。キャロラインがレイモンドの客たちにまじるなど、許されないことだ。そもそも、あんないかがわしい集まりの存在を知られること自体、絶対にあってはならなかった。

そこへもって、あのヴィクターがキャロラインをディナーの席で隣に座らせたとは。

あのとき、アンソニーはダイニングルームにいた男たち全員の視線が自分に集中していたのを知っていた。世間的には、彼とヴィクターは商売と議会での好敵手ということになっている。そのうわべのつくり話を守るために、彼は椅子に座ったまま、あの男が妻に話しかけるのを黙って見ているほかはなかったのだった。

リッチモンドでひとり寂しく暮らすかわいそうな妹のアンの姿を思い浮かべながら、アンソニーは必死に耐えた。いつか妹を社交界に連れ戻し、幸せな暮らしを送る機会を与えてやらなくてはならない。夫と子どものいる生活、瞳に宿ってしまった呪いの影が跡形もなく消え失せた人生をだ。そのためには、ヴィクターと衝突して妹の事件が世間に知られてしまう危険は絶対に冒せない。だから彼はだらだらと続くディナーのあいだ、あのろくでもない男がキャロラインの隣でワインをすすめているのを見ながら、すべての感情を押し殺してアンのことを考えつづけていたのだ。

アンソニーは今夜、寝室でふたりきりになったらキャロラインにすべてを打ち明けるつもりだった。だが、ディナーが終わっても妻が自分のもとに来ようとせず、それどころか視線もよこさないままヴィクターと踊ろうとしていたために、彼の理性は吹き飛んでしまった。クラブの面々が何ごとかと疑う視線を向ける中、妻をさらってパーティーから連れ出してしまったのだ。いまとなっては、あの連中がどう思おうと知ったことではないという心境だ。

さらに言えば、キャロラインがどう思うかも知ったことではないとアンソニーは思っていた。自分は彼女の夫であり、妻の体と純真な心を守るのが責務なのだ。彼女がそれを望むか望まないかは関係ない。

キャロラインの寝室を出たあと、アンソニーは自分のベッドに戻ろうとした。しかし、いざベッドを目の前にすると、キャロラインがベッドに横たわる姿を思い描かずにはいられなかった。長い金色の髪が流れるように枕にかかっている姿だ。結局、誰もいないベッドに背を向けて、アンソニーは友人の屋敷の廊下に舞い戻った。

感覚を研ぎ澄まさせる戦場独特のにおいもないというのに、またしても眠れぬ夜を過ごすことになるとは。睡眠不足がたたり、いまやアンソニーは不快になりかけていた。男たちや娼婦たちとは顔を合わせたくなかったので、図書室へと向かう。ほかに楽しいことがいくらでもある夜に、わざわざ孤独を求めて本に囲まれに来る者などいるはずもない。

居間で陽気に笑っている客たちの声がまだ聞こえる。開け放たれたテラスに通じるドアからも、小さな話し声が聞こえてきた。静かな孤独を求めていたアンソニーだったが、足を踏み入れた図書室で彼が行き合ったのは、片方の手にブランデーの入ったグラスを持って火のついた葉巻をくゆらせ、本に囲まれて座る友人のレイモンドだった。

「こっちでしばらくいっしょに座らないか」レイモンドが言った。

「きみは娼婦たちといるとばかり思っていた」

「今夜は女たちがみんなおなじに見える。きみの奥方の純真さを目にしたら、そっち方面の欲求は失せてしまったよ」

レイモンドは微笑んだものの、目は笑っていなかった。アンソニーはこの友人をよく知っていた。毎晩酒を抱え、孤独な夜を送っていることもだ。娼婦たちの相手や賭けごとをして過ごす夜でさえ、みずからのために企画した楽しいはずのものがつらく思えてきて、世をすねたこの友人はますます孤独に埋もれていくのだ。

大陸で、アンソニーはこの友人の隣で幾晩も眠れぬ夜を過ごしたものだった。そういうときはたがいに口をききもしなかったけれど、たったいちどだけ、いよいよ生きて帰れないと思われた戦いの前夜、しらふのレイモンドが己の心の傷について語ったことがある。友はその夜、失ってしまって二度と会えない女性について語った。アラベラという名の、澄んだ青い瞳の女性の話だ。アンソニーが彼女の話を聞いたのはそれが最初で最後だった。

「今夜はすまなかったな。みんな城から放り出してやるべきだった」

「そんなことはできなかったさ。カーライルとわたしはこのくだらない茶番をもう三年も続けているんだ。この先だって、何年も続けていかなくてはならない」

「きみの妹が結婚するまではな」レイモンドが言った。

「そのあともだ」アンソニーは答えた。「夫になった男がだまされたと文句を言い出さないようにしなくてはならない」

「そんな文句を言うくだらん男より、もっとましな男と出会えることを願っているよ」

「わたしもだ。出会えると思うか？」

レイモンドは問いに答えず、友人のためにブランデーを注いだ。喉を焼く液体をひと口飲んで、アンソニーはグラスを置いた。本を探すふりをして部屋の中を歩いてみたが、本の題名にさえ集中できない。ただ体を動かしておく必要があったというだけの話だ。できるものならアキレウスに乗って外を駆けたかった。だが空はまだ暗いし、いずれにしても朝早く妻とともに出発しなくてはならない。先の道のりはまだ長いのだ。

アンソニーの頭に、またしても枕にかかるキャロラインの金色の髪がよみがえった。彼自身が強烈な快感に取りこまれていく中で聞いた、彼女が息をのむ声が耳に響く。妻のことを考えずにはいられなかった。さっき別れてからまだ一時間もたっていないというのに、すでに頭がキャロラインの記憶で満たされてしまっている。ほかの女性ではあり得なかったことだ。みずからを律する強い自制心の持ち主だという自負があり、どの女性にも心を奪われたことがないという事実を誇りとしてきたのに、いったいどういうことだろうか。友人のほうに歩いていくあいだも、自分が自分でないように感じられる。日ごろはアキレウスを自在に乗りこなしている自分が、夢魔に乗り移られているみたいな気分だった。本当に頭がどうにかなってしまったのかもしれない。

「彼女を愛しているんだな」レイモンドが言った。

「出会ってから四日しかたっていないんだ。愛しているはずがない」アンソニーは答えた。

「そもそも、愛とは何かもわたしにはよくわからないよ」

レイモンドが笑って、くわえていた葉巻を口から離す。煙がねじれた輪をつくりながら頭上へのぼっていった。「きみは愛を知らないかもしれないが、愛のほうはきみを充分によく知っているよ。いまはきみの喉を締めあげているところだ」

アンソニーは腕を振って小ばかにした仕草をしてみせたものの、立ちどまらざるを得なかった。もういちど体の向きを変え、近くの本棚にある本を見回す。しかし、実際は本を眺めているどころではなかった。

勝つ見こみのない戦いはしないに限ると観念し、アンソニーはとうとう友の隣に腰を落ちつけた。妻から逃げるわけにはいかない。それでもこの屋敷なら、男同士の聖域に隠れていられるというわけだ。

「彼女は立派な男の子を産んでくれるよ」レイモンドが言った。「その前にわたしを殺さなければね」

レイモンドがうなずく。「確かに」

「もう一本、葉巻はあるか？　どのみち今夜は眠れそうにないんだ」

葉巻の入った箱をレイモンドが差し出した。真珠を埋めこんだマホガニーの木箱はかつて彼の父が愛用していたもので、レイモンドが残してある数少ない父親の持ち物のひとつだ。

「少しでも寝ておいたほうがいいぞ」レイモンドが告げた。「奥方のことがあろうとなかろうと、来週は皇太子殿下の集まりがあるんだ。どうせまたヴィクターと顔を合わせることになる」

アンソニーの目が曇った。「ああ、わかっているさ」

ふたりは黙ったまま葉巻を吸い、夜が明けて空が深い藍色から明るい灰色になるまで隣り合って座っていた。やがてレイモンドが先に立ちあがり、女性をふたり待たせていると言って出ていった。夜が完全に明ける前に相手をしてやらないと、もう一日付き合わされることになるのだそうだ。

それを聞いたアンソニーは、レイモンドの狙いどおりに大いに笑い、そして暖炉の火が尽きかけるまで、誰もいない図書室にひとり座っていた。

上階に行き、妻のベッドにもぐりこみたいという誘惑がこみあげる。キャロラインとむつみ合い、彼女の情熱と純潔をじかに感じて、息もたえだえに彼の名を呼ぶやわらかな声をもういちど聞きたかった。

しかし結局、アンソニーはキャロラインの部屋には行かなかった。かわりにのぼる朝日を図書室の窓から眺めているうち、葉巻がついに尽きた。妻の髪とおなじ金色の太陽が完全にのぼるまで待ってから、アンソニーはようやく窓に背を向けて、誰もいない自分の部屋にひとりで戻っていった。

16

シュロップシャー、レイヴンブルック領

　翌朝、キャロラインがペンブローク・ハウスの正面に立って馬車を待つ段階になっても、まだ夫は姿を現さなかった。ヘラクレスとアキレウスも、彼女が鞄に隠し持ってきた最後のリンゴを食べさせてもらったあと、先に出発してしまった。

　アンソニーは影もかたちも見えなかったが、レイモンドが見送りに現れて頭をさげ、手袋をはめたキャロラインの手に口づけをした。「ゆうべ、わたしの客が不快な思いをさせたことを謝罪します、レディ・レイヴンブルック。あなたとアンソニーの来てくれる日が前もってわかっていれば、彼らを招待したりはしなかったのですが」

「アンソニーはああいう集まりによく参加するのですか?」答えには関心がないふりをして、キャロラインは馬車のほうに目を向けた。

「クラブにはときおり顔を見せます。しかし……」

　キャロラインはボンネットのへり越しに上目遣いでレイモンドを見つめた。「アンソニーが誰とディナーやダンスを楽しもうとかまわないんです。わたしなら、自分のためでも夫のためでも、ああした人たちと交流を持とうとは思いませんけれど、別に誰かが傷ついたわけ

ではありませんから」

レイモンドが声をあげて笑った。「ご主人の心の平穏だけが傷ついたわけだ」

キャロラインは浮かべていた微笑を消した。「そうかもしれません。でも、ふたりで家に帰りさえすれば、それも取り戻せるはずですわ」

そのとき屋敷から出てきたアンソニーの目をキャロラインは見つめた。けさの彼は濃紺の上着に黒いベストを身につけている。風呂に入ってきたのか、黒髪がまだ濡れたままだ。美しい夫の姿を見て、彼女の体が震えた。

ゆうべアンソニーに触れられ、彼の手で快感に導かれた記憶が鮮明によみがえる。さっきまで、馬車で夫とふたりきりの時間を過ごすところを思い描いていたときとおなじように、キャロラインの頬がほてりはじめた。だが、せっかくの想像も、アンソニーが営みのあとで彼女を町はずれの娼婦のように置き去りにしたのを思い出したとたんに台なしになってしまった。テーブルの上に金を置いていったりしなかっただけ、ましだと思うべきだろうか。そんなことをされたら、鞄に隠し持ってきた剣を取り出さなくてはならなくなる。

「お元気で」レイモンドが瞳に謎めいたいたずらっぽい輝きをたたえ、キャロラインの手を取ってふたたび唇をつけた。

いぶかるように片方の眉をあげたものの、キャロラインは何も言わなかった。アンソニーの突き刺す視線がありありと感じられる。

「これは失礼」レイモンドが言った。「無礼な真似をするつもりはなかったんですが」

「かまいませんわ。もちろん夫が気にしないのであれば、ですけれど」

そのとき、怖い顔をしたアンソニーが無言でふたりのかたわらにやってきた。レイモンドの笑い声が古い屋敷の石壁に響き渡る。キャロラインは、彼の心からの笑いをはじめて聞いた気がした。どうしてこんな人が自分を見失い、酒に溺れて娼婦に囲まれるような生活を送っているのだろう。彼を導くにふさわしい女性とめぐり会いさえすれば、レイモンドは誰からも一目置かれる立派な男性になれるだろうに。

「おっしゃるとおりだ。どうやらご主人は気にしないわけにはいかないらしい。それどころか大いに気分を害している。もしわたしが彼に何度となく命を救われた身でなかったら、いまにもこの身を引き裂かれるところです」

アンソニーが謹厳な表情を崩さないまま、頬を引きつらせている。そんな夫の表情をちらりと見てから、キャロラインはレイモンドに視線を向けた。

「それは誤解ですわ。夫は嫉妬しているのではなく、自分のものを取られるのをいやがっているだけなんです。もし閣下が夫の馬とじゃれ合っていたら、きっとおなじ顔をするはずですわ」

レイモンドがまたしても大声で笑い、大げさな身ぶりでキャロラインの手を離した。「まったく反論の余地もありません。もしよろしければ、近々お宅を訪問することをお許しいただきたい。この男があなたとどんなふうに接していくのか、大いに興味があるのでね」

アンソニーはにこりともせず、レイモンドの挑発にも乗らずに黙っている。キャロラインはふたりの男性に向けて満面に笑みを浮かべた。「異存はありませんわ、ペンブローク卿。もちろん、閣下が娼婦をお連れにならなければの話ですけれど」

友人は妻に手を差し出す気がないらしいと見て取ったレイモンドが、キャロラインに手を貸して馬車に乗せ、必要もないのに腰に手を添えた。そして、彼女がいぶかしげに眉をひそめ、アンソニーの手が武器を探すようにぴくりと動くのを見てようやく、彼はキャロラインの腰から手を離した。

いたずらがうまくいったのに満足したらしく、レイモンドがキャロラインに背を向け、アンソニーに手を差し出した。

「いい旅を。道中気をつけて」

差し出された手をしっかりと握り、アンソニーが言った。「何があってもベルギーの戦場よりは安全さ」

「イタリアよりもな」レイモンドも応じる。

それ以上は何も言わず、アンソニーは妻に続いて馬車に乗りこんだ。葦毛の四頭の馬に引かれる馬車が前進をはじめ、シュロップシャーへ、アンソニーの故郷へと走りだした。

キャロラインはその日も、眠っているときを除いてはひたすら窓の外を眺めて過ごした。美しい夫と、体に触れる彼の手の感触を頭から追い払おうと必死になっていたのだ。その試みはほぼ成功していた。アンソニーは何も話さず、触れるにしても手袋をはめた手に触れるくらいで、彼女の努力に協力している。おかげでシュロップシャーに着いたときも、美しい丘がうねる光景に存分に集中できた。

　風が亡霊のようにうなりをあげる、ヒース以外に何も生えていない荒野とは違う。どこか整然とした感じのする平野が、人の手で育てられた低木や、美しい楓や樺、オークやサンザシといった木々に囲まれている。馬車は海のうねりにも似た丘陵を進んでいった。キャロラインは船に乗った経験こそなかったが、いつも海の景色に憧れてきた。大いなる波に運ばれて遠くまで行き、言葉の通じない人々が暮らす未知の国へ旅をするのだ。あるいは、不思議な円屋根の建物がたくさんあり、大理石を敷きつめた道路があるという辺境のビザンチウム（現在のイスタンブール）に行くのでもよい。大きな喜びを見つけられるに違いないその土地から、大理石を踏みしめて別の喜びに向かって旅を続けるのだ。行き先は、そう、水路が張りめぐらされ、空気が香辛料のにおいに満ちているというヴェニスがいい。

　こんな想像をするのはばかげたことだと、キャロラインも承知している。高い身分に生まれたほかの女性たちとおなじように、彼女もまた夫の屋敷で子どもを育て、領地を管理しながら生きていくのだ。ロンドンの社交シーズンに参加して、ドレスをつくったり舞踏会に出かけたりもするだろう。リージェント・スクエアにある落ちついた雰囲気の公園に行き、テムズ川を眺めることだってできる。父親の書斎にあった本で読むだけだったロンドンが、かつてないほど近くなるのだから、満足しなくてはならない。彼女はこっそりと夫に目をやり、はじめて考えた。アンソニーは本が好きだろうか。

彼は窓の外を眺めたきり顔を動かす気配もない。キャロラインも馬車の外に広がる景色に視線を戻し、ふたたび想像をめぐらせた。木々は青々と茂っていてまだ秋の気配はないけれど、収穫の季節になれば、大麦や小麦が穂をつける金色の平野が広がるはずだ。収穫がすんだあとで畑を休ませる時期に、ヘラクレスにまたがって平野を駆ける自分の姿をキャロラインは想像した。何日も駆けつづけ、そのまま姿を消してしまうのも悪くない。その気になれば、ロンドンやその先までも行けるのだ。ヘラクレスを船に乗せてヴェニスへ連れていく光景を思い浮かべたところで、頭の中でふくらんだ夢は泡のようにはじけて消えた。現実には彼女もヘラクレスも、どこへも行けはしない。キャロラインは伯爵夫人であり、人の妻であり、いずれは母親となるのだ。いつまでも願望にうつつを抜かしていることなど許されるはずもなかった。もういちど、夫にとっては故郷にあたる緑の丘を見つめる。あいかわらず異国への憧れがはげしく胸を焦がすのはとめられなかったが、このシュロップシャーも充分に異国のようなものだ。ここに幸せが待ち受けている可能性だって充分にある。

馬車は大きな道をはずれ、高くそびえる門をくぐった。敷地全体を囲む壁はすでに崩れて久しいようだが、門は残っているのだ。静かなる過去の名残といったところだろうか。うねる丘陵はまだまだ続いているものの、目の前は耕された農地と風に吹かれる小麦に変わって、一面に生えた背の高い草と、あちこちでそれをはんでいる羊たちといった光景が見渡す限り広がっていた。草を刈る大鎌を持った少年の姿もある。道に小石が敷きつめられているのは門をくぐる前に走っていた道とおなじだけれど、こちらのほうがずっとしっかりと敷かれていて、わだちができていたさっきまでの道と違って馬車の揺れも少ないように感じられた。馬たちが走る速度をあげ、キャロラインは馬車の天井からぶらさがった紐をつかんで体の均衡を保った。葦毛の四頭はわが家が近いとわかっているのだ。長い旅をさっさと終わらせようとしているのだろう。

キャロラインは夫の屋敷を目のあたりにして、思わず息をのんだ。灰色の石を積みあげてつくった壁が夕日に照らされ、石に含まれた雲母がきらきらと輝いている。いくつもある大きな窓が人間の瞳に似た光を発していた。正面玄関へ向かって馬車が進んでいくにつれて、窓にはめられたガラスに陽光が反射を繰り返し、窓がウインクしているみたいだ。壁はところどころツタに覆われていて、その隙間からバラやフジが顔を出しているのがわかる。この時期にはもう花をつけていないけれど、春になればバラやフジが咲き乱れ、あたりの空気を甘い芳香で満たすに違いない。

この屋敷にはどこかあたたかい、人を歓迎する雰囲気がある。キャロラインは中に入る前からそう感じて、一瞬、明るい未来が自分を呼んでいる気分にとらわれた。まだ生まれてこない子どもたちが太陽の下に駆け出してきて、母親である自分を出迎える笑い声が聞こえてきそうだ。荒野に囲まれた故郷とおなじように、ここもきっと素晴らしい家になる。馬車がとまって従者が扉を開き、彼女は目をしばたたいた。目に涙を浮かべて夫の屋敷の人々に挨拶をするわけにはいかない。

馬車をおりようとしたところでアンソニーに手を取られ、キャロラインは夫に顔を向けた。

「わが家へようこそ、キャロライン」

アンソニーが先に馬車をおりていく。キャロラインは人々の視線を感じながら、夫の手を借りて地面におり立った。広大な屋敷の召使たち——おそらく全員——が馬車から正面玄関まできっちりと二列に並んでいる。こんな秩序立った光景を見たら、キャロラインの母もきっと喜ぶはずだ。家政婦に至るまでが自分の仕事をきちんと理解し、誇りを持っているのがうかがえる。

執事が前に進み出て、キャロラインに一礼した。「ビリングズと申します、奥方さま。本日より、あなたのお世話をさせていただきます」

キャロラインが礼を返すと、ビリングズが列に戻っていった。年齢は六十歳くらいで、軍隊生活を思わせる物腰の男性だ。髪は濃い灰色で、短く刈りこんである。丘を奪取せよとか、略奪者からバラ園を死守せよとか、そういう命令を待っているかのごとく、執事は背すじをまっすぐにして立っていた。キャロラインは肩の力を抜いた。父の家も軍隊出身の召使たちであふれ返っていた。そうした者たちとならうまくやっていける。並んでいる召使たちにざっと視線を走らせると、誰もが新しい奥方はどんな人間なのかを見定めようと真剣な表情で彼女を見ていた。その光景を見て、キャロラインはますます心が落ちついた。

「メイド頭を務めているミセス・ブラウンです、奥方さま」黒い服を着た小柄な女性が膝を折ってお辞儀をした。身長はキャロラインの胸くらいまでしかなく、きらきら輝くボタンのように大きな目ときびきびとした動作が小鳥のミソサザイを思い起こさせる女性だ。

「ありがとう、ミセス・ブラウン、ビリングズ。ここへ来られてとてもうれしいわ」

残りの人々がキャロラインの言葉を聞いていっせいに拍手をし、若い女性の召使たちが前に進み出て彼女に花束を手渡した。生け垣から摘まれたシオンやアキノキリンソウに、子だくさんを願って大麦の穂がさしてあるものだ。すぐにキャロラインの両手は花でいっぱいになり、それ以上は受け取れなくなってしまった。ミセス・ブラウンもそれを予想していたようで、物静かな少女をひとりキャロラインの後ろに立たせ、持てない分を手伝わせた。

キャロラインが向きを変え、屋敷の中に向かって歩いていこうとすると、アンソニーが腰に手をかけて彼女を制した。

「わたしに任せてくれ」

アンソニーがなめらかな動作でキャロラインを腕に抱きかかえ、夕方の黄昏の中、にっこりと微笑んだ。太陽は丘の向こうへと落ち、レイヴンブルック・ハウスの庭園は影と、バターにも似た色のやわらかな光に覆われている。

きまじめな無表情をつくり、平静を装って、キャロラインは夫の目を見あげた。だが、裏切り者の心臓は、あまりにアンソニーが近くにいるせいではげしく脈打っている。胸の高鳴りを彼に悟られてしまわなければいいのだが。

「レイヴンブルック家の伝統でね。花嫁を抱いて敷居をまたぐんだ」

「わかったわ。伝統は守らなくてはいけないわね」

アンソニーが妻を軽々と抱き、あっという間に屋敷の中に入っていった。何人かの少女たちが感動的な光景に涙しているのがキャロラインの目に映った。ミセス・ブラウンも満面に笑みを浮かべている。こみあげる不安を心の隅に追いやりながら、キャロラインは無理に笑顔をつくり、恐怖心を抑えて夫の胸に寄りかかった。アンソニーが彼女を抱きあげたのは伝統からではなく愛情からで、この感動的な振る舞いは本物なのだと思いこもうとした。

クルミ材でつくられた巨大な階段には分厚い濃紺のじゅうたんが張ってあり、アンソニーのブーツの足音をすべて吸いこんだ。キャロラインの手から花が一輪落ちる。眉をあげて微笑むアンソニーを見て、彼女は心を満たす疑念とは裏腹に笑みを返した。彼がキャロラインを抱いたまま曲線を描く階段をのぼり、すでに暖炉に火がおこされた大きな部屋が連なる続き部屋へと入っていった。南にある庭園を臨む大きな窓から、日光の最後の名残が差しこんでいる。深い赤で塗られたマホガニー材の寝台は、故郷の屋敷にある彼女自身の家具を思い起こさせた。暖炉では火が燃えさかり、部屋の隅には繊細な細工を施した着替え用のついたてが置いてある。風呂に湯を注ぐ女性たちの声が聞こえてきた。キャロラインの部屋着を抱えたタビィが、妻を抱きかかえるアンソニーの姿を目で追っている。小柄なメイドはここにきてようやく、沈黙という言葉の意味を知ったようだ。

心のうちを読ませない栗色の瞳で、アンソニーがキャロラインを見た。「ここは母が使っていた部屋だ。今日からはきみのものになる」

彼はようやく妻を床に立たせた。

「今日はここで夕食をとろう。もちろんきみさえよければ」アンソニーが言った。

「あなたはそうしたいの？」キャロラインは尋ねた。

「ああ」アンソニーが答える。

キャロラインは夫の顔を見つめ、その美しさに見とれた。生まれてはじめて、語るべき言葉が出てこない。

アンソニーが彼女にキスをした。夫の唇がゆっくりとキャロラインの唇をなぞる。情熱を燃え立たせようとする口づけとは違っていた。彼女はアンソニーの唇を味わい、彼が部屋を去ったあとも長く残りそうな感触を心にとどめた。

やがてアンソニーが顔を離し、キャロラインにしか聞こえない小さな声で言った。「一時間で戻るよ」

「待っているわ」

それを最後にキャロラインはあとずさって彼と離れ、背すじを伸ばして姿勢を正した。アンソニーが片方の手をあげて彼女の頬に触れ、踵《きびす》を返して部屋をあとにする。

静かな余韻を破ったのはタビィだった。「なんてことでしょう、お嬢さま……すみません、奥方さま。ものすごく素敵なご主人さまですね。体が震えてしまいました」

心とは正反対の明るい声で、キャロラインは笑ってみせた。「確かに外見は素敵でしょう、タビィ？　あとはわたしの性格を理解してくれるといいんだけれど。そんなに何もかも完璧というわけにはいかないわね」

アンソニーが部屋に入っていったとき、キャロラインの姿はどこにも見えなかった。部屋に視線を走らせて歩くと、彼女は厚手のカシミアのショールを肩に巻いて窓辺の椅子に座っていた。着ている夜着は薄いローンにレースがついたもので、寒い夜にはいかにも頼りない。キャロラインは振り返って椅子から立ちあがり、風呂に入ってシンプルなズボンとベストに着替えたアンソニーの姿を見た。夫はまるで農民のようないでたちをしている。もっとも、その農民が凝った刺繍のベストを手に入れられるほど裕福だったらの話だが。いずれにしても彼の服は簡素なつくりで、色は髪とおなじ黒曜石を思わせるきれいな黒だった。

夫婦のあいだに情熱の火が燃えはじめる。ふたりきりだといつもこうなのだ。アンソニーは黙ったままで、キャロラインは、またしても夫が彼女の振る舞いを正す新しい決まりごとを持ち出すのではないかといぶかった。しかし、無言で立つふたりのあいだに、やがて熱っぽい欲望と、ゆっくりと増していく親しみが漂いはじめた。少なくともこの一夜だけは、休戦ということになるのかもしれない。

キャロラインはじっとその場で待ち、休戦に向けた最初の動きを彼にゆだねた。動かないことで夫に挑んでいる妻の狙いなどわかっている。アンソニーは、そう言わんばかりに微笑んだ。キャロラインのまいた餌には飛びつかず、片方の腕を伸ばして彼女の金色の髪に触れ、ゆっくりと耳にかけた。

キャロラインが立った場所からあくまでも動かず、アンソニーが近づいてくるのを待っていると、彼は身をかがめて妻の唇にキスをした。

いつもとおなじ官能的な味がする。生涯をかけて待ち望んでいた刺激の味だ。キャロラインはアンソニーの唇とにおいを堪能し、その両方が打ち寄せる波みたいに五感を満たすに任せた。

重ねた唇を開き、アンソニーがキャロラインを抱き寄せた。はだけたシャツと刺繍を施したベストのやわらかな感触と、引き締まった体の感触が対照的だ。彼が舌を彼女の口に差し入れてもてあそぶ。入れては離す動きは、間違いなくこのあとの営みを示唆したものだ。おもちゃにされるのはごめんだ。キャロラインは夫から顔を引き離した。

「夕食の用意ができているのよ。いっしょに食べる気はあるのかしら」

かがめていた体を伸ばし、アンソニーがあとずさった。キャロラインにはわかっていた。彼はこちらをからかったつもりなのだろうが、みずからも欲望という名のクモの巣にからめとられている。暗い炎が燃えさかっている瞳を見れば明らかだった。

「先に試したいごちそうがここにある」アンソニーが言った。

こんどはキスもないまま、アンソニーにさっきとおなじく両腕で体を持ちあげられ、キャロラインは体に満ちる情熱を味わった。

妻を抱いたアンソニーがベッドには向かわず、そのまま食事が用意されたテーブルの近くにある椅子に腰をおろした。キャロラインの鼻に、マホガニー材のテーブルにのった料理のにおいが届く。アンソニーは彼女を膝に乗せたままクッションに身を預けた。

キャロラインは吐息をもらし、頭を傾けて夫が唇を重ねやすいようにした。はじめはキスを返さず、彼に主導権をゆだねる。

重ねた唇の動きでアンソニーが笑っているのがわかる。夫の唇と歯、そして舌が動き、キャロラインを積極的に導きはじめた。つられるように彼女が口を開くと、アンソニーはすべてを味わい尽くそうとするかのごとく、キスの角度を変えて妻をもてあそんだ。彼の情熱が誘っていたけれど、それでもキャロラインはみずから夫に触れようとせず、アンソニーの我慢が限界を迎えるまで自由に唇をむさぼらせた。

ゆうべ、娼婦のようにひとり取り残されたのを、まだ許すわけにはいかない。かといって誇り高いキャロラインは、漁師の妻のように怒鳴り散らしたり、愛人みたいに嫉妬をあらわにしたりすることはできなかった。そのかわり、夫の肩に軽く指を置き、実際には切望がこみあげているにもかかわらず、それ以上は夫の体に触れようとしなかった。アンソニーの手が彼女の体をまさぐりはじめ、夜着の下に入りこんで指先で胸のふくらみをなぞっていった。やがて彼のてのひらが胸を覆うと、敏感な先端が硬くとがっていった。彼が喉もとに舌を走らせてそのまま耳を軽くかんで引っ張り、キャロラインの口から吐息を引き出した。

譲歩とも取れる妻の吐息を耳にして、アンソニーが大胆になっていった。長いショールをゆっくりと時間をかけてはずし、床に落とす。これで彼女が身につけているのは薄い夜着だけだ。

続けてアンソニーは彼女を抱いたまま立ちあがった。ようやくベッドへ連れていかれると思っていたキャロラインを椅子に座らせ、クッションに背をあてさせる。そしてみずからは彼女の足もとに膝をつき、両手を夜着の下に差し入れてやわらかな布を持ちあげた。夫の指が両脚をなぞるのが見える。ストッキングをリボンで結んでとめてあるなめらかな腿をアンソニーが愛撫するのを、キャロラインは見守った。夫がストッキングを脱がすのを気に入っていたようだと思い、あえてそのままにしておいたのだ。彼はリボンを一本ずつ、ゆっくりとほどいた。キャロラインはまだ動かない。

アンソニーが真摯な面持ちで脚に軽くキスをしながら、シルクのストッキングを片方ずつおろしていく。脱がせたストッキングを脇に放った夫が脚の内側にゆっくりと歯を立てると、キャロラインの復讐心が少しずつ溶けてなくなっていった。

脚に触れられたくらいでこれほどの喜びを得られるとは思いもしなかった。キャロラインの腿の付け根が火をともされたように熱くなっていく。それでもまだアンソニーは彼女をベッドにいざなおうとはせず、さらに夜着をまくりあげ、脚を開かせて中心に顔をうずめた。

夫の舌がいちばん敏感な部分に触れ、キャロラインは息をのんだ。結婚初夜を思い起こさせる秘部へのキスを受け、体が勝手に反応して危うく椅子から跳びあがってしまうところだった。だが、アンソニーにしっかりと押さえられているせいで、ただ快感の波にさらされるほかにどうしようもない。秘めた場所に夫の舌が入ってくるたびに波が頭の中まで打ち寄せては砕け、未知の浜辺にいる彼女を洗い流していった。

おろした髪を背中に流したキャロラインは夜着を腰までまくりあげられた状態で椅子の背にぐったりともたれたまま、身動きもままならなかった。またしても夫に運んでもらって、ようやくベッドにたどりつく。

キャロラインは仰向けにベッドに寝かされ、ついに夜着を脱がされた。だが、アンソニーはまだ服を着たままだ。のしかかられるとベストの刺繍がじかに肌に触れ、脚と脚が触れ合ったときにもズボンの粗い感触が伝わってきた。ズボンの前だけはすでに開けていたようで、たくましく育った男性の象徴が腿に押しあてられたのがわかった。

彼が身を沈めてきて、キャロラインはあえぎつつも、さらに深くアンソニーを迎えようと脚を広げた。最初のひと突きで快感が一気に高まり、彼が動くたびにさらに高まっていった。体が密着し、アンソニーのベストの刺繍が胸にこすれる。快感がそれまでにないほどの早さで高まっていき、キャロラインはこらえきれずに彼の下で声をあげつづけた。アンソニーが彼女の顔を凝視しながら、さらにいちど、二度と妻を絶頂までいざない、横たわる彼女がぐったりと脱力したところで、ついにみずからを解き放った。さらに幾度かキャロラインの体を貫き、欲望を残らず彼女に注ぎこむ。

ふたりは重なり合ったまま、羽毛を詰めたマットレスに横たわった。マットレスだけではなく、上掛けから何からすべてがやわらかい。先に力を取り戻したアンソニーが片方の肘をベッドについて身を起こし、キャロラインに向かって満足そうな微笑みを浮かべた。栗色の美しい瞳に見つめられて、彼女も笑みを返さずにはいられなかった。

「お許しいただけたということかな?」アンソニーがきいた。

キャロラインはため息をつき、下になったままの体を伸ばした。どんな快感を引き出されたとしても自分は自分なのだ。そう主張するつもりでみずからの体を夫に押しつける。「許すわ、あなた。でも、二度とこそ泥みたいにわたしを夜中に置いて出ていったりしないでちょうだい」

アンソニーが笑ってキャロラインにキスをした。鎖骨に唇をつけ、なめらかな肌に舌を走らせる。身をこわばらせた妻を見つめながら彼は言った。「約束するよ。きみを置いていったりはしない。そうしなければならないとき以外はね」

彼にすればそれが精一杯の譲歩だろう。目を見ればわかる。この先もっといいことがあるという希望を持って、キャロラインはそれを受け入れた。しつこい妻は夫に疎まれると母に教わった。待ち受ける将来への不安をすべていったん脇にどけ、キャロラインはもういちど伸びをした。こんどは半分目を開けているので、夫が暖炉の火に照らされた自分の体を見つめているのがわかった。

「おなかがすいたわ」

アンソニーにもたらされた喜びでまだうまく息ができず、キャロラインはかすれた低い声で言った。彼がごくりと唾をのんでみずからの唇をなめ、またしても顔を伏せて舌を彼女の肩に走らせる。

「わたしもだ。ほしくてたまらないよ」

「もちろん食べ物のことでしょう? テーブルで食事が待っているのよ」

アンソニーが笑い声をあげ、彼女の唇にキスをした。ベッドの端に座り、キャロラインを引き寄せて自分に体を預けさせる。服は着たまま、ズボンの前だけをはだけさせている。そこに手を伸ばして彼に触れたいという衝動がこみあげたものの、キャロラインはその衝動を抑えつけた。妻が欲している譲歩を与えてくれない夫に、そこまでしてあげることはない。もういちどむつみ合うより、いまは食欲を満たすほうが先だろう。

身を離そうとしたキャロラインを、アンソニーがしっかりと抱き寄せた。男性の象徴はすでに高ぶりを取り戻している。このままベッドに押し倒され、ふたたびのしかかられるのではないかと思った彼女の予想は裏切られた。背中に垂れる長い髪を指でなでられただけだ。キャロラインはいつ放してくれるのかと思いつつ夫に身を預けていたけれど、じきにアンソニーの手の感触に心を癒やされ、いつしか自然と夫に寄りかかってすべてをゆだねてしまっていた。

沈黙のまま時が過ぎ、食事も、営みで得たばかりのはげしい愉悦も、キャロラインの頭の中から消えていった。アンソニーの腕に抱かれて座り、えも言われぬ安心感に身を任せたまま思考を漂わせる。いまにも眠りに落ちそうになったとき、夫の声が聞こえた。

「さあ、食事だ。おいで、キャロライン」

アンソニーがキャロラインの手を取り、ベッドから立ちあがらせた。彼女はなおもしばらく夫に寄りかかるようにしていたが、ようやく膝を折って床から夜着を拾いあげた。薄い夜着を頭からかぶる妻の姿を、夫がずっと見つめている。

キャロラインはその視線を受けとめ、眠たげな笑みを浮かべた。むつみ合いで得た充足感はまだ消えてはいない。つま先で立ってアンソニーにキスをし、夫が彼女を抱こうと伸ばした腕をすり抜けて、食事が用意されているテーブルへと向かった。

アンソニーは声をあげずに笑い、自分も服を整えた。いままでこんなふうに女性に背を向けられた経験はない。人生ではじめてそっぽを向かれた相手が、この世でただひとり自分に従うと誓いを立てた女性だという事実に、アンソニーはあらためて気がついた。

かといっていらだちや怒りがこみあげてくるわけではなかった。ただただ誇らしい心境の自分に、アンソニーは驚いた。なぜかは説明しようもないけれど、首を傾けながら歩み去っていくキャロラインの様子や、澄みきった薄茶色の瞳に宿っていた強さが誇らしくて仕方がない。ベッドの中でも外でも、自分と同等の強さを持った女性と出会ったことなどなかった。知れば知るほど、彼女の素晴らしさばかりが明らかになっていく。キャロラインという女性を完全に理解するまでには長い時間がかかりそうだと彼は思いはじめていた。それどころか、あまりにも奥が深そうで、完全に理解しきれるかどうかもわからない。

アンソニーは自分の肘掛け椅子をキャロラインの椅子の隣に並べ、食事をとりはじめた。彼が見守る前で、うら若い妻はバターを加えて蒸し煮にした牛肉をつまみ、領地で収穫した小麦を使ってその日の午後に焼かれたばかりの白いパンを食べた。

危うく隣に座っているのを忘れてしまうほど、アンソニーは食事をするキャロラインに見入っていた。薄茶色の瞳を見つめ、彼女が口を動かす光景を眺める。病的に思われはしないかと不安になったけれど、妻は気づいていないらしい。

どうしてもキャロラインの関心を引きたくなり、アンソニーは自分の手で彼女の口に料理を運んだ。妻が明るく笑い、おなじように料理を少し取って彼に食べさせた。それを繰り返しているうちにふたりの距離が縮まり、食事をテーブルに残したまま、いつしかふたりはふたたび身を寄せ合っていた。

ベッドに戻ると、こんどはアンソニーがやわらかい上掛けの上に仰向けになり、キャロラインの手でベスト、ズボン、シャツと一枚ずつ、ゆっくりと服を脱がされていった。妻は暖炉の火に照らされた彼の体をじっくりと眺めている。彼女を組み伏せてしまいたい衝動がこみあげたが、自分が自制心の男であることを思い出し、ひたすらじっとこらえた。

アンソニーは両手を頭の後ろで握り、自分からは妻に触れないことにした。彼の挑発を見て取ったキャロラインがゆっくりと表情を変え、なまめかしい笑みを浮かべながら、着ていた夜着を頭から脱ぎ捨てた。

金色の髪がカーテンさながらにふわりと広がり、その髪に囲まれたキャロラインの顔に妖艶な笑みが浮かんだ。手と膝をベッドについて、アンソニーがいるベッドの中央までにじり寄ってくる。彼の体をまたいだものの、そこではとまらずにまたぎ越して隣に横たわり、目を合わせてじっと様子をうかがった。夫が先に動くかどうかを見きわめようとしているのだろう。アンソニーはすっかり呼吸を乱しながらも、そのままじっと妻に触れるのを我慢した。

やがてキャロラインが起きあがり、それまで自分がされていたように夫の体を楽しみはじめた。両手をアンソニーの硬い胸に置き、てのひらを腰から腿へと動かしていく。すっかり高ぶった男性の象徴には触れず、あと少しというところをかすめただけだ。

てのひらの愛撫を受けたアンソニーは体を震わせた。もはや笑ってもいられない。体を入れ替えて妻を組み伏せるのも時間の問題に思われた。残っている自制心を総動員してみずからを抑えたものの、キャロラインはそれにすら挑んできた。てのひらで触れた部分に唇と歯で触れていき、続けて彼の脚の内側に舌を走らせる。

キャロラインが顔をあげ、なまめかしい目をして微笑んだ。アンソニーも声を殺して笑ったけれど、それでもまだ妻に触れようとはしなかった。すると彼女は顔を夫の欲望のあかしに近づけ、口に含んで舌を走らせはじめた。

その瞬間、アンソニーの自制心が粉々に砕け散った。彼はみずからの体の上をすべらせるようにキャロラインの体を引きあげた。ひと息に体の位置を入れ替え、妻を組み伏せて動けないようにすると、秘部が充分に湿っているかどうかを確かめもせずに、みずからの欲望で彼女の体を貫いた。キャロラインが突然の出来事に息をのみ、すぐにあえぎ声をもらしはじめた。

われに返ったアンソニーは、ようやく妻を傷つけまいという意識を取り戻し、衝動を自制して動きを抑えた。やがてともに果てたあと、ふたりはたがいの体だけが自分を落ちつかせてくれると信じているかのごとく、しっかりと抱き合った。

アンソニーは胸を震わせ、声をあげて笑いはじめた。妻が興奮で赤く染まった顔をゆっくりと彼に向けた。起きあがる意思すら失っているような緩慢な動きだ。それでも、声だけはあいかわらず辛辣だった。

「楽しんでいただけたかしら、あなた?」

大変な苦労をして力をかき集め、ようやく顔をあげたキャロラインと、アンソニーは目を合わせた。

「いいや、キャロライン。わたしは自分で楽しんでしまったような気がするよ」

キャロラインが夫の答えに不満そうな顔をしながらも、ふたたびアンソニーの胸に頭をのせた。じきに彼女の呼吸が少しずつ深くなり、甘美な肢体から力が抜けていくと、アンソニーはみずからの体で彼女の重みをしっかりと受けとめた。

その夜、アンソニーはベッドから出ていかなかった。彼の体の上で眠りつづける妻の重みを感じつつ、彼はひと晩じゅう夫婦の営みの記憶をたどっていった。キャロラインの腕の中で見いだした快感と喜びに、アンソニーは驚嘆していた。ヨークシャーで最初に出会ったときには期待もしていなかったことだ。この結婚には取引以上の、もっと深い何かがある。

17

ロンドン

夜が明ける二時間前、アンソニーはキャロラインを起こした。唇で彼女の頬に触れ、そのままやわらかな唇まで動かしていく。キスに気づいた彼女が寝返りを打ち、腕を伸ばして彼をベッドにいざなおうとする。しかし、やがて意識がはっきりしてくると、アンソニーがすでにロンドンへ出発するための旅姿なのに気づいたようだった。

「もう行かなくては。出発前にきみの顔を見ておきたかったんだ」

「帰りはいつになるの？」キャロラインが眠そうなかすれ声できいた。

アンソニーはそのままベッドにもぐりこみたくて仕方がなかった。皇太子の支持者たちとの大事な仕事も、妻の前ではいまいましく感じられる。上掛けの下に横たわるキャロラインのあたたかい裸身が彼を誘っていた。

「用がすみしだい戻る。向こうを出る前に知らせをよこすよ」

「とにかく早く戻ってきて、アンソニー」

くしゃくしゃになったキャロラインの髪と、頬にかかる吐息に、アンソニーは危うく心が折れそうになった。だが、高ぶった欲望をどうにかこらえて身を引き離す。妻の体を欲しているだけではなく、いっしょにいたいと望んでいる。その本音を心の隅に追いやり、アキレウスの背に乗ってロンドンへと向かった。

ロンドンに着いてすぐ、アンソニーはキャロラインと出会う前とおなじ生活をはじめたものの、妻の面影が頭から離れなかった。朝、執事がその日の予定を確認しているあいだに、従者が彼のひげを剃るのがロンドンでの日課だ。従者のジェラルドがあたためた布を主人の顔にあて、それから鋭利なかみそりを頬に走らせるのが儀式にも似た習慣になっている。そのときでさえも、頬に触れる手がキャロラインのものだったらどれだけいいかと思わないわけにはいかなかった。

自分の義務は充分に理解している。彼は厳格にその義務を果たしていった。貿易で得た利益を確認し、東インド会社との取引を詳細まできちんと把握した。議会の会議にも参加し、間近に迫った貴族院の開催準備についてもほかの議員たちと話し合った。そのあいだですら、ずっとキャロラインと、枕に広がる彼女の金色の髪のことを考えずにはいられなかったのだ。

その日、議場から廊下に出てきて友人知人と話をしていたときも、アンソニーは妻との楽しいひとときを思い浮かべていた。すると、そこにやはり友人と話しながら歩いていたヴィクターが姿を現した。

彼の存在を感じたかのように、ヴィクターがアンソニーのほうを向いて目を合わせた。周囲の男性たちが成り行きを見守ろうとぴたりと動きをとめる。人々の視線が集中する中、アンソニーは身をこわばらせた。

「また会ったな、レイヴンブルック」

ヴィクターがいつものように、落ちつき払ったなめらかな口調で言った。アンソニーが彼を知ってから何年にもなるが、この男が違う声音で話すのを聞いたことはない。おだやかな口調で話しかけてくるのがつねだったし、青い瞳もいつも変わらず落ちついている。皇太子を交えた三人でアンの将来について話したときも、まさにおなじ感じだった。

「きみはエディンバラにいると聞いていたが」アンソニーは冷静にいつもどおりの口調を保とうとしたものの、失敗した。

「ただの噂だよ。どこから出たのかは知らないけれどね」ヴィクターが答える。「美しい奥方はお元気かな？」

アンソニーの足もとから怒りがふつふつとわきあがった。娼婦が同席するディナーでこの男がキャロラインの隣に座っていただけでも最悪なのに、いまもまた軽々しく彼女の話を持ち出している。あっという間に怒りに全身を支配され、アンソニーは危うくブーツに隠し持っている短剣を抜くところだった。

ここまで憤慨するのはおかしなことだというのは、アンソニーにもわかっていた。ふつうの男性でも世間話として妻や姉妹や母親の健康について尋ねるものだ。だが、ヴィクターがかかわってくると彼は正常ではいられず、こみあげる怒りにわれを忘れてしまう。

「妻なら元気だ」アンソニーは絞り出すように言った。

「しっかり守ることだな。われわれ男が背を向けたとたん、どんな目に遭うのかわからないのが女性だからね」ヴィクターがにやりとする。周囲に人がいなければ、アンソニーはこの場で彼を殺していたかもしれない。だがアンの身を思い、かろうじてこらえた。

「心配は無用だ」ふたりのあいだの緊張が急速に高まっていく。どちらも先に進もうとも、引きさがろうともしなかった。王室のお仕着せを着た従者がアンソニーの隣にやってくるまで、ふたりのにらみ合いは続いた。

「閣下、皇太子殿下の使いでまいりました」

アンソニーは黙ったまま、なおも敵の様子をうかがっていた。

「さあ、殿下のお召しだ。わたしが引きとめていたと思われても困る」

ヴィクターの声はあくまでもおだやかだったけれど、瞳にきらりと不穏な光が宿ったのをアンソニーは見逃さなかった。ヴィクターは議会では反皇太子派にあたり、国内外での皇太子の施政に反対を唱える数少ない貴族のひとりだ。王室から疎まれ、すべてにおいて皇太子の妨害を図っているというのに、それでもなお皇太子の寵愛を求めているのがヴィクターという男だった。

アンソニーは一礼し、それから従者のあとに続いて議会の建物を出た。皇太子の宮殿であるカールトン・ハウスへ彼を連れていく馬車が待っている。彼は遠くから様子をうかがう自分の召使に合図を送り、皇太子の邸宅前で待つように命じた。

人がたくさんいる廊下を通って皇太子が暮らす私的な一画へと入り、アンソニーは彼が待つ部屋に直接案内された。彼が皇太子のもとにひとりで呼ばれただけでなく、客として対等に近い待遇を受けたという事実は、ヴィクターの耳にも入るだろう。きっとあの男は歯がみして悔しがるに違いない。

皇太子は暖炉のそばに置いた、いかにも快適そうな椅子に腰をおろしていた。暖炉には部屋をいい香りで満たすサンダルウッドの薪がくべてある。

以前からの知己だからといって甘えは禁物だ。アンソニーは礼を示して深々と頭をさげた。だが、アンソニーが部屋に入るなり立ちあがっていた皇太子は、アンソニーがまだ少年だったころとおなじように抱擁で出迎えた。

「アンソニー、ヴィクターのやつに追いつめられるようなことになってはいかんぞ。まったく、わたしの手の者が様子をうかがっていなかったら、どうなっていたことか」

アンソニーは皇太子を慕ってはいるものの、長く続いている自分とヴィクターとの衝突にこれ以上は彼を巻きこむまいと決めている。それでなくとも皇太子は皇太子で、数々の難題を抱えているのだ。

「どうかわたしのことはご心配なさらずに、殿下」

皇太子が笑った。「心配などするものか。これは説教だ。おまえの父が存命ならおなじことをしているはずだ」

ふたりはしばらくのあいだ黙りこみ、五年前に亡くなった偉大な先代伯爵に思いを馳せた。

アンソニーは伯爵家の子どものうち成人したただひとりの男子で、父が遺した一族の権益について必死で学び、維持しようと懸命に努めてきた。その甲斐あってこの二年ばかりは先代伯爵の時代よりも収入が増え、東インド会社と共同で運航する彼の船団はヴィクターに狙われるほど価値のあるものとなっている。

「ありがとうございます」アンソニーは言った。

話題を変えて、皇太子が言った。「結婚したそうだな」

「はい、殿下」

「それなのに、ロンドンに連れてきていないのか？」

「はい」

「どういうことだ？　おまえのヨークシャー娘の相手をするには、われわれでは無粋すぎるということか？」

笑みを浮かべ、アンソニーは答えた。「まだ、どうにも言うことを聞かせられないもので」

大声で笑った皇太子がそのまま咳きこんだので、アンソニーは水を取りに行こうとした。しかし、その前に召使が現れてグラスを差し出した。皇太子が水を飲み、あえぐようにして呼吸を整える。豪放な生活ぶりで知られているのに――というより、むしろそのためにと言ってもいいのだが――皇太子は近ごろ体調が思わしくないときがある。手なずけるのに成功しようとしまいとキャロラインを連れてきて、父の親友でもあった皇太子にいちど会わせることにしよう。アンソニーは心に誓った。

「連れてこい」皇太子がアンソニーの思っているとおりのことを言った。「絶世の美女だとくだらない新聞に書いてあったのが本当か、わたしがこの目で確かめてやろう」

「わかりました、殿下」

「本当にそれほど美しいのか？」

隠そうとはしたものの、アンソニーは自分の顔に笑みが広がるのを抑えられなかった。

「それ以上かと思います」

「クリスマスの舞踏会には連れてくるのだぞ。おまえの妻を社交界に紹介してやるとしよう。それほどの美女をひとり占めなど、けしからん話だからな」

アンソニーはキャロラインと彼女の長い金色の髪を思い描き、微笑んだまま礼をした。

「そういたします、殿下」

皇太子から紅茶をごちそうになって帰されると、アンソニーはグローヴナー・スクエアにある自分の家に戻った。きょうは宝石屋を呼んでいるのだ。

「閣下、ご所望の品をお持ちいたしました」

ビロードの袋の中をのぞいてみると、大きさも色もさまざまな真珠がたくさん入っていた。アンソニーはインド洋でとれたという大ぶりの黒真珠を選び、上質な銀の鎖をつけてネックレスにするよう指示した。そしてもうひとつ、コマドリの卵くらいの大きさでよく光るクリーム色の真珠を選び、こちらには金の鎖をつけるように頼んだ。

しばらくのあいだ、アンソニーは指のあいだに真珠をはさんで感触を味わい、あたたかくなるまで眺めていた。愛の営みに満足したキャロラインが金色の髪を後ろへやってベッドに横たわっているところが頭に浮かぶ。美しいその姿をろうそくの明かりが照らしているところだ。

代々レイヴンブルック伯爵家に出入りする宝石商であるリーヴァイが、遠慮がちに咳払いをした。ほかにもすませるべき仕事があり、しかも、きょうは彼の宗教では安息日にあたるので、日が暮れる前に家に戻らなければならないのだ。

「持ってきてくれた品があまりにもいいので、つい見とれてしまったよ。思い出したことがあってね」

「よいご記憶だといいのですが、閣下」

「最高の記憶だ」

アンソニーは手招きをして執事を呼んだ。執事のバルナバが代金を支払い、買った真珠をネックレスにする段取りを調整した。

「こちらがデヴォンシャー伯爵アンジェリーク・ボーチャンプさまのものですね」リーヴァイが黒真珠を手にして念を押した。遠慮がちな雰囲気を保とうとしているものの、アンソニーの長年の愛人の名を口にしたとたん、宝石商はひげの生えた顔を赤く染めた。昨年父親の商売を継いだばかりの若者に、先代とおなじ落ちついた応対を求めるのは酷だろう。

「そうだ」

「では、こちらは？」

リーヴァイがクリーム色の真珠をかざし、高い窓から入ってくる太陽の光にあてた。アンソニーは自分でも意外なほどたじろぎ、早くシュロップシャーに帰らねばならないと実感した。

「そっちは妻に贈る」

自分の耳にもいかにも苦しげな声に聞こえる返事だ。切望が抑えきれずに声に出てしまっているのが、アンソニー自身にもはっきりとわかった。リーヴァイがまたしても顔を紅潮させる。こんどはさっきよりもさらに赤くなっているようだ。「では、ロンドンをお発ちになるときにごいっしょにお持ちになるのですね？」

「ああ。両方ともわたしが自分で贈る」

月曜の朝早く、アンソニーが日課の乗馬をしているあいだに、できあがったネックレスが届けられた。ひげを剃って散髪をし、執事の手を借りて身なりを整えたところで、彼は馬車の用意を命じた。愛人のアンジェリークを訪ねるのだ。

アンソニーは前触れをせずにアンジェリークのもとに行くのを、いつも楽しみにしていた。たがいに別の恋人をつくらないという暗黙の了解はあったが、それでも彼は用心深く、彼女が自分のほかに愛人を持っていないのをいつも確かめていた。アンジェリークは裕福な未亡人で、伯爵の爵位を持っている。贈り物をされれば喜びはするものの、ふたりのあいだで金銭が話題にのぼったことはいちどもない。

アンジェリークの召使が、屋敷の主人が生きていたときとおなじように丁重にアンソニーを迎え入れた。朝が寒くなりはじめたので着てきた外套を預けると、朝食をとる部屋ではなく、ひとつ上の階にある女主人の寝室に直接案内された。

いきなりやってきたというのに、アンジェリークはいつものように見事なまでの美しさでアンソニーを出迎えた。朝の陽光に照らし出された愛人の姿を見て、彼はこの女性が魔女ではないかといぶかった。あるいは彼の召使が買収されていて、突然の訪問のはずが事前に情報がもれているのかもしれない。アンソニーはそんなことを考えながら、絵画を眺める心境でアンジェリークを眺めていた。

部屋着とはいえ、アンジェリークのドレスは最高級のシルクで仕立てたものだった。色は深いブルーで、瞳の色とおなじだ。黒い巻き毛が肩に落ちていて謎めいた雰囲気を漂わせている。この真夜中を思わせる黒髪にアンソニーが引きこまれたのも、いちどや二度ではなかった。

アンジェリークが微笑んでアンソニーを迎えたが、近づいてはこなかった。かわりに腕を伸ばし、彼を自分のほうへ招き寄せる。アンソニーの結婚を知っていることが、言葉ではなく態度で伝わってきた。

「お越しいただいて光栄ですわ、閣下」

命じられたわけでもないのに召使たちが朝食を持ってきて、光沢のある色とりどりの貝を敷きつめて飾ったテーブルに並べはじめた。けさ焼いたばかりのパンに、郊外でつくられたジャム、デヴォンシャーにある彼女の領地でとれた蜂蜜、そして卵と薄く切ったベーコンがつぎつぎと運ばれてくる。アンソニーは顔を伏せてアンジェリークの手を取り、そこへ唇をつけてランの香りを吸いこんだ。いっしょにいるとき、彼女がいつもつけている香水だ。

アンソニーの手への口づけを受け入れたアンジェリークは、彼が口にキスをしようとするとわずかに顔をそむけ、そのまま頬で彼の唇を受けとめた。沈黙が続く状況がなぜかおかしく感じられて、アンソニーは危うく笑みを浮かべそうになった。しかし、笑ったりすればアンジェリークを怒らせるだけだ。落ちついて話し合うためにやってきたのに、彼女の敵意をあおってはまずい。

召使が引いた椅子に腰をおろし、アンソニーは理想的な順番で出される食事を味わった。いつもながら、アンジェリークの屋敷を仕切る能力には感心するばかりだ。こうしたことをまったく知らないキャロラインに彼女から伝授してもらうわけにはいかないだろうかという考えがふと頭をよぎり、そのくだらない考えを瞬時に打ち消した。

アンソニーは愛人と目を合わせ、黙ったままのアンジェリークがこちらを見つめ、さまざまな考えをめぐらせているのを見て取った。

「結婚が決まったそうね。おめでとうと言わせていただくわ」

アンソニーは口の中のパンをのみこみ、香ばしいコーヒーが入ったカップを手にした。

「結婚が決まったんじゃない。結婚したんだ。きみも知っているはずだよ、アンジェリーク」

アンジェリークが上品な眉を動かして驚いたふりをした。感情をいっさい読み取らせない顔つきで片方の手をあげると、卵と焼いた梨ののった皿をそれぞれ持った召使がふたり進み出てきた。アンソニーがうなずくと、彼らは無言で料理を少しずつ彼の皿に盛りつけてから、さがっていった。

「きみにはわたしの口から伝えたかったんだ」アンソニーが切り出すと、アンジェリークは美しい顔にまばゆい笑みを浮かべつつも、射貫くような視線で彼の目を見返した。

「書類にサインするのと花嫁をベッドでかわいがるのに忙しくて、使いをよこすのも忘れていたのでしょう」アンジェリークが言った。

おだやかで、いつもと変わらない落ちついた口調だ。だがアンソニーは、自分が持ってきた高価な贈り物でアンジェリークの機嫌を取ることができるのか、不安になりはじめた。これまでふたりの関係に波風が立ったためしはなかったし、いまさら立てるつもりもない。彼女はみずからの感情を自分できちんと制御できる女性で、だからこそ十年近く付き合ってこられたのだ。アンジェリークなら声を荒らげるような真似はしないだろうが、彼を家から追い出して二度と敷居をまたがせないようにするくらいはやりかねない。

しかしそのとき、ベッドで官能的に声をあげるアンジェリークの姿を思い出した。この段階で追い出されていないなら、彼女にそうする気はないのだろう。

「人をやろうとはそもそも思わなかったんだ。すまなかった」アンソニーは言った。

ふたりは黙ったまま、残りの朝食を終わらせた。とはいえ食べていたのはもっぱらアンソニーだけで、結局アンジェリークは自分の皿に手をつけもしなかった。

立ちあがったふたりの後ろに召使がすかさずやってきて、テーブルをあとにできるように椅子を引いた。持ってきた贈り物を渡すのをどう切り出したものか、アンソニーは思案をめぐらせていた。

「何か持ってきてくださったのでしょう？　いただくわ」

アンソニーは目をしばたたいた。ひょっとしたら、本当に家の中にアンジェリークの内通者がいるのかもしれない。

「これを見たとき、きみの顔が浮かんだ」

上着のポケットからビロードの巾着袋を出し、アンソニーは彼女に手渡した。アンジェリークが袋を開けると、銀の鎖がついた黒真珠がてのひらの上に落ちた。一瞬、彼女の目に涙が浮かび、あわててまばたきで抑えこんだように見えたのは気のせいだろうか。顔をあげたアンジェリークの瞳はおだやかで、いつもとおなじように青い輝きを放っている。知り合ってからはじめて目にする彼女の強さがそこにはあった。どうしてこれまで見逃していたのか、アンソニーはわからなかった。

「とてもきれいね。ありがとう」

メイドを呼んでネックレスをかけさせるかわりに、アンジェリークがアンソニーに近寄って背中を向けた。肌から漂うランの芳香が届く距離だ。彼女は手首を軽くひねって巾着袋をテーブルに放り、数えきれないほど何度も彼を虜にしてきた漆黒の長い髪を持ちあげた。

寄り添うように立ったアンジェリークの体から立ちのぼる芳香が、アンソニーの鼻腔を満たした。そのまま曲線を描く喉もとにキスをしたくなる衝動を抑える。彼はネックレスを手に取って彼女の首に鎖を回し、とめ金をとめた。

銀の皿にのった熟したザクロのように、芳しい香りがアンソニーを誘っていた。アンジェリークが振り向き、彼を見つめながら髪をおろす。肩に落ちた髪が広がる様子は漆黒のカーテンを思わせた。

「まだしばらくはここにいるのでしょう?」アンジェリークがきいた。首を傾けてベッドを示したわけではなかったし、そんな必要もなかった。彼女の言葉の意味はふたりとも充分に承知している。

アンソニーが答えるまでのあいだ、沈黙が流れた。肯定と否定、どちらのほうがアンジェリークを驚かせるのか、彼には見当がつかなかった。

「いいや」アンソニーは答えた。「行かなくては。出なければならない集まりがあるし、じつはもう時間に遅れているんだ」

「奥さまのところに戻るのね」アンジェリークが言った。「金色の髪を長く伸ばして、若くしなやかな体をした女のもとに帰るのでしょう? 引きこまれるような澄んだ目をした、あなたのかわいいヨークシャー娘のところに」

アンソニーはたじろぐことなくアンジェリークの怒りを受けとめた。すべては自分がまいた種なのだ。

「そうだ」

アンジェリークが表情を変え、にっこりと微笑んだ。顔に浮かんでいた怒りが太陽の光を受けた雪のようにたちどころに消えていく。「当然よね」彼女は言った。「でも、どれだけ長くかかろうと、跡継ぎが生まれて彼女に飽きたら、あなたはかならずわたしのところに戻ってくるわ」

アンソニーが身ぶりで外套を取ってくれるよう命じると、アンジェリークの召使が彼のためにドアを開けた。開いたドアの外には案内役の執事がすでに立っている。そのまま立ち去ろうと思ったものの、やはり黙ってはいられなかった。自分は嘘をつかない人間だと自認していたし、アンジェリークに対してはいつも正直に接してきたからだ。

ドアまで歩いていくと、アンソニーは振り返って彼女と目を合わせた。

「きみの言うとおりだ」

18

シュロップシャー、レイヴンブルック領
一八一六年、十月

キャロラインはかつて戦地から戻る父を待っていたように、夫の帰りを待ちわびていた。毎日、屋敷につながる道を眺めては、うねる丘陵を馬で駆けてくるアンソニーの姿が見えますようにと念じていた。どうして夫をこれほどまでに待ち焦がれるのか、その理由はあえて深く考えようとしなかった。アンソニーに対する感情は沼の底に沈んでいるかのようにとらえどころがなく、そこに光をあてる勇気が彼女にはなかったからだ。

アンソニーが出発して一週間が過ぎると、キャロラインは自分を取り戻してみずからの問題に集中しはじめた。夫の屋敷はすでにしっかりと管理が行き届いている。それでもいざ手綱を任されたからには、やることはたくさんあるはずだ。まずは自分の時間を使い、ここで働く人々のことを知るのに専念した。誰と誰が結婚しているのか、誰が子持ちで、子どもは何人いるのか、誰が優秀で、誰が不得手な仕事をしているのか。学ぶべきことはたくさんあった。そうしているうちに、執事がじつに善良な人間だというのも、台所が優秀な料理人によってうまく切り盛りされているのもわかってきた。使用人たちも、キャロラインのことを蜂蜜を愛する熊さながらに慕いはじめた。彼らは奥方の明るい話しぶりや気さくな接し方を好きになり、頼まれたわけでもないのに、アンソニーの母にしていたのとおなじく、毎日キャロラインの部屋に摘んだばかりの花を飾るようになった。

屋敷の中は以前にも増してうまく回りはじめ、キャロラインの行き届いた目によって、すべての使用人が幸せになっていった。タビィはあいかわらず忙しく駆け回り、あらゆる状況にふさわしいドレスを巧みに選んだり、キャロラインの髪を整えたりしている。若いメイドたちも新しい雰囲気を前向きに受け入れ、ミセス・ブラウンの指示に従った。

アンソニーが留守にして二週目に入ると、キャロラインは馬に乗って領内に出かけ、住んでいる人々の様子を見て回りはじめた。夫がいない聖ミカエル祭がやってくると、レイヴンブルック領の領民たちのために小さな祝宴を開いてその日は仕事を休めるよう手配し、彼らが新しい奥方である自分と会える機会をつくった。

三週目になると、キャロラインは収穫が進む金色の平野を喜ばしく眺めながら、乗馬を楽しめる心境になっていた。

ある夕方、太陽が西に傾きはじめたころにキャロラインが家へ向かって馬を走らせていると、屋敷にほど近いあたりで大麦ががさがさと不自然な音をたてているのが聞こえてきた。彼女は乗っていた牝馬を制して立ちどまらせた。乗馬のときにもレディらしくあれという意味で、夫が結婚祝いに彼女に贈った馬だ。

ヘラクレスが蹄鉄を交換していることもあって、キャロラインはボニーと名づけたその牝馬を、この日はじめて駆って出ていた。ボニーは性格のやさしいおとなしい馬だが、いささか臆病すぎるところがあり、いまも背の高い大麦が揺れ動くのに怯えている。キャロラインはあらためてそちらに目をやった。すると、金髪の娘があえぐように大麦のあいだから顔を突き出して叫び声をあげ、その後ろから男が顔を現した。

はじめ、キャロラインはふたりが恋人同士でじゃれ合っているのかと考えた。しかし、すぐに娘は逃げようと必死で暴れだした。男の手が喉にかかっているので、ふたたび悲鳴をあげることもできない状態だ。

キャロラインはくるりとボニーの向きを変えてその場所まで駆け戻り、踏み台がないのも忘れて無防備にも鞍から飛びおりた。ブーツの底が固い地面とぶつかる衝撃が伝わってきたけれど、うまく立ったまま着地することができた。尋常でない雰囲気はボニーを怯えさせるのに充分だったようで、牝馬はライオンに追われているかのごとく一目散に逃げてしまい、キャロラインは大麦の中、自分の倍はあろうかという大柄な男と対峙したまま取り残された。

「その子を放しなさい！」

まだ子どものような娘が丈高い大麦のあいだから顔をあげたのが、キャロラインの立っているところから見えた。泣いているものの、どうにか息はできるらしい。男が娘の喉から手を離し、近づいてくる邪魔者を見ようと体を回す。その手が離れるやいなや、娘は逃げ出した。

男はアンソニーよりも大柄だった。肩幅も広く、突き出た腹もずっと大きい。領外から収穫の仕事をしに来た者たちのひとりだろう。そうした流れ者は収穫期になるたびにやってきては、すぐに去っていく。そして、去ったあとは誰も覚えていないのがふつうだ。

子どものころから受けてきた稽古がキャロラインの脳裏によみがえる。父につけられた指南役がかたわらでささやいているかに思えた。乗馬用の長いスカートに悪態をつきながら、動きの邪魔にならないように持ちあげる。彼女はその下に、いつも故郷ではいていた古いズボンを身につけていた。

男の目にみなぎっている輝きが怒りから欲情へと変わっていくのが、キャロラインにも手に取るようにわかった。

彼女は袖に手を持っていき、さやにおさめた短剣を探りあてた。これまで実際の戦闘でこの短剣を抜いたことはなく、父に仕える者たちとの練習で扱ったきりだ。

キャロラインは短剣を抜き放ち、てのひらで重みを確かめた。抜き身の刀身が沈みゆく太陽の光を浴びてきらりと輝く。

領民を凌辱しようとしていた男と対峙するうち、キャロラインは心底から怒りに震えた。父に仕える者たちが以前、怒りは歓迎すべき感情だと言っていた。すべての戦士を強くするのは怒りなのだと。足もとからわきあがった冷たい憤怒の念が、腕を通じて握っている短剣に注ぎこまれていく。もう一本、投擲用の短剣もブーツに隠してあったけれど、キャロラインはそちらには手を伸ばさなかった。

近づいてくるにつれ、男の目がぎらぎらした輝きを増していった。ふたりは大麦が茂る中

で向き合っている。大麦はキャロラインの行く手をさえぎるには充分な高さにまで育ってい
た。ここでむやみに前進するのは愚か者のすることだ。そもそも、収穫を控えた麦畑の中な
どではなく、地面が開けた道端で対決するべきだったのだ。
男が徐々に間を詰めてくる。キャロラインにもう考える時間は残されていなかった。
荒っぽい息が頬にかかるのを感じた瞬間、彼女は短剣を敵の喉の高さに振りあげた。キャ
ロラインの動きは速く、相手に体をつかませもしない。男の顎と左の頬に切りつけて血をほ
とばしらせると、ふたたび素早く後方に逃れた。大麦を踏みつけ、敵のつぎの動きに備えて
足場を確保する。
男はこちらをもてあそんでいるのだと、キャロラインにはわかっていた。これだけ体の大
きさに差があるのだから、相手が本気で倒そうとすればそうできていたはずだ。それこそが
キャロラインの狙いで、男に組み伏せられたときに隙をついて背中にひと突きを見舞おうと
いう戦法だった。敵に致命傷を与えるその動きは父に仕える者たちを相手に何度も稽古を繰
り返したもので、目を閉じていてもできるはずだ。
敵の頬からしたたる血が襟を濡らすのを見て、キャロラインの心に怒りとおなじくらいの
昂揚感がこみあげた。男の目が激怒に燃えている。愚か者はじきにその激怒のために過ちを
犯すことになるだろう。
男がつかみかかろうと腕を伸ばしてくる。キャロラインはその腕を切りつけ、骨まで達す
る傷をつくってやった。いよいよ猛り狂った男が彼女の髪をつかみ、さっき踏み固めた大麦

の上に引き倒した。キャロラインが微笑みを浮かべて抱きつくような仕草をすると、男の表情に驚きが走った。

ベッドでアンソニーに対してするみたいに、彼女は男の体に両脚を巻きつけた。たとえ組み伏せられていても、こうすればしっかりと突きに力をこめるための踏ん張りがきく。男の背後に回した短剣をあげて機会を待ったものの、相手が身をかがめようとしない。そのときキャロラインは、男の激怒の表情が恐怖に変わるのを見た。彼女はもういちど短剣を振りあげ、こんどは喉を狙った。肋骨の下からあわよくば心臓まで突き通せる背中の位置を狙っていたけれど、相手が近づいてこない以上は仕方がない。

男はそれまでと違い、キャロラインから短剣を奪おうとしなかった。膝をついて立ちあがると、大きな体躯に似合わない速さでその場から逃げだした。

キャロラインは男に続いて立ちあがった。獲物を追って駆け出そうとした瞬間、何者かに背後から抱きかかえられ、短剣を手から奪い取られた。

襲ってきた者の顔は見えない。キャロラインがすぐさま全身の力を抜いてぐったりしてみせると、狙いどおりに相手も抱きかかえる腕の力をゆるめた。その間隙をついて彼女は足をあげ、ブーツに隠し持ったもう一本の短剣を抜いた。間を空けずに閃光の速さで短剣を振るい、敵の喉をかき切ろうとする。しかし、その手を敵の手でしっかりとつかまれてしまった。そのときようやく相手の顔が目に飛びこんできて、彼女は動きをとめた。

「放してちょうだい」キャロラインは言った。

まるで穀物の入った袋か何かのように、アンソニーがキャロラインを無造作に地面におろした。彼の後ろにはさっき襲われていた娘が、夫と彼女の馬の手綱を握りしめて立っている。逃げ出して領主を呼んでくるなんて、なかなかどうして冷静な子だ。それにしても、キャロラインはアンソニーがその日に帰ってくるのをまったく知らなかった。夫はわざわざ使いをよこしたりしなかったからだ。

娘が無事かどうかを確かめるために、キャロラインは歩み寄ろうとした。だが、アンソニーに強く肩をつかまれてとめられた。

「怪我はない？」キャロラインはその場からきいた。

「ありません、奥方さま」

「城で誰かに見てもらいましょう」

「その必要はない」アンソニーが言った。「早く家に帰るんだ、ベティ。父親が心配するぞ」

娘は怯えたような顔をして、振り返りもせずに走っていった。

「家まで安全に送り届けてあげるべきだわ。とても恐ろしい目に遭ったのよ」

「だから一刻も早く帰したんだ」アンソニーが言った。「ベティのことは彼女の父親に任せておけばいい。わたしにはきみという問題がある」

アンソニーにもういちど抱きかかえられ、はじめてキャロラインは足の力が完全に抜けてしまっているのに気がついた。夫にもたれかかり、体から漂ってくる懐かしいにおいをかぐ。三週ものあいだ求めていた香りだ。

ボニーに乗せられるとばかり思っていたキャロラインの予想を裏切り、アンソニーは彼女をアキレウスの背に乗せた。そして自分もその後ろにまたがり、彼女を強く引き寄せてヒップをたくましい腿ではさみこんだ。「じっとしているんだ」アンソニーが言った。声に表れた怒りの奥に疲労がにじんでいる。これほど疲れるとは、いったい夫はロンドンで何をしてきたのだろうとキャロラインはいぶかった。

言葉は交わさないものの、キャロラインは空腹と、夫に対する欲望がこみあげるのを感じていた。敵を流血させ、死の予感と勝利を同時に味わったばかりなのだ。気分が高揚して震える思いだったし、自分はまだ生きていると実感したかった。

厩舎に到着すると、アンソニーに仕える厩舎頭のバーナードが直立不動で立っていた。主人の命令と叱責を待っているのだ。伯爵がくだす罰ならばなんでも受け入れるつもりなのが表情に表れている。

アンソニーは愛馬からおりて手綱を馬番の手にゆだねると、キャロラインをおろす前にバーナードのほうを向いた。

「二度と妻をひとりで馬に乗せるな。これからはかならず、武器を持った供の者をふたりつけるんだ」

「わかりました」

「アンソニー、そんなのばかげているわ」キャロラインは夫の手を借りずに馬から飛びおりた。「わたしには護衛なんていらないわよ」

キャロラインに向き直ったアンソニーの顔には怒りしか浮かんでおらず、欲情のかけらも感じられない。「この件についてここで話し合うつもりはない。わたしの言うとおりにするんだ」

「そんな理不尽な要求には従えないわ」

「きみは殺されるところだったんだぞ」

「いいえ、それは向こうのほうよ。わたしの短剣はあの男の喉をとらえるところだったわ。あの流れ者を逃がしたのはあなたじゃない」

奥方の過激な発言に、厩舎にいた馬番の男たちが怯えた表情を浮かべた。アンソニーはそれ以上何も言わず、キャロラインの腕をつかんで家に引っ張っていった。

彼女は深呼吸をして冷静な表情を保ち、荒ぶる気持ちを抑えようとした。もちろん内心では、まだこのいさかいを終わりにするつもりはなかった。


アンソニーは召使たちを無視してずんずんと家の中を進んでいった。ビリングズにすら声をかける気になれなかった。階段が近づき、キャロラインがついてこられるまで歩く速度をゆるめる。妻を抱きあげようかとも思ったが、あまりにも怒りが大きすぎてできなかった。

キャロラインの寝室のドアを蹴り開けると、驚いたタビィが抱えていたかごと石鹸を落とした。磨かれた床の上を、それぞれが別々の方向に転がっていく。

「お風呂の用意ができております、奥方さま」タビィは男性の荒々しい振る舞いに慣れていない。アンソニーの怒りを無視して、まるで彼がいないかのごとくキャロラインに話しかけるよりほかはなかった。「奥方さまがお好きなジャスミンの香りをつけて、バラの花びらを入れておきました」

「ありがとう」キャロラインが答える。

アンソニーは彼女が着ている乗馬用のドレスをじっと見つめた。緑のビロードのドレスはしわだらけで、血がついている。キャロラインがたくしあげたスカートの下からは、目にするのは二度目の男物のズボンがのぞいていた。彼は妻の姿を見なくてもすむように後ろを向いた。

キャロラインはいつもの夜と何も変わらないとでも言いたげに、落ちついた声できっぱりとメイドに指示を出した。「食事を持ってこさせてちょうだい、タビィ。きょうはここで食べるわ」

「はい、奥方さま」

最後に怯えた目で夫婦を見て、タビィが部屋から出ていった。

アンソニーは大きく息をつき、妻に向き直った。「そのズボンを脱ぐんだ」

その命令をまるで無視してキャロラインが言った。「あの男を逃がしたわね」

どす黒い怒りが頭の中を支配していく。アンソニーは目を閉じ、いまにも消え失せようとしている自制心をつなぎとめた。あと少しでキャロラインは死ぬところだったのだ。たやすく彼女を殺せたかもしれない男を相手に武器を振り回したとは。しかも、いまなお自分が勝てたという幻想を抱いている。

「こうしているあいだにも、部下たちがあの男を捜している。暗くなったら見つけるのは至難の業だろうがね」

「わたしはあの男を殺せたわ」キャロラインが言った。

怒りで目の前が暗くなりかけていたものの、アンソニーはなんとかキャロラインを直視しようとした。何秒かしてようやく、若い妻をきちんと見ることができた。キャロラインは彼の半分くらいの年齢で、背丈はかろうじて彼の肩に届こうかというほどしかない。美しいブロンドにはまだあちこちに大麦がからみつき、頰と手とドレスの袖には血がついていた。頭の中で、あの男が彼女を組み伏せた光景が鮮明によみがえった。

彼の怒りは恐怖に変わりはじめていた。アンの行方がわからなかった一週間に感じていた恐れや無力感とおなじ感情だ。あのときもアンソニーは、アンを捜して郊外を駆け回りながら、妹が殺されていないか、もっとひどい目に遭わされていないかとばかり考えていた。アンが怪我もなく家に戻ってきたときには、母親といっしょに倒れてしまいそうになったほどだ。ヴィクターはろくでもない悪党だが、アンに武器を向けるような真似はしなかった。妹は汚されて見捨てられたものの、命がおびやかされることはなかったのだ。しかし、キャロラインはあと少しで命を落とすところだった。そして、愚かにもその自覚がない。

怒りが引いていくとともに切迫した気持ちが心を焦がしはじめ、アンソニーはキャロラインの腕をつかんだ。そのまま抱きしめたい衝動で体が震えそうだ。だが、みずからの短気を恐れてどうにか踏みとどまった。

「お仕置きでもして、きみの反抗を力ずくで抑えるべきなんだろうな」

「やってみればいいわ。わたしに手を出した者がどうなるかは、あなたも見ていたでしょう」キャロラインが目もそらさずに言った。

「きみが娼婦のように男の体に脚を回しているところなら見たよ」

「仕方がなかったのよ。あなたにもやってみせましょうか？　わたしはあの男を殺せたわ。相手から傷ひとつつけられずにね」

「そんなものはやってみせなくてけっこうだ。キャロライン、きみは大事なことをわかっていない。わたしが現れなかったら、きみは殺されていたかもしれないんだぞ」

「いいえ」キャロラインが答える。「そうはさせなかったわ」

「相手はきみの倍もある大男だった。あいつがはじめから殺す気でかかってきていたら、きみはいまごろこの世にはいない」

「アンソニー、わたしは戦う稽古を積んでいるのよ。死ぬのはあの男のほうだったわ」

最後まで残っていた怒りが消え失せ、気持ちの張りまでもなくなってしまった。アンソニーは妻からあとずさった。キャロラインを理屈で説得するのは、どだい無理なのだ。昔から、女に理屈は通じないといわれており、キャロラインを見ているとそれは事実なのだと痛感させられる。

「それで、その先どうやって生きていくつもりだったんだ？　男の命を奪って、手を血で汚したあとは？」

キャロラインがようやく夫の言葉に衝撃を受けた顔になった。自分にかなう者などいないという間違った確信に、何かがひびを入れたのだ。「あいつは悪党よ」彼女は言った。「女の子を襲おうとしていたわ。わたしにも飛びかかってきた」

「その点については同感だよ、キャロライン。だが、あの男を激情のままに殺してしまったら、きみの人生は永遠に変わってしまうんだ。それもいいほうにじゃない」

黙りこんだキャロラインがじっと彼を見つめる。はじめて夫の言葉を真剣に聞く気になっているようだ。

「わたしは戦場で何年も過ごしたんだ。わたしが言っているのは本当のことだよ」

「たくさんの命を奪ってきたのね」キャロラインが、それまで知らなかった者を見るかのような目で夫を見た。

アンソニーとキャロラインの父親との友情は、ナポレオンと戦った戦場で生まれたものだ。大陸での生活や、戦争で過ごした時間については決して話す気はない。今夜も、この先もだ。

「わたしに敬意を払えないとしても、もっと自分の身の安全を大切にしてもらいたい」アンソニーはおだやかに、低い声で告げた。首を傾けて夫の言葉を聞いていたキャロラインが驚いた表情を浮かべる。

「わたしはあなたに敬意を払っているわ、アンソニー。ただ、おなじように自分のことも尊重したいの。ずっと自分の判断に従って生きてきたんですもの」

キャロラインが背すじをまっすぐに伸ばして夫と向き合った。麦畑の中でそうしていたように、愚かしいほどの大胆さで。アンソニーは部屋の向こう側へ歩き、暖炉のそばの肘掛け椅子に座りこんで両手で頭を抱えた。

「きみがあの男に殺されていたら、わたしはとても生きていられなかった」

19

夫の口から飛び出した思いもかけない言葉に、キャロラインは息をのんだ。離れたところに座りこんで肩を落としている彼の姿を見つめる。結婚してはじめて、アンソニーが打ちのめされているように見えた。

キャロラインは疲労感を心の隅に押しやった。本当は体の関節が鉛に思えるほど疲れきっている。男との格闘で、思っていた以上に体力を奪われてしまった。もうひと月以上も剣の稽古をしていないし、そのせいで腕の筋肉が落ちているのまで感じられるありさまだ。

アンソニーがなんと言おうと、このシュロップシャーでも指南役を見つけて稽古を続けなくては。そうしないと、短剣など危険でとても持ち歩けなくなってしまう。何年も続けてきた習慣だし、剣術の腕に対する誇りもある。いまさら剣をおさめるには遅すぎるのだ。モンタギュー男爵が戦場に行っているあいだ、父と娘をつなぐ唯一の絆が剣術だった。故郷の家を永遠にあとにしたいま、キャロラインは以前にも増して剣に対する執着を感じていた。

「厩舎では、使用人たちの前でひどいことを言ってごめんなさい。あなたを傷つけて悪かったわ」

謝罪の言葉を聞いたアンソニーが顔をあげる。キャロラインは誇りを捨て、怒りをおさめた。彼が立ちあがって近づき、手を触れずに顔をのぞきこんできた。「きみの馬を取りあげたりはしない。時間が許す限り、わたしもきみの乗馬に付き合おう。わたしが付き合えないときは、武装した供の者をふたりつける」

「取りあげたりしないですって？　当然よ、アンソニー。ヘラクレスはわたしの馬ですもの。腕を切り落とされたって手放すつもりはないわ」夫の傲慢さにふたたびこみあげそうになった怒りを、キャロラインはどうにか抑えた。「それに、なぜふたりも供が必要なの？」

「わたしには敵がいるんだ。きみも用心しなくては」

敵とは誰かと問い返すには、キャロラインはあまりにも疲れていた。きょうのところは夫を満足させる返事をして、明日からまた自分の思うとおりにすればいい。供の者たちをかわす方法もきっとあるはずだ。彼に嘘をつくという罪悪感が胸をくすぐったけれど、疲労が大きすぎてとても衝突を続ける気にはなれなかった。

「わかったわ、アンソニー」

アンソニーがそっとキャロラインの体に腕を回した。やさしいとも言える手つきで妻を抱きあげ、浴槽を置いてあるついたての裏へと連れていく。

乗馬用のドレスに手をかけると、アンソニーは壊れてしまうのを恐れるかのようにそっと脱がせはじめた。ろうそくの光があたるところまでキャロラインを連れていき、肌をじっくりと眺める。

男に組み伏せられたときにできた脇腹のあざに、アンソニーが手を触れた。そのまま、妻のすべての傷を、あたかも自分の傷みたいにして丁寧になぞっていく。彼がシュミーズを頭から脱がせると、キャロラインは故郷で馬番からもらったズボン一枚という姿になった。

アンソニーがキャロラインを抱き寄せた。「家族でズボンをはいていいのはわたしだけだ、キャロライン」

「でも、乗馬のときにはこのほうが動きやすいわ」

「短剣で戦うにも動きやすい。だが、それも二度としないと誓ってもらう」

キャロラインはその言葉には返事をしなかった。アンソニーが彼女を抱きあげて浴槽に入れると、分厚いじゅうたんの上に男物のズボンだけが取り残された。自分も服を脱いで、彼が浴槽に入ってくる。いつものように、アンソニーの裸身を見るとキャロラインの喉はからからに渇いた。夫の美しさに目がくらみ、いらだちが薄れていく。どうやら彼が服を脱ぐと、怒りが続かなくなってしまうらしい。

夫への欲望が肌の下でくすぶっている。キャロラインは背後のアンソニーに体を預け、あたたかい体を堪能した。

「もっとお湯が必要ね」キャロラインは、彼がそばにいるせいで生まれる体のほてりから気持ちをそらそうとして言った。アンソニーが自分の服を脱ぎ捨てる前に言った傲慢な言葉を、必死に思い出そうとする。

「これで充分だよ」

夫が石鹸を泡立てた手で彼女の体を洗い、その感触に少しずつキャロラインの体から力が抜けていった。髪から胸へ、腿から腹へと、アンソニーが手を走らせたところがさらに熱くなっていく。

血と泥が洗い落とされてふたりの体がきれいになると、アンソニーが立ちあがった。疲れて何もしたくないキャロラインが抗議の言葉をつぶやくと、彼は彼女に手を貸して立ちあがらせ、水差しに入った湯で石鹸の泡を洗い流した。空になった水差しを床に置こうと身をかがめ、その途中で妻に口づけをする。

そして、慎重な手つきでキャロラインが浴槽から出るのを手伝った。まるで彼女が自分の手の中で壊れてしまうのではないかというように。水をしたたらせたキャロラインがやわらかな布の上に立つと、アンソニーが彼女の体を拭きはじめた。胸のところでしばらく夫の手がとまると、キャロラインは小さくあえいで体を彼の手に押しつけた。

キャロラインはつま先立ちになって力強い体に寄りかかり、夫にキスをした。彼に対する怒りもいらだちも、明日考えればいいことだ。

アンソニーはキャロラインをベッドに運び、そっと横たえた。暖炉の火が金色の髪を輝かせる。これほどの贈り物を天から授かったというのに、なぜ愛人になど会う必要があったのだろう。彼はキャロラインの腹立たしいまでに反抗的な振る舞いや、厩舎の男たちの前で夫に反論する姿を頭から追い払った。そうしたことは明日、あらためてどうにかすればいい。

アンソニーは身をかがめてキャロラインにキスをし、彼女の口からもれる満足げな吐息とあたたかい唇の感触を味わった。

キャロラインが彼をむさぼるかのように口を積極的に動かしはじめた。アンソニーは彼女に身をゆだね、シルクのシーツに押し倒されるに任せた。金色の長い髪が一方の肩から垂れさがり、体を隠している。キャロラインは濡れた髪を後ろに払い、唇や舌、歯を使って彼の体を愛撫していった。アンソニーにまたがって体を起こし、すっかりたぎった欲望のあかしをみずからの秘部におさめる。そして、彼が手がかりを与えもしないのに、愛馬に乗るようにして体を動かしはじめた。

だしぬけに快感が全身を駆け抜けていく。アンソニーは驚かずにはいられなかった。彼女にこんな積極的な振る舞いを教えてはいない。だが、そんな振る舞いにもかかわらずろうそくの炎に照らされたキャロラインの顔は無垢そのもので、夫に対する純粋な欲望だけが表れていた。

腰に彼女の重みを感じ、アンソニーは完全にキャロラインにすべてをゆだねた。両腕を伸ばして胸に触れ、彼女が息をのむまで力をこめる。するとキャロラインがさらなる愛撫を求めて身をかがめてきた。しかも腰を動かしながらだ。

アンソニーは絶頂が近づいてくるのを感じつつ、どうにか踏みとどまろうとした。その抵抗を感じ取った妻がさらにはげしく体を動かす。まだ未熟だった若いころ以来はじめて、彼は自分の欲望を制御するのに失敗し、なすすべもなく絶頂を迎えた。

キャロラインも夫と時をおなじくして絶頂を迎え、彼が最後の精を放つのと同時にくずおれた。まるで死んだようにぐったりと胸の上に横たわる妻のにおいを、アンソニーは胸いっぱいに吸いこんだ。

「どこであんな戦い方を覚えたんだ？」アンソニーはきいた。

にっこりと微笑んだキャロラインが、満足しきった低い声で笑った。動こうとするのだが、疲れがあまりにはげしくて頭すら起こせないらしい。

「あなたに教わったに決まっているじゃない。あなたと会って結婚するまで、わたしはこの手の戦いとは無縁だったのよ」

腹の奥からこみあげた笑いが口からもれ、アンソニーはまだほてっている妻の濡れた背中をさすった。「違うよ。どこで剣の使い方を習ったのかときいているんだ」

「お父さまに仕える軍人あがりの召使が教えてくれたの。わたしがひとりのときに何かあったらいけないと、お父さまが習わせたのよ」

「剣に弓に短剣か。女性らしい習いごとはそれでぜんぶなのかな？」

キャロラインは挑発には乗らず、アンソニーの胸を軽く叩いた。その手をそのままにして、眠たげに動かしはじめる。彼は笑ったが、妻を諭すのはいまが絶好の機会だということも承知していた。たとえ彼女が聞きたくないと思っていても関係ない。

「短剣を持ち歩く必要はないんだ、キャロライン。わたしが生きている限り、そんなものが必要になることはないんだから」

「それはわからないわよ、アンソニー。でも、今夜はもう議論はよしましょう。とても疲れているの」彼女が顔をあげ、彼のこめかみにキスをした。

アンソニーはいまいちどキャロラインに小言をくれ、すべてにおいて夫の言葉に従う必要があると言って聞かせようとした。だが、妻のやわらかな体や、全身を引っ張られるような甘美な眠気に比べると、説教も些細なものに思えてならない。彼は両腕を回してキャロラインの体を抱きしめた。

そのままふたりは真夜中過ぎまで眠り、アンソニーが目を覚ましたときもキャロラインの頭はまだ彼の胸にのったままで、暖炉の火が消えかかっていた。ジャスミンの香りを吸いこみ、髪にキスをして妻を起こす。

「渡したいものがあるんだ、キャロライン」

妻がいたずらっぽい笑みを浮かべ、彼の体を大胆に手でまさぐった。そのままアンソニーの体に触れつづける。「そうなの？　わたしもあなたにあげたいものがあるのよ」

アンソニーの心に罪悪感が広がり、心の喜びをわずかにむしばんだ。いままでこんな感情を覚えたことはなかったのだが、まったく彼らしくない。

しかしその瞬間、アンソニーは愛人に贈った真珠のことを思い出した。黒い真珠が巨岩のようにずっしりと心に重くのしかかり、頭に焼きついて離れない。いくら追い払おうとしても無駄だった。

妻にはまだあの贈り物を見せていない。キャロラインのために買った清らかなクリーム色の真珠のことがふいに思い浮かび、アンソニーの心は癒やされた。あの真珠を渡せば、この罪悪感も消えてなくなるに違いない。

彼は顔をあげて妻にキスをし、そのまま唇をしばらく重ねた。「ここにいてくれ」そう言い残し、起きあがってベッドからおりる。

「わたしはあなたのあとを追いかけ回す飼い犬なのかしら?」キャロラインが尋ねる。

妻がからかうのを無視し、アンソニーは上着のポケットから真珠を取り出した。ベッドに戻るとキャロラインが手を差し伸べてきた。

このままもう一度キャロラインの体に埋もれ、ロンドンや、愛人や、妻を襲った男のことなど忘れてしまいたかった。もちろんヴィクターのこともだが、そうするわけにはいかないのはよくわかっていた。アンソニーが唇ではなくこめかみにキスをすると、キャロラインががっかりしたようにため息をついた。

「何を持ってきたの?」

「これだ」アンソニーはシルクの紐で口を結んだビロードの巾着袋を手渡した。

キャロラインが困惑した表情を浮かべて袋の口を開くのを、アンソニーは笑って見守った。てのひらに真珠が落ちた瞬間、キャロラインの目に涙があふれた。アンソニーは口を開き、やはりダイヤモンドを選ぶべきだったと謝罪しかけたが、そこで、彼女がまだ笑みを浮かべていることに気づいた。あふれる涙は喜びの涙だったのだ。

「わたしにこれを?」

クリーム色の真珠をまるで神からの賜物のように大事に持つ妻の姿を見て、アンソニーは心が破れそうになった。こんなふうに見つめられると知っていたら、宝石商の持っている真珠をすべて買い占めて、キャロラインの足もとに敷きつめてやったのに。

「きみにだ」アンソニーの声は、胸にこみあげる感情のせいでかすれていた。

ベッドから起きあがったキャロラインが、溺れているところを助けられたみたいにして強く彼に抱きついた。アンソニーは金色の髪にキスをし、胸に顔をうずめた妻が涙をこらえて鼻を鳴らす音に耳を傾けた。贈り物を握りしめて泣いているこの女性が、自分の倍ほども大きい男を相手に恐れることなく、ひとりで立ち向かっていったのだ。この女性の瞳の奥には、いったいいくつの顔が隠れているのだろう？

「気に入ったわ。つけてくれる？　お願いよ」

握りしめた妻の体温であたたかくなった真珠を受け取り、金の鎖を彼女の首に回してつけてやる。彼はキャロラインの裸の胸に落ちる真珠を見て、これに似合うものをもっとたくさん買ってやろうと決意した。

クリーム色の真珠は、キャロラインの肌に見事に調和していた。アンソニーが真珠のすぐ上の肌にキスをすると、彼女がベッドに仰向けに横たわって彼を招いた。アンソニーを引き寄せると、ほとんど前戯の必要もないままに彼を受け入れ、そのまま腰を動かす。あまりの快感にアンソニーが息をのむと、キャロラインはさらに体を動かして彼を絶頂の高みへと導いていった。アンソニーはまたしても主導権を握ろうとせずにみずからの下で体をくねらせる妻にすべてを任せ、自分の体を支えて彼女が動ける空間を保った。

キャロラインの動きが激しくなるにつれてアンソニーの呼吸が荒くなっていった。やがて妻が彼の下であえぎ声をあげながら絶頂に身を震わせた。それを見届けたアンソニーはみずから腰を動かした。素早く三回突いたところで強烈な快感が押し寄せ、断崖から身を投げるようにしてみずからを解き放った。すべてが終わると、彼は妻の体の上にぐったりと身を投げ出し、はげしく息をついた。金の鎖を通された真珠が、ふたりをつなぐ小さな絆となってキャロラインの胸に食いこんでいた。

20

月が替わる前に、アンソニーはふたたびロンドンへと旅立っていった。十一月には議会が正式にはじまる。皇太子のためにすべきことがあったし、彼自身の貿易の仕事も片づけなくてはならなかった。今回はキャロラインもあらかじめ出発の日を告げられていたので、早起きをして夜明けの出発を見送ることができた。

夫がいなくなったあとも、キャロラインは贈られた真珠をつねに身につけていた。ドレスのボディスの下にこっそりとだ。贈り物を身につけているのを召使たちに見られ、アンソニーを待ち焦がれていることが本人に伝わってしまうのがいやだった。

妻が短剣を手放すだろうというアンソニーの確信をよそに、キャロラインは自分の思うとおりの毎日を過ごしつづけた。そもそも、夫がそういうことを要求したのは事実だけれど、はっきり同意したわけではない。これまで身につけた技の練習相手となり、あわよくば新しい技を教えてくれるような指南役を彼女は探していた。アンソニーの言うことはともかく、現実には彼も彼の部下たちもつねに奥方のそばにいるわけにはいかないだろう。だからこそ、キャロラインの父は娘に自分の身を守るすべを教えたのだ。

使用人たちに命じて、キャロラインは厩舎の裏手に弓の練習ができる場所をつくらせた。馬たちを驚かせない程度に離れていながら、急な雨が降ったりしたらすぐ屋内に駆けこめるあたりだ。彼女はやわらかい革の手袋の下の指に血がにじむまで、少なくとも腕前が落ちていないと確信できるまで、弓の練習を繰り返した。

矢が的に突き刺さる音は確かに満足をもたらす。しかし、襲撃者に対しては役に立たないのをキャロラインは知っていた。女神アテナのように、ドレス姿に堂々と弓と矢を携えて歩くわけにはいかないからだ。

アンソニーがロンドンに行って二週目のある日、キャロラインはレイヴンブルック領内の村に出かけた。表向きは新しいドレスの材料をそろえるためだが、じつは指南役を探すためだ。村の大通りのウインドウをのぞいてかわいいリボンや素敵なボンネットを見つけたものの、剣の達人がシュロップシャーにいるという話をしてくれる者はひとりもいない。剣の稽古に関しては、地元の宿や食堂へ紅茶を飲みに出かけたときに、こっそりひとりで反復するよりほかはなさそうだった。

〈ウィック・アンド・キャンドル〉は村のはずれにある、いかにも旅人たちが足を休めたり、食事をしたりするために立ち寄りそうな宿だ。料理はおいしいし、女主人も親しみやすい。キャロラインもこの土地に来て地元の村や店の人々と知り合ったとき、真っ先にここの女主人と知り合いになった。

キャロラインが訪れるたび、女主人のミセス・ベロウズはいつも焼きたてのスコーンと笑顔で迎えてくれる。頼んでもいないうちから新鮮なバターを添えたスコーンを皿に盛りつけ、熱い紅茶とともに出してくれるところを見ると、つねにオーブンで菓子を焼きつづけているのかもしれなかった。その日もミセス・ベロウズの応対はいつもどおりだったが、すぐに個室に案内されなかったのだけが違っていた。

「奥方さま、ロンドンへ向かう途中の殿方が宿泊されていて、あいにく個室がふさがっているんです。店の者をつけますから、同席していただいてもよろしいでしょうか？」

キャロラインはそれが自分の立場にはふさわしくない振る舞いだと承知していた。だが夫は不在だし、母も遠く離れたヨークシャーにいる。そして、何より彼女は自分の思うとおりに行動しようと決めていた。「あなたのスコーンのためなら、ライオンとだって向き合えるわ。お部屋に案内してちょうだい、その方とお会いしましょう」

ミセス・ベロウズがあからさまにほっとした表情で微笑み、宿の酒場へ料理を運ぼうとしていたモリーという少女を手招きで呼んだ。少女が酒場の客に料理を運び終えたあとで、キャロラインはミセス・ベロウズとともに、見知らぬ旅人から領主の奥方を守るという大役を仰せつかったモリーを従えて歩いていった。アンソニーの異常なまでの保護者気取りからして、評判を落とすような真似は絶対にできない。領民たちは領主のそうした面を知りながら、それも含めて彼に敬意を払っているようだが、キャロラインはどうしても夫のその一面が好きになれずにいた。

個室のドアを開け、ミセス・ベロウズが中の紳士に膝を折って挨拶をした。「奥方さま、こちらがミスター・カーステアズです。ロンドンへ向かう途中だそうで、同席を快く承知してくださった方ですよ。こちらは領主さまの奥方で、レディ・レイヴンブルックです」

部屋に入っていった女性たちを立ちあがって出迎えたのはヴィクターだった。「恐れ入ります、奥方さま」彼は一礼した。

ヴィクターの青い瞳がいたずらっぽくきらきらと輝いている。まるでふたりになったらとっておきの冗談を披露するとでも言いたげだ。キャロラインは彼が偽名を使っているのをあえて正そうとはせず、黙ったままうなずいた。

暖炉のそばの椅子に腰をおろすと、ミセス・ベロウズがスコーンとクリーム、そして春につくったイチゴのジャムを置いて部屋から出ていった。モリーが暖炉の火をつついて燃え立たせるあいだ、キャロラインは熱い紅茶を無言ですすっていた。

「モリー、クリームをもう少し持ってきてもらえないかしら？　とてもおいしいけれど、ミスター・カーステアズとわたしのふたり分にはとても足りないわ」

「わかりました、奥方さま」モリーがぴょこりと膝を折ってお辞儀をし、キャロラインをヴィクターとふたりにして部屋を出ていった。

「意外なところでお目にかかりましたわね、閣下。つぎはどこでお会いするのか予想もつきませんわ」

ヴィクターが声をあげて笑う。「おなじ言葉をお返ししますよ、奥方さま。結婚生活は順調のようですね」

「まずまずですわ」キャロラインはそれ以上語らず、ひらひらと手を振った。「それよりも、すぐに人が戻ってきます。偽名を使ったりして、いったい何をお考えなのですか？」

「それが奥方さま。あなたのご主人は、あなたもご存じのとおり、どうやらわたしを好きではないようでして」

「そうですね。でも、夫は誰のことも好いているようには見えませんわ。ペンブローク卿以外は」

「それに、あなた以外はですね」ヴィクターが言った。

キャロラインがヴィクターの言葉をそのままの意味なのかどうか測りかねているうちに、彼が言葉を続けた。「端的に言えば、ご主人とわたしは仲がよくない。仕事の面でも、それ以外でもです。わたしとしては残念の極みですが、いまさらどうしようもないというのが正直なところです。しかし、彼の領地の近くを通るときでも、いい待遇を受けたいですからね。だから名前を偽らざるを得ないのですよ」

「つまり、あなたの名は夫の領民たちにも知られているということでしょうか？」

「悪名と言う人間もいるかもしれません」

キャロラインは片方の肩をすくめて紅茶を飲んだ。両手をカップであたためる。「あなたと夫の問題はおふたりにお任せしますわ。あなた方の問題に首を突っこむ前に、わたし自身も色々することがありますから」

「そうでしょうとも」ヴィクターが笑みを浮かべた。「しっかりした方だ」

そのときモリーがクリームをたっぷりのせた皿を持って戻ってきた。「どうぞ、奥方さま」

「ありがとう、モリー」

まだあたたかいスコーンにクリームをのせ、しばらくクリームが溶けるのを待ってから口に入れる。キャロラインは満足のため息をついた。

「ミスター・カーステアズ、あなたの奥さまについて、個人的な質問をしてもかまわないかしら？」

「もちろんですとも、奥方さま。なんなりと」

カップの陰でキャロラインは笑いをこらえた。ヴィクターのばか丁寧な言葉はやりすぎだとしか思えない。だが、モリーはまるで気にしていないようだ。

一瞬、こうも口の達者な男性を信用していいものかという疑念がキャロラインの頭をよぎった。でもいざとなれば、レティキュールの中にいつも入れている短剣がある。

「あなたの奥さまは、自分の身の安全は自分で気をつけておられるのでしょうか？」

「すみません、ご質問の趣旨がわかりかねますが」

「しっかりと守られたレディといえども、自分を守るすべは身につけたほうがいいとわたしは思うのです。わたしの父もそう考えていました」

「なるほど。父親の教えはいつまでも頭に残るものですからね。高名なお父上はあなたに何を教えられたのですか？」

「剣術ですわ。それに、短剣の使い方も」こんな話を大っぴらにしていいものかと彼女は思った。しかし、早く指南役を見つけなくてはこれまで学んできたことを忘れてしまう、せっかく身につけた技が失われてしまうという焦りがあった。

「ほう」

ヴィクターは驚いているようにも、非難しているようにも見えなかった。「わたしの妻はそんなもので自分の身を守らなくてはいけないとは思っていません。ですが、そう考える女性がいてもおかしくないというのはわかります。知らないうちに不逞の輩と行き合ってしまうことだってありますからね」

「おっしゃるとおりですわ」キャロラインは言った。「もし、そういうレディがいたとしたら、いい指南役の心あたりはおありでしょうか？」

ヴィクターがモリーのほうをちらりと一瞥してから、キャロラインに視線を戻した。モリーは考えごとをしているのか、ふたりの話は聞いていないようだ。

「心あたりならあります。わたしはこのあたりに領地を持っているアンジェリーク・ボーチャンプという女性と知り合いでしてね。彼女はデヴォンシャー伯爵でもあるのですが、その使用人の中にわたしにも仕えている者がいるのです」

キャロラインの目つきが鋭くなった。「あなたに仕えていながら、ご友人の伯爵家にも奉公しているというのはどういうことでしょう？」

「スパイですよ。彼女を探らせているのです」

「楽しいお話ではありませんわね」キャロラインは言った。

「確かに。ですが、情報には使い道というものがあるのですよ、奥方さま」

「その女性の情報が必要ということは、あなたの愛人なのですか？」

「やれやれ、思いきった言葉を口にする方だ。ご主人が直そうとしないとは驚きです」

キャロラインはにっこりと微笑んだ。「直そうとしていますわ。ご覧のとおり、成功してはいませんけれど」

ヴィクターも笑みを返す。キャロラインは彼の表情にかすかな挑発の気配を読み取った。

「まだご結婚なさったばかりですからね」

「そうです。何ごともそうですが、時がたてばおのずから結論は見えてくるはずですわ」

キャロラインがひるまずにまっすぐ彼の目を見つめると、ヴィクターが両手をあげて降参の意思表示をした。「まったくだ。あなたのおっしゃるとおりです。ですが、何はともあれ、わたしの手の者ならあなたの手助けができると思いますよ」

「具体的には？」

「名前はラルフ・ヒギンズです。喜んであなたのお屋敷に馳せ参じて、剣の稽古をつけるでしょう」

「屋敷でというわけにはいきません。夫が反対していますから」

「なるほど」ヴィクターが椅子の背に身を預ける。「それでは話が難しくなりますね」

「ですが、不可能ではありませんわ」キャロラインは言った。

ヴィクターの顔に笑みが浮かんだ。「確かに。不可能ではない」キャロラインが見つめる中、彼はしばらく無言で考えをめぐらせているようだった。

「ここから少し離れたところに小屋があります。もしあなたが二週間に一度ほど出てこられれば、そこでラルフと落ち合えますが」

「その男性が状況を利用してよからぬことを企んだりしないという保証はありますか？」キャロラインは尋ねた。

「ありません」ヴィクターが微笑んだまま言った。「ラルフが信用できると思えるまで、あなたのところでいちばん腕の立つ者を連れてくるといいでしょう。もちろんあなたも剣を携えてくることです。ラルフはよく仕えてくれますが、つかみどころのない男でもあります。何せわたしとデヴォンシャー伯爵の両方から給金を取っているくらいですからね」

「そういう男性は信頼が置けませんわ」キャロラインは言った。

「そうですね」ヴィクターが紅茶をひと口飲んで続けた。「ですが、そのときどきで役に立ちます」

アンソニーが秋のあいだずっとロンドンにいるわけではないのだが、彼の不在を寂しく思う気持ちは日を追うにつれて強くなっていた。キャロライン自身、夫が家にいるときを楽しく感じはじめているのだ。ベッドでもたらされる喜びだけでなく、純粋に夫といっしょにいるのが楽しかった。

数週間ごとにアンソニーが城を空けるとき、キャロラインは午後の時間をラルフ・ヒギンズとの稽古に費やした。ラルフは物静かな男性で、彼女の誤りを指摘するときにしか口を開かない。その忠告はいつも的を射たものだった。小柄な彼は、キャロラインがいざ格闘となると直面するであろう不利な状況にどう対処すべきかをよくわかっていた。しかし、稽古でラルフと顔を合わせるのはあくまでも数週間置きだ。稽古がないとき、キャロラインは供を連れてヘラクレスに乗るだけでなく、もっとはげしい運動がしたいという欲求を持てあますのがつねだった。

十月もあと一週間で終わりというころ、アンソニーは領地に戻った。ある朝、目を覚ますとキャロラインがベッドからいなくなっていた。三十分ばかり待っても妻が戻ってこないので、着替えて食堂へと向かった。だが、キャロラインはそこにもいない。愚かに思われるのもいやなので召使に尋ねることもせず、彼は厩舎へと足を伸ばした。もしかすると、無断でヘラクレスを駆って外に出かけたのかもしれないと思ったのだ。

キャロラインはそこにいた。厩舎ではなく、そのすぐ裏にある草地にだ。はじめて見たときとおなじように、弓と矢を手に的に向かっている。

今回は社交界の人間が見ているわけではない。それどころか、厩舎で働く男たちまでが彼女を無視してそれぞれの仕事に励んでいた。どういうわけか、家を取り仕切る奥方が武器を手にしているのを不思議に思う人間はいないようだ。

髪を整える気にならなかったのか、キャロラインは金色の髪を背中へ自然に流している。白地に淡いブルーの縁取りがついたドレス姿の彼女は、室内で座って紅茶を飲んでいれば完璧なレディに見えるだろう。もちろんおろしたままの髪と、手にした武器を抜きにすればの話だが。

アンソニーは息をとめて、妻が弓を引く姿を見つめた。放たれた矢が一直線に飛んでいき、的の中心からわずかに左の位置に突き刺さった。キャロラインはにっこりと微笑み、さらにつぎつぎと矢を放った。放つたびに、矢は的の中心へ近づいていく。矢がなくなり、彼女が的のほうへ歩きだしたところで、アンソニーは足を踏み出した。

「たいしたものだ、キャロライン。きみほどの腕前を持った女性は見たことがない」

夫と会うとは思っていなかったらしく、キャロラインが驚きに目をしばたたいた。だが、弁解や言い訳をするでもなく、そのまま矢を的から抜きはじめる。アンソニーもいっしょになって矢を引き抜き、妻の背の矢筒におさめるのを手伝った。

「馬に乗って射るのでなければ、たいていの男性よりも上手よ。ヘラクレスに乗って狩りをするわけではないから、練習したことがないの」

「馬に乗って練習するのは途方もなく危ないからね。わたしとしては、きみがここでの練習にとどめておいてくれてうれしいよ」

キャロラインが官能的な微笑みを浮かべ、やわらかい唇の端をあげた。寝室の外ではめったに見せないその顔を目にして、アンソニーの下腹部がうずきはじめた。

「女戦士みたいに大声をあげながら、弓を手にしてあなたを追いかけると思った？」

アンソニーは声をあげて笑った。「わたしを五体満足にしておいたほうが、きみのためにもなるよ」

キャロラインがアンソニーのそばへにじり寄り、素早く唇を重ねた。「あなたの言うとおりね」

彼女が弓を射ていたもとの場所へ戻ると、アンソニーはそのあとに続いた。キャロラインが矢をつがえたところで声をかける。「ひとつ忠告してもいいかな?」

キャロラインが弓を持つ手をおろした。「どんな忠告?」

「矢を握る手の位置をほんの少しだけ矢羽のほうにずらすといい。それで飛距離をいまよりも伸ばせるはずだ」

アンソニーの目には、妻がこの出すぎた忠告をありがたがっているようには見えなかったものの、キャロラインは彼の言葉を無視したりはしなかった。眉間にしわを寄せて考えこむ妻の顔を見ていると、欲望がこみあげてくる。アンソニーは必死に劣情を抑えこんだ。

「それだけで大きな違いが出るとは思えないわ」キャロラインが言った。「わたしはいままでもかなりの腕前なのよ」

「わかるよ、キャロライン。だが、いつだって上達の余地はあるものさ」

彼女が片方の肩をすくめた。「やってみせて」

足を踏み出したアンソニーは、キャロラインが差し出す矢を受け取るかわりに、彼女の体に腕を回した。彼女の背後に立ち、片方の手を弓へ、空いたほうの手を矢へと持っていく。妻の体から漂うバラとジャスミンの香りを吸いこむと、呼吸がひとりでに速まっていった。数時間前にむつみ合ったばかりだというのに、またしても欲求が募りはじめる。そばに立っているだけで、細く優雅な曲線を描く妻のやわらかい体が欲望をもたらし、アンソニーの全身を貫いた。キャロラインも夫の状態を承知していて、高ぶった男性の象徴に体を強く押しつけてきた。

「キャロライン、頼むから集中してくれないか」

微笑みを浮かべ、キャロラインが手袋をはめた手に力をこめた。「仰せのままに。先生はあなたよ」

一瞬、アンソニーは弓と矢を放り出し、湿った地面に妻を押し倒したい衝動に駆られた。だが厩舎から誰が出てくるかもわからない。たとえキャロラインが彼を狂わせ、欲望にまみれさせてしまうのが事実だとしても、厩舎の馬番たちにまでそれを教えてやる必要はないだろう。

手を重ね、キャロラインが弓を引くのを手伝う。用意が整ったところで、アンソニーは彼女の指を少しだけ矢羽のほうにずらした。

「これじゃ持ちづらいわ、アンソニー。手を後ろにやりすぎよ」

「いままでと違うからおかしな感じがするだけだ」アンソニーは唇を妻の耳につけた。髪に隠れた真珠を思わせるピンクの耳に、熱い吐息をかける。「わたしを信じろ」

キャロラインが手を離すと、矢が大きく的をはずして飛んでいった。

「いまのはなしだわ」キャロラインがむくれた。「気を散らさないで」

「そうだとも、わたしのせいだ。さあ、もう一度やってみよう」

こんどは妻の腰に手をやり、アンソニーはみずからの高ぶりをぴったりと密着させた。キャロラインもおなじくらい彼を欲しているのはわかっている。その証拠に、彼女の息遣いは弓を引くのには不釣り合いなほど乱れていた。アンソニーがこうして寄り添い、熱い体を触れ合わせているせいで集中できないのだ。そうに決まっている。

キャロラインの放った矢が、いちど、二度と大きく的をはずした。

「アンソニー。そんなにそばに立たれたら、何も考えられなくなってしまうわ。お願いだから少し離れてちょうだい」

「きみは何があっても的をはずさない弓の名手だと思っていたよ」

夫の言葉には答えず、キャロラインがつぎの矢をつがえた。耳に舌を走らせるアンソニーを無視し、肩を上げて水平にする。深く息を吸いこみ、ひとつ身を震わせてから放った矢が、こんどはしっかり的に的中した。

弓を投げ捨て、矢筒を落としたキャロラインが、雌のライオンを思わせるしなやかな動きで振り向いた。アンソニーは痛烈な言葉を浴びせられるものと思って身構えた。だが、妻は言葉を発するのではなく、彼の腕の中に飛びこんできた。そのままアンソニーの口に舌を差し入れ、すでに熱っぽい口の中をはげしくむさぼる。

アンソニーは思わずうめき声をあげ、情熱的なキスをする妻を抱き寄せた。キャロラインの主導するキスは長く続かなかった。アンソニーが欲望を前面に押し出したからだ。彼は両手を妻の腰から尻へと動かし、きつく握りしめた。キャロラインが彼の名前を呼ぶ。一日じゆう聞いていたくなる声だ。

「アンソニー、お願い、来て」

「馬たちが怯える」

「すぐに慣れるわ」

「厩舎で働いている少年たちが怯えるよ」

「きっと以前にどこかで見たことがあるわよ」

キャロラインがさらに強く体を押しつけてきたので、アンソニーはいよいよ拒絶できないところまで追いこまれた。こうしてレイヴンブルック伯爵は夫人を両腕に抱きかかえて、厩舎へ入っていくことになった。幸い、鞍をしまっておく部屋には誰もいなかった。中に入り、ブーツをはいた足でドアを蹴って閉める。重たい木のドアが大きな音をたてて枠におさまった。

「いまのはみんなに聞こえたな」アンソニーは言った。「これで邪魔をしに来る者はいないだろう」

「まだ大きな音がするわよ。これから十五分くらい、みんな厩舎の外に出ていてくれるとありがたいんだけれど」キャロラインが言いながら、慣れた手つきでアンソニーのズボンを脱がせはじめた。

またたく間に服がはぎ取られる。いいにおいのする干し草のベッドを探そうというアンソニーの考えは、キャロラインの指が男性の象徴に触れたとたんに消し飛んだ。小さなてのひらにまさぐられてたちまち欲望をたぎらせ、彼は妻のスカートをめくりあげた。

「ここにはブランケットもない」アンソニーは言った。

「そんなものいらないわ」キャロラインが息を詰まらせながら答える。「壁がしっかりしていれば大丈夫よ」

アンソニーが声をあげずに笑ったところで、キャロラインが彼の高ぶった象徴に両手で愛撫を加えてきた。彼は笑みを消して身を震わせ、唇を重ねて妻の舌をむさぼりにかかった。なめらかな腿に手を走らせると、キャロラインの口からあえぎ声がもれた。ガーターをなぞっていき、その上のやわらかい素肌に触れる。アンソニーは本能に逆らい、行為を先に延ばそうと試みた。少しでもこの瞬間を続け、できる限りの快感を妻に与えたい。こみあげる欲望に任せてむやみに彼女を傷つけてしまうのはいやだった。

キャロラインが片方の手をアンソニーの肩に置き、もう片方の手ではちきれんばかりに育った男性の象徴を愛撫している。彼は妻の両手をつかんで頭上にあげさせ、体を壁に押しつけた。抗議の声をあげようとする彼女の口をキスでふさぎ、舌を巧みに動かして黙らせる。

「いまここでズボンをはいているのはわたしだけだ」アンソニーは言った。「わたしがこの場を仕切る」

「できるかしら?」キャロラインが眉をあげて尋ねた。

片方の足をあげてアンソニーの腰に巻きつけ、妻が熱く濡れた秘部を押しつけてくる。腰をすりつけるように動かし、この場の主導権を握っているのが彼ではないのをはっきりと主張するキャロラインに向かって、アンソニーはうなり声をあげた。

妻のもう片方の脚を持ちあげて両手で腰を支える。アンソニーがみずからの欲望のあかしを深く侵入させると、キャロラインは腰を動かすのをやめて大きな声をあげた。快感に支配され、もはや主導権争いなど忘れてしまっているのだろう。

アンソニーは妻の体が熱く、そしてきつくみずからを包みこむ感触にわれを忘れた。さらにキャロラインの体を高く持ちあげてもういちど入っていく。もう話などできない。この行為のことしか考えられなかった。洪水にも似た勢いで喜びが全身を駆けめぐり、動くにつれて快感がすさまじさを増していった。

唇を重ねたまま、キャロラインが息をのんでアンソニーの髪をかきむしった。自制心も忘れて彼を強く抱きしめる。情熱に目を輝かせた彼女の顔をじっと見つめながら、アンソニーはさらに速く、はげしく動きはじめた。やがてキャロラインが目を閉じ、秘部がきつく締まりはじめた。動きをとめて妻の体がわななくのを見守ってから、ふたたび彼女の体を貫きはじめる。キャロラインに最後の快感をもたらすのだ。

キャロラインが彼の名を呼びながらのぼりつめると、アンソニーもようやくみずからを爆ぜさせた。最後に奥深くまで突き入れ、強烈な解放感に身を震わせる。彼は妻の髪に口をつけて名前をささやいた。地面が揺れているような気がしたけれど、がくがくと震えているのは自分の足だった。身を引いて、キャロラインを椅子があるところまで連れていく。そのまま彼女を腿の上に抱いて座っているうちに、やっと四肢の震えがおさまってきた。

「なんてこと」キャロラインが言った。「もっとたびたび、ここに来なくてはだめね」

アンソニーが声をあげて笑うと、キャロラインが寄りかかってきた。小さな手が彼の胸の上に、ちょうど心臓があるところに置かれていた。

第三幕

「女というものは、ただ言いなりになっているとばかにされるのです」
——『じゃじゃ馬ならし』第三幕二場

21

シュロップシャー、レイヴンブルック領

一八一六年、十二月

「とにかくはねっ返りだよ」アンソニーは言った。「もう二カ月前になるのに、いまでも頭に残っている。あんな女性は見たことがない」

書斎でペンブローク卿レイモンドといっしょに座って葉巻をくゆらせながら、アンソニーはキャロラインが麦畑で男と格闘した話を語り終えた。もう十二月だ。じきに友人たちも皇太子が主催する十二夜の舞踏会のためにロンドンに集う。妻といっしょにロンドンに行くか、領地に残るかを決めなければならない時期が、間近に迫っていた。

この二カ月は妻を残して出かけることもそれほど多くなかった。ふたりはアンソニーの予定が許せばともに乗馬をした。もっとも、厩舎頭に叱られて以来、鞍をしまうあの部屋には行っていない。彼が乗馬に出られないときは、若い馬番が供としてキャロラインの乗馬に付き合っていた。

ふたりは弓の練習もいっしょにするようになっていた。アンソニーはもちろん自分の弓を持っている。毎回、夫婦で勝負をするものの、たがいの腕が拮抗しているのではっきりとした勝敗がつかない状況が続いていた。キャロラインはいまや、断固として妻を守るという夫の意思に抵抗を感じてはいないようだ。しかし、ここしばらく夫婦仲がうまくいき、夜の営みでは妻の腕の中で安らぎを覚えるようになったとはいえ、アンソニーはいまでも妻を完全に理解しているという確信を持てずにいた。キャロラインの薄茶色の瞳は出会ったときとおなじで、底の知れない輝きを放ちつづけている。

キャロラインは夫を領民たちに引き合わせた。少年時代のほとんどをレイヴンブルック領内で過ごしていたにもかかわらず、その中にはアンソニーがこれまで会ったことのなかった人々も含まれていた。自分が王のために戦いを繰り返し、故郷を離れていたおよそ十年のあいだ、シュロップシャーでも時は流れつづけ、子どもの誕生や老人の死があったのだ。その事実は彼が考えもしなかったことだった。そのあいだにできてしまった領主と領民たちとの溝を埋めるため、キャロラインは順番に領内の人々とアンソニーを会わせて、彼らにみずからの存在価値を自覚させていった。収穫のときには祝祭を開いてダンスや料理、それにリンゴ園で余分にとれたリンゴからつくった酒を提供したりもした。

キャロラインはこうしたおだやかな手法と、何ごとにも動じない冷静さとで、領内をうまくまとめていた。夜ごとにベッドに現れる、情熱をたぎらせた女性とはまるで別人のようだ。夜の妻はやはり途方もないはねっ返りで、アンソニーが教える愛の技を完璧に習得しては、新たなものをみずから編み出していた。ロンドンや大陸で色々な女性と出会ってきたが、愛らしい妻ほど彼を楽しませる女性はお目にかかったことはなかった。

レイモンドが葉巻の煙で輪をつくり、天井に向けて吐き出した。窓のそばの椅子に座ったアンソニーがそれを見つめる。「短剣での戦い方を知っている女性には会ったことがないな」

「わたしもだ」アンソニーは言った。

ふたりの紳士は黙ったまま座り、頭上に煙を漂わせつづけた。アンソニーは妻のしなやかな腕や、短剣を抜くまでは華奢にも見える、芯の強さを隠した外見を思い描いた。「もう二度とするなと言ってある」彼は言った。「とにかく、信じられない女性だよ」

「それで、奥方はおとなしくきみの言うことを聞いているのか？」レイモンドが眉をあげていぶかった。

アンソニーは栗色のまなざしを険しくした。「もちろんだとも。彼女だって学んでいるんだ」

友人は疑わしげな顔をしているが、アンソニーはそれ以上言わなかった。常識はずれの妻が振る舞いを完全にあらためるには、三カ月という時間は短すぎるとレイモンドは思っているのだろう。アンソニー自身もそう思っていた。短剣にしても、彼が取りあげたわけでもないのに、はじめからなかったかのように忽然と消えているのが不自然な気もする。念のために妻の鞄を探ってみたものの、そこには彼女が風呂に入るときに好んで使うバラの花弁とジャスミンの香りの石鹸しか入っていなかった。

「それならいい」レイモンドが頭上に煙の輪をつくって言った。「短剣が枕のすぐそばにあったのでは、男も安心して眠れない」

「妻にはもう短剣は必要ない。わたしがいるんだから」

「では、誰がきみを守るんだ？」

アンソニーは友人に皮肉っぽく微笑んだ。「せっかく新しい暮らしに慣れて落ちついてきたところだ。彼女をロンドンに連れていくのは気乗りしないんだが」

友が何か意見を言ってくれることをアンソニーは期待していた。だがレイモンドはすぐには何も言わず、考えこむような顔で葉巻の火を消した。

「カーライルのやつも来る」アンソニーは言った。「わたしの伯母もだ」

レイモンドは、レディ・ウエストウッドがアンソニーと仲がいいのを知っていた。数少ない身内である老婦人が甥をかわいがるのは当然だ。彼が本当に懸念しているのはヴィクターのほうだった。

「きみがあの男を恐れるとは、それだけ奥方を気にかけているということだな」レイモンドが慎重に〝愛〟という言葉を避けて言った。「カーライルが奥方に何かすると思っているのか？」

アンソニーは口もとを引き締めて厳しい顔をした。「その可能性はある」

「皇太子殿下はきみに奥方を連れてくるようにと命じたのか？」

「きょう、使いの者が来たよ。十二夜の舞踏会にわれわれ夫婦を招待してくださった」

椅子のクッションに身を預け、レイモンドがアンソニーを見た。「では、選択の余地はないな。きみは奥方を連れていかざるを得ない」

「いつだって道は残されているものさ」

キャロラインは向かい合ったラルフ・ヒギンズから受け取った短剣を掲げた。

「どんな剣でも、自分の腕の一部のように扱わなければなりません」ラルフが言った。「剣とは腕の延長なのです」

ラルフと会ってから二カ月になるが、いつも稽古をはじめる前にはおなじことを繰り返し言われている。彼はキャロラインが父に仕える者たちから教わったよりも、さらに速く動くすべを教えてくれた。彼女とほとんど背丈が変わらず、おなじくらい細身という小柄なラルフは、ひらめきと素早さでこれまで生きてきたのだ。そして、それはまさにキャロラインが教わってきたことそのものだった。

短剣だけでなく、長い剣での戦いも教わっているので、剣術の技も忘れずにすんでいる。長剣ではキャロラインのほうがラルフの腕前を上回っていたけれど、短剣ではとてもかなわなかった。彼は大きな敵と対峙したときに小柄な人間が簡単に使える奇抜な動きや、早く決着をつけられる方法を彼女に教えた。どんな戦いだろうと、短気を起こさず、ひらめきを大事にするのが大切なのだそうだ。

ロンドンの社交界でもひらめきを発揮することになるのだろうかとキャロラインは考えた。もちろんロンドンで格闘が待っているわけではない。けれど、彼女がそこにいることに異議を唱える者はたくさんいるはずだ。キャロラインは男爵の娘だが、彼女の家族はロンドンで暮らしたことがなかった。よそ者としては、たとえ特権階級の人々に取り囲まれても落ちつきを失ってはならないのだ。

そうした人々には父が主催した集まりで何人か会ったけれど、再会したいと思える人はいなかった。それでも、世界じゅうから人やものが集まる大英帝国のまさに中心地を見られると思うと、キャロラインの心はそれまでにないほど浮き立った。アンソニーがロンドン行きについて何も言わないのは、たぶん彼女を首都に連れていくべきかどうか迷っているせいだ。

ロンドンに行くのはキャロラインにとっても悲願だっただけに、ただ頼みこむのではなく慎重に計画を練る必要があった。どうにかしてアンソニーに、自分自身の考えで妻を連れていくことにしたと思わせなくてはならない。そうすれば、ロンドン行きを勝ち取るまでにいちいち彼と衝突を繰り返すような真似をせずにすむ。

キャロラインはぼんやり考えごとをしていた自分に悪態をついた。雇い主への遠慮もなく、ラルフが強く彼女の体を押したのだ。心の中で彼に感謝しながら、キャロラインは足を使って彼を押し戻し、短剣と短剣で争った。手心など加えられたら、本当に襲われたときにはなんの役にも立たない。

ふたりが戦いつづけるうち、ラルフの形勢が不利になっていった。いかに体重があり、かつて戦場で実際に戦った経験があったとしても、キャロラインの身のこなしのほうが速い。ヴィクターが借りた小屋の薄暗いランプの光のもと、その日はついにラルフが降参した。キャロラインは微笑みを浮かべはしたものの、まだ警戒をゆるめはしなかった。そのとき鋭い口笛の音が空気を切り裂き、ブーツの靴底が床を踏み鳴らす音がした。

ラルフがうなずいてあとずさった。戦う相手ではなく、指南役に戻ったということだ。キャロラインは敬礼をして武器をおろし、音がしたドアのほうに向き直った。

馬番のジョナサンが熱烈に拍手をしている。キャロラインが屋敷の庭園に出るときも、馬に乗って出かけるときも、かならずついてくる供の若者だ。

最初は護衛をふたりつけるという話だったが、結局、この若い青年ひとりをつけるというところまでアンソニーが譲歩したのだった。夫はこの十七歳の青年がキャロラインに忠誠を尽くすと確信していた。彼女はジョナサンに、内緒で剣の稽古をして夫を驚かせたいのだと打ち明けた。いつかいきなり腕前を披露して楽しませたいのだとも言った気がする。

自分がついた嘘のことを思うと心が痛む。しかし、その嘘が本当になればいいと思っていたのも事実だ。キャロラインは心の奥底で、いつかアンソニーがあるがままの彼女を受け入れてくれる日が来るのを願っていた。そのときまでは、みずからの身を守る訓練をこっそり続けなくてはならない。言ってみれば、責任はアンソニーにある。

キャロラインは短剣をさやにおさめ、稽古を終えて帰る準備をはじめたラルフにうなずきかけた。ジョナサンが馬に鞍をのせるために小屋を出ていった。だが、廊下から見ていたのは彼だけではなかったらしい。

「あなたの才能は底なしのようですね。レディ・レイヴンブルック」

キャロラインは笑みを浮かべ、乗馬のときに着るドレスのしわを伸ばした。もうズボンをはくのはやめている。もし本当に襲われたときを想定するなら、乗馬用かふだんのドレスで日ごろから稽古をすべきだというラルフの意見に従ったからだ。

「お世辞が上手ね、カーライル卿」

「まさか、違いますよ。あなたはたいした手練れだ」

「そうかもしれませんが、この腕前は秘密です。夫は反対するでしょうから」

「ご主人はあなたが剣を握っている姿を見たことがないのでしょうね。見ていたらきっとあなたを誇りに思うはずだ」

キャロラインは顔をしかめた。「いいえ。夫はわたしを誇りに思ったりしませんわ」

ヴィクターの目がまっすぐに彼女を見つめた。「愚かなことだ」

ラルフに礼を言ってキャロラインが金貨を手渡すと、彼は頭をさげてそれを受け取った。

「では、わたしは行きますわ。あとは存分に雇い主とお話を」

「雇い主のひとりですよ」ヴィクターが応じる。

手を借りずにひとりでヘラクレスの背にまたがり、キャロラインは手綱を強めに引いてジョナサンの準備ができるまで愛馬におなじところをくるくると回らせた。飼い主も馬も、早く駆けだしたくてうずうずしているのだ。

「いまのはカーライル子爵ですか、奥方さま?」

「そうよ」

ジョナサンはまだ馬にまたがってもいない。「ご主人さまはあの方を嫌っておられます。

わたしは理由を聞いてはおりませんが」

「わたしも聞いていないわ、ジョナサン」

「あの方と話をするべきではありません、奥方さま。カーライル卿は悪い人だと思います」

キャロラインは笑った。「わたしのほうがあなたよりも少しばかりあの方を知っているわ。とりたてて害のない人よ」

「あの方は、悪い人です」ジョナサンが繰り返した。

青年の目には執念深い憎しみが浮かんでいる。顎を引き締めたジョナサンを見て、キャロラインは突然、いま説得しなければこの青年は誰かに相談を持ちかけるだろうと確信した。この二カ月、ラルフ・ヒギンズには多くのことを教わった。もう少したてば、また別の稽古の方法を考えられるかもしれないけれど、いまはまだ彼が必要だ。

「そんなに困った顔をする必要はないわ、ジョナサン。もうここに来るのはやめましょう」

ジョナサンが明らかに安心した顔になった。「わかりました、奥方さま」

ようやくジョナサンが馬に乗り、小屋の入り口に立っていたヴィクターがキャロラインに向かって頭をさげた。まったく動じていないところを見ると、たぶんいまの話は聞こえていなかったのだろう。なぜアンソニーがヴィクターを憎んでいるのか、キャロラインは理由を知らなかったし、気にもならなかった。ヴィクターは夫が助けてくれないところで彼女に手を貸してくれる。それだけの話だ。

キャロラインは、アンソニーとレイモンドを自室で出迎えるのに間に合うよう屋敷に戻った。自分の居間で紅茶の用意を整え、ふたりを迎え入れる。しばらく前に太陽が沈み、暖炉にはあたたかい火が燃えていた。紳士たちのために紅茶を淹れ、まずはアンソニーのカップに、彼が好むようにミルクを少しだけ入れる。だがレイモンドはキャロラインのほうを見ながら、自分で自分のカップにミルクと砂糖を入れた。アンソニーは長椅子の妻の隣に座って満足そうに紅茶をすすり、会話のほとんどを友人に任せている。

レイモンドがキャロラインを見つめたまま、体をアンソニーのほうに向けた。「奥方を皇太子殿下に引き合わせられない理由なんてないじゃないか。きっと殿下もひと目で彼女を気に入るよ」

夫に頼むならいまが好機かもしれないとキャロラインは感じた。彼女はアンソニーの体を欲するのとおなじくらい、ロンドン行きを求めていた。

いまでもアンソニーにはいらだちを覚えるときがある。命令以外の方法で接してほしいと思うのもいつものことだ。だがそれとおなじくらい、キャロラインはつねに夫を欲していた。そして、ふたりのあいだには温室の小さな花のごとくささやかな思いやりが生まれていた。とても優美で、しかし傷つきやすい花だ。美しい夫の隣に座りながら、それだけで充分だと思えたらどんなにいいだろうと彼女は思った。

ロンドンに連れていってほしいなどと頼んだら、アンソニーは妻の身の安全を考えているというといういつもの言葉を繰り返し、即座に拒否するかもしれない。だが、レイモンドの発案となれば、承諾してくれるかもしれなかった。

キャロラインはアンソニーの目を見て言った。「そうね、あなた。わたしをロンドンに連れていってくれる？」

紅茶のおかわりを淹れるふりをしたキャロラインが彼に身を寄せ、胸を腕に触れさせると、アンソニーが落ちつかない様子で体をもぞもぞと動かした。彼の目が微笑んでいるのを見て、ふたりのあいだで欲望がわき立つのを感じる。いまふたりきりであれば、夫はとうに彼女に腕を回しているところだろう。けれども、アンソニーは両手をカップとソーサーから離さなかった。

「皇太子殿下がきみに会いたいとおっしゃっているんだ、キャロライン。もちろん連れていくさ」

22

ロンドン

ふたりは祝日がはじまる三週間ほど前にロンドンに到着した。そして待ちに待ったロンドンでキャロラインは、夫がここ数カ月で知ったつもりになっていた、横暴なだけの男性ではないと気づくことになった。

シュロップシャーにいるときはつねに妻から目を離さなかったアンソニーだが、ロンドンでは彼女の楽しみを邪魔しようとはしなかった。キャロラインが芝居を見たことがないと言うとすぐにドルリー・レーン劇場に連れていってくれたし、彼女が大いに演劇を気に入ると、演目が変わるたびにいっしょに劇場を訪れた。

ふたりはシェイクスピアやマーロウ、それに、たがいにあまり好きになれなかった現代喜劇を見た。キャロラインは自分でも驚いたことに、『じゃじゃ馬ならし』をはじめておもしろく感じた。カタリナ役を演じたティタニアという女優は、見事なまでに古い台詞に新しい息吹を与えていたし、ほかの役者たちもおなじだった。

劇の最後、とうとう夫に従順になったカタリナが女たちに服従をすすめる場面では、アンソニーはティタニアが演技にこめた皮肉に気づかなかったようだ。彼はキャロラインに身を寄せてささやいた。「これが人生のお手本だよ」

キャロラインは声を出さずに笑い、首を回してアンソニーにささやき返した。「あなたは間違っているわ。わたしがあなたを手なずけるの」

ふたりは手を握って劇場をあとにし、ロンドンの邸宅に戻るのを待たずに、閉めきった馬車に乗ったわずかな時間でむつみ合った。

ほとんど毎日、アンソニーは議会の仲間たちと外出し、東インド会社と共同の貿易の仕事を片づけていた。そうしたある日、キャロラインは夫の不在を利用して、自分のために剣を買いに出た。

買ったのは少年用の剣だったけれど、キャロラインにとってはちょうどよい重さで、柄には上等な革が幾重にも巻いてあった。剣とそれをおさめる箱の支払いをすませると、タビィがひどく驚いた顔をしていた。

「旦那さまが知らなければ、誰を傷つけることにもならないわ」キャロラインは言った。じつのところ、剣ならすでに持っている。しかし、ロンドンに来ることでひとまずラルフ・ヒギンズとの稽古をやめたいま、シュロップシャーに置いてこざるを得なかったのだ。季節は冬に入ったことだし、こちらで剣を手に入れて屋内で稽古をするのも悪くない。もちろん相手がいる稽古はできないけれど、動きを繰り返すくらいならひとりでもできる。

キャロラインは邸に戻り、昼食も抜いて三階にある舞踏場へと向かい、箱から新しい剣を取り出した。高い窓から入ってくる陽光を受けて刀身が輝く。剣先と刃を鈍くしてあるその剣を、彼女は上機嫌で振ってみた。実際の戦いでは使えないが、美しい剣であるのに変わりはない。

すでにキャロラインは上着を脱ぎ去り、金の飾りがついた茶色のドレス姿で舞踊場に立っていた。剣を振るいながら一歩ずつ立ち位置を変えていくと、じきに運動の喜びに没入していった。実際に相手が正面に立っているところを想像し、みずからの手足や心臓が反応するのを感じ取る。

弓や乗馬、それに剣でしか得られない喜びがキャロラインの心を満たした。この喜びを感じているときには、本当の自分でいられる。そうした行為を避ける世間一般、とりわけロンドンの社交界のことも気にならなかった。体を動かし、剣が空気を切り裂く甘美な感覚を味わっている瞬間は、自由になれるのだ。頭で想像した敵の攻撃をかわしてキャロラインがくるりと向きを変えると、そこに立っていたアンソニーが彼女の手首をつかみ、剣の動きをとめた。

「キャロライン、家の中で短剣を振り回すのは禁じたはずだ」

素早くあとずさり、キャロラインは夫を振り払って手と剣の自由を取り戻した。「知っているわ。でも、短剣で遊んでいるわけではないのよ。これは剣術なの」

「それは見ればわかる」

手を差し出した彼に、キャロラインはしぶしぶ剣を手渡した。アンソニーが剣を揺すって重さを確かめる。「いい剣だ。これを買う金はどこから手に入れた？」

「どうしても知りたいなら言うわ。おこづかいからよ。わたしはあまりお金を使う用はないから、八月から剣を買うお金を貯めてきたの」

「わたしと出会う前から？」

「ええ。結婚していずれロンドンに行くのはわかっていたから」

アンソニーの笑い声が舞踏場に響き渡り、キャロラインは思わず微笑んだ。恐れていたように剣を取りあげたりはせず、彼は剣の向きを変えて柄を彼女に差し出した。「この剣はきみにふさわしいとは言えないな」

「ちゃんと切れないようにしてあるわ。それに重さもちょうどいいの」

キャロラインは布で剣の刀身を拭い、木の箱にしまった。

「取りあげるつもり？」彼女はきいた。

「いや」アンソニーが答える。「危険のない剣を振り回したいだけなら、好きにするといい」

キャロラインは長いこと夫を見つめていた。「わたしのやり方を認めてくれるようになったの？　そう思うのはまだ早いかしら。でも、やっとわかってくれたのならありがたいわ」

アンソニーがふたたび笑い、かすかな体のにおいを感じられるほど近くに妻を引き寄せた。キャロラインは夫の上着のビロード地を指でなぞり、やわらかい布地と硬い腕の感触を楽しんだ。

「きみがわたしのやり方に合わせようとしてくれているんだ。わたしもきみのやり方をもう少し学ぶ必要があると思ってね」

「わたしを手なずけるのをそんなに簡単にあきらめていいの？　なんだか意外だわ」

「別にあきらめるわけじゃない。きみの機嫌を取っているだけだよ。そうすれば、つぎにわたしが襲いかかったときは油断しているだろうからね」

キャロラインはつま先立ちになって伸びあがり、夫の顎の先に唇を触れさせた。アンソニーが彼女を胸にかき抱く。その瞬間、ふたりは軽口をたたくのを忘れ、熱烈に唇を重ね合った。こみあげる勝利の喜びをかみしめる間もなく、キャロラインは夢中で夫をむさぼった。

冬の寒さが夫を自分のそばにとどめているのか、あるいはたんにロンドンという土地が彼を落ちつかせているのか、キャロラインにはよくわからなかった。だが最近、結婚してはじめて、夫と対等に話ができるようになった気がする。

ある夜、キャロラインは自分の寝室で、父親が不在のヨークシャーで暮らした少女時代の話をした。

「ヨークシャーは美しいけれど、男の人たちが戦争に行ってしまうと寂しいところになってしまうの。ときどき、お父さまの声を思い出すのに苦労したことがあるわ。小さな肖像画はあったのよ。でもあまり似ているようには思えなかった。そもそもじっとしている人ではなかったから、描くほうも苦労したのね。でも、遠くへ戦いに行ってしまう前に、お父さまはわたしに乗馬を教えてくれたわ」

アンソニーがグラスに入ったブランデーを回し、琥珀色の液体が動く様子を眺めた。「愛する人との関係とはそういうものだ。どれだけ離れていようと、心の中でいっしょにいる」

「でも、もう少しはっきりした肖像画がほしかったわ」キャロラインは言った。

「わたしも戦争に出向いて妹と離れなくてはならなかったときに、おなじように感じたよ。妹のアンは美しかった。やはり小さな肖像画を持っていったんだが、戦場でなくしてしまったんだ」

「お気の毒ね。若くして亡くなられたの？」

遠くを見ていたアンソニーがキャロラインと目を合わせた。彼は微笑もうとしたができなかった。「いや、妹はまだ生きているよ」

「どうして会わせてくれないの？　いまはどこに？」

アンソニーがごくりと喉を鳴らしたきり黙りこんでしまった。キャロラインはそばまで行ってブランデーのグラスを取りあげ、夫の膝の上に座って目をそらすことができないようにした。体をしっかりと押しつけ、自分の知るただひとつのやり方で彼を慰めようとした。

ロンドンに来てからは平穏と言ってもいい毎日を過ごしていたものの、ふたりのあいだにはまだ溝がある。キャロラインにはどうしたらその溝を埋められるのかがまるでわからなかった。アンソニーは妻を求めているし、彼女もまた夫を欲している。たがいへの欲望だけがふたりをつなぐ細い糸なら、それにすがるしかない。彼女は黙ったまま体を夫に差し出そうとしたが、アンソニーは結婚以来はじめて妻の誘いに応じなかった。

かわりに彼がキャロラインを抱きしめ、金色の髪に顔をうずめた。その手に欲望は感じられないけれど、別の張りつめた何かが伝わってくる。一瞬、アンソニーがこのまま泣いてしまうのではないかという恐ろしい考えが彼女の頭をよぎった。しかし、彼は泣いたりせずに頭を引いてキャロラインを見つめ、彼女の額にかかった髪をそっと払った。

「アンは元気に生きている。でも、世間から離れて暮らしているんだ。以前ある出来事があって、それからは人を避けている」

「クリスマスには会えるの？」キャロラインがきいた。

答えるアンソニーの声はかすれていた。「いや、アンは人と会いたがらないんだ」

夫はアンの身に何が起きたのかを話そうとしなかったが、キャロラインは無理に彼の口を開かせようとはしなかった。どんな事件があったのかはわからない。だが、いまでもアンソニーの心の傷となっているからには相当な悲劇だったのだろう。もちろん、いま話さないからといって、会うのをあきらめる必要もないはずだ。年が明けたらどうにかしてアンと会う方法を見つけよう。そして、アンソニーがふたたび妹といっしょに暮らせるようにするにはどうしたらいいのかを考えるのだ。何が原因でこの兄妹が離れ離れになってしまったのだとしても。


夫妻はクリスマスを、ふたりしかいないアンソニーの親戚のひとり、レディ・ルーシー・ウエストウッドと過ごした。ヨークシャーでアンソニーと婚約した日に、遠慮のないことを言ってきた女性だ。レディ・ウエストウッドはみずから指定した七時という早い時間のディナーにきっかり間に合うように姿を現した。グレーの綾織りのドレスに身を包み、グレーのシルクのターバンを頭に巻いてダイヤモンドのブローチでとめている。彼女は片眼鏡を取り出し、キャロラインが取り仕切る邸内を、ダイニングルームの皿の位置までじっくりと眺めていった。

その夜、レディ・ウエストウッドはとりとめもない礼儀正しい会話を交わしながら、食事の細かなひと切れから目の前を通る召使に至るまで、すべてをつぶさに観察していた。アンソニーは苦虫をかみつぶしたような顔をしたけれど、キャロラインは夫の腕を押さえて何も言わないようにと無言で訴えた。ただ笑みを浮かべて、老婦人が本心から話しだすのを待つ。キャロラインは失望などしていなかった。

夜が更けていき、いよいよ帰宅という段になると、レディ・ウエストウッドは玄関広間で馬車の到着を待つあいだ、キャロラインの目をしっかりと見つめた。「見事に仕切ったわね。あなたには無理かと思っていたけれど、今夜、この屋敷の様子を見て安心したわ」

抗議しようとアンソニーが口を開きかけたが、キャロラインは腕を押さえて制した。

「アンソニーはいい人よ」老婦人が言う。「わたしは幸せ者だわ」

レディ・ウエストウッドが咳払いをして、照れ隠しなのか険しい目つきで甥に視線を移した。「理想の夫でいるよう努力するのよ、アンソニー。この人を幸せにしなさい。いいわね、でないとわたしが黙っていないわよ」

アンソニーがなんとか微笑んだ。「そうします、伯母上」

甥の答えにレディ・ウエストウッドが声をあげて笑った。そして、彼に付き添われて大理石でできた邸宅正面の階段をおり、馬車に乗りこんだ。

その夜、闇に包まれたベッドの中で、アンソニーはきいた。「わたしは理想の夫だろうか、キャロライン?」妻に覆いかぶさった体を動かし、彼女から快楽を引き出す。キャロラインが彼の下で息をのみ、あえぎ声で夫の名を呼んで身をくねらせた。いったんそこで彼は動きを抑え、彼女が答えるまで喜びにお預けを食らわせた。

「ええ、アンソニー。そのとおりだわ」

アンソニーは動きを再開して妻に絶頂を迎えさせた。じきに彼の快感も最高潮に達し、あらためてキャロラインがのぼりつめるのと同時に彼もみずからの欲望を爆ぜさせた。ふたりは抱き合ったまま横たわり、キャロラインが夫の胸に手を置き、アンソニーが妻の髪に唇を触れさせて眠りについた。

ボクシングデー(通常十二月二十六日、使用人などに贈り物をする)のあとアンソニーは、最も洗練された仕立て屋だと社交界に名高い、マダム・ドラクロアの店へ妻を連れていった。マダムの発音を聞いたキャロラインは、じつはフランスではなくロンドンのチープサイド出身ではないかといぶかったものの、もちろん口に出しては言わなかった。

どこの出身にせよ、マダム・ドラクロアの腕は超一流だった。マダムが仕立てた昼用の小枝模様が入ったモスリンの服と、夜用のダマスク織のシルクのドレスは、どちらも腰の位置が高く、ボディスの襟ぐりが深くなっていて、キャロラインの体を見事なまでに引き立たせていた。

生まれてはじめて自分の趣味を発揮する場を与えられたキャロラインは、母の好みと比べてずっと地味なドレスを選び出していった。アンソニーがもっと口を出すのかと思ったけれど、彼は妻のために昼用のピンクとクリーム色のドレスと、夜用の薄緑がかったブルーのドレスを選んだあとは、何も言わずに完全に服選びを任せた。

ただひとつだけアンソニーがデザインにこだわったのは、はじめて宮廷に行くときに着るドレスだ。十二夜の舞踏会ではキャロラインが皇太子に紹介されることになっており、そのときに妻がどう見られたらよいか、彼はすでに綿密に考えをめぐらせていたのだ。キャロラインは仕立て屋のサロンにあった全身用の鏡で、そのドレスをまとった自分の姿を見た。虹色の光沢が浮かびあがる乳白色のドレスは、動くたびに色調がクリーム色からピンクへ、そして金色へと移り変わり、またクリーム色へと戻っていく。光のあたりぐあいによってさまざまな色の変化を見せる素材だ。うっとりするほど美しく、それでいて彼女が自分では決して選ばないドレスだった。

「長いあいだ大陸にいすぎたのではなくて？　女性のファッションに敏感すぎるわよ」

「フランス、イタリア、ベルギーと確かに大陸にはずいぶん長くいたけれど、戦いに忙しくて女性が着ているものを見ている暇はなかったよ」

「脱がすとき以外はでしょう？」キャロラインは言った。

アンソニーは笑いも、否定もしなかった。毎晩のように夫とベッドをともにしたであろう見知らぬ女性たちに嫉妬している自分に気づき、キャロラインはたちまちみじめな気分になった。

妻の表情が曇ったのに気づいたのか、アンソニーがうなずいてマダム・ドラクロアに合図した。マダムは部屋を出ていきはしなかったが、静かにさがった。彼がキャロラインに近寄ってこめかみにそっと唇をつけた。熱い吐息が頬にかかるブロンドの巻き毛を揺らす。「前にも言ったはずだ。わたしにはほかの女性などいない」

キャロラインは鏡に映る自分の姿に目をやり、胸にこみあげる慣れない感情を抑えこもうとした。夫にはとても声をかけられそうもなかったので、かわりにマダムに向かって言った。

「マダム・ドラクロア、こんな素敵なドレスを着たのは生まれてはじめてよ」

鏡の中の夫と目が合い、ふたりはたちまちおなじことを思った。すぐにたがいの考えていることがわかったのだ。

夫は結婚式のとき用意した、美しいブルーのシルクのドレスを思い浮かべているに違いない。

「いいえ、いちどだけあったわ」キャロラインは言った。

アンソニーが大切なものを守るかのようにキャロラインを抱いた。欲望とやさしさがおなじくらいに含まれた抱擁だ。夫に抱きしめられ、彼女は一瞬、世界に自分たち以外は何も存在しないような気がした。

キャロラインは彼の目で暗く燃えさかる炎に釘付けになった。マダムや店員たちの前で、礼節や流行などどうでもいいとばかりに、アンソニーが彼女にキスをした。社交界では妻に欲望を感じる夫は珍しい。この点、キャロラインの夫はほかの男性たちとは大いに異なっていた。

皇太子主催の舞踏会の前夜、アンソニーは妻といっしょに寝室で夕食をとった。キャロラインはかなりの出費をして、部屋をバラとダリアでいっぱいにした。白い花びらがベッドの青いダマスク織の上掛けにまかれ、その下からはやはり雪のように白いシーツがのぞいている。

その晩はあまり話さず、大理石のテーブルの脇にある大きな肘掛け椅子に身を寄せ合って座った。ふたりは階下のかまどで焼いたパンといっしょに、カキやキャビアを中心とした食事を味わった。

食事が終わって妻とむつみ合う前に、愛人のことを話すべきだろうかという考えが、ふとアンソニーの頭をかすめていった。

明日の夜になれば、カールトン・ハウスでアンジェリークと顔を合わせるのは避けられない。そしてアンソニーは、あの女伯爵が若い恋敵を相手に簡単に引きさがる女性ではないと承知していた。たとえその恋敵が彼の妻であってもだ。キャロラインがアンジェリークの存在に気づくのは時間の問題だろう。愛人がみずから名乗りをあげなくとも、いずれほかの誰かから聞かされるのは避けられない。

アンソニーは、かつてキャロラインがレティキュールに短剣を忍ばせていたことを思い出した。あれを持ち歩かないよう説得できたのは幸いだった。そうでなければ、彼女は愛人の挑発を受けて、皇太子の前で武器を手にすることになったかもしれないのだ。

妻に武器を持ち歩くのをやめさせたのとは裏腹に、短剣を手にしたキャロラインの姿を思い浮かべると、アンソニーは欲情した。すべてを打ち明けなくてはならないのはわかっている。だが、ようやくふたりに訪れた休戦を台なしにしたくはなかった。

やがてアンソニーの頭からはキャロライン以外のすべてが薄れていき、愛人の記憶もまた消えていった。クリスマスに贈ったクロテンの毛皮のコートを着た妻をじっと見つめる。部屋でふたりきりのとき、キャロラインはほかに何も身につけず、その毛皮だけをまとっていた。

キャロラインが満足そうな吐息をもらし、毛皮のコートを体に巻きつけてアンソニーに身を預けた。彼は楽しそうに目を輝かせ、テーブルにのった上等な陶製の皿から牛肉の蒸し煮を取って、妻にすすめた。

「もうひと切れどうだい?」

「二皿からふた切れずつ食べたのよ。もう充分だわ。ありがとう」まるで臆した様子もなくキャロラインが言った。最近、彼女は前よりもよく食べるようになった。体の線も以前より丸みを帯びてきたが、結局のところ、それもますますアンソニーの劣情を刺激するばかりだった。キャロラインが毛皮の襟もとをゆるめ、片方の肩をむき出しにした。

「はしたないな」

「お上品にするつもりなんてないわ。朝まではね」キャロラインが言った。

給仕に使う大きなスプーンを夫の手から取りあげてトレーに戻し、もう一方の肩もあらわにするキャロラインを見て、アンソニーは目に宿った欲望をたちまちたぎらせた。妻の体がろうそくの炎に照らされる。胸の先端がバラ色に染まって彼を誘っていた。

「いくら炎のそばでも、それでは風邪をひいて死んでしまうよ」

キャロラインが足を広げてアンソニーにまたがり、毛皮のコートの前を開けて彼の体を包みこむと、ふたりが座る大きな肘掛け椅子が揺りかごのようにゆっくりと動いた。「どうせ死ぬのよ。これが原因で風邪をこじらせて死ぬなら、それ以上の死に方はないわ。違うかしら？」

毛皮の下で妻の指が動き、アンソニーの体をまさぐる。目当てのものを探りあてるまで、そう時間はかからなかった。

キャロラインは慣れた手つきで夫のズボンをまさぐり、下にずらすことができるまでゆるめていった。アンソニーの男性の象徴はすでに高ぶっており、妻の手で触れられた瞬間、彼の口からいや応なしに吐息がもれた。それを聞きつけた妻が、ミルクを見つけた猫のような表情を浮かべる。

アンソニーは両腕を椅子の肘掛けに置いたままじっとして、すべてを妻に任せた。

「あなた、おもしろいものを見つけたわ」

高ぶった欲望のあかしに手を添えたキャロラインが体をわずかにずらすと、アンソニーの呼吸はたちまち荒くなっていった。ふたりとも毛皮のコートにくるまれているので、妻がどうやったのかはわからない。しかし、いつの間にか彼のズボンはおろされ、男性の象徴がすっかりあらわになっていた。

ろうそくの炎がキャロラインのブロンドをきらきらと光らせる。顔を紅潮させた彼女は顔を寄せてアンソニーにキスをし、舌を彼の唇に走らせると、さらに体を上にずらし、完全にいきり立った欲望のあかしをみずからの中に受け入れた。

キャロラインの腰に手を置いたアンソニーはそれでもまだ動かなかった。かろうじて自分を保ち、体を上下させる彼女の好きにさせる。妻が毛皮のコートを体から落とすと、あらわになった胸がついさっきまでそばで食事をとっていたろうそくの炎に照らされた。優雅な曲線を描くやわらかい胸の先端が冷たい夜の空気に触れて硬くとがっている。ふわりとした髪も上下に揺れ、ひとすじの巻き毛が心臓の位置に垂れていた。

アンソニーは妻が動くたびに声をあげた。キャロラインの姿や香りや感触、すべてがいっしょくたになって押し寄せ、彼が自制心で築いた壁にぶつかってくる。その壁を大いに揺さぶられたものの、どうにかこらえて踏みとどまった。

ついに毛皮のコートを脱ぎ捨てたキャロラインが、馬に乗るように夫に乗りはじめた。みずから体を上下させ、じきに乗馬で大地を駆けるときとおなじように動きを速くしていった。

欲望のあかしを包みこんだきつい感触とはげしい動きに、アンソニーは早くも絶頂を迎える瀬戸際に立たされた。かろうじて快感を押し戻し、何度も上下する妻の動きを見つめる。いまやキャロラインは夫の喜びなど眼中になく、本能に従ってみずからの欲望を追い求めていた。

キャロラインが息をのんでくずおれるまで、アンソニーは動かなかった。もはや彼にも、天蓋から幕がさがったベッドまで妻を運ぶ力は残っていない。暖炉の脇に敷かれたじゅうたんの上にキャロラインを横たえるのがやっとだった。

そのまま彼女の上になり、秘部に身を沈めていく。アンソニーはひたすらに夢中で突きあげ、とうとうみずからを解き放った。極限まで高ぶっていた欲望は鎖をはずされた猛犬のようにキャロラインに襲いかかり、妻を、そして彼自身を蹂躙した。

二度目のすさまじい喜びにキャロラインが息をのむ。絶頂を味わい、情熱を燃やし尽くしたアンソニーは彼女の上でぐったりしたまま、ふたりの胸の鼓動が耳の中で鳴り響くのを聞いていた。

「いまみたいなほうがいいわ」

「いまみたいって?」

アンソニーはどうにか言葉を発した。答える彼女の声を聞くのもやっとだ。

「あなたが上になってくれるほうが、わたしは好きよ」

彼は笑って妻にキスをした。キャロラインの唇は蜜とバターを塗ったパン、それにカキとワインの味がした。アンソニーは顔を引き、彼のキスを受けてなおも楽しげに目を細めている彼女の顔を見つめた。

「あとで検討しなくてはな。だが、もう少し待ってくれ。わたしは年だし、体力を取り戻さないといけない」

キャロラインが笑い、アンソニーもろとも体を回転させて自分が上になった。その拍子に髪が落ちて広がり、まるでレースのカーテンのようだ。「なんとか取り戻してちょうだい。今夜はまだやることが残っているわ」

「悪女だな」アンソニーはあいかわらず乱れたままの呼吸の合間に言った。

声をあげてキャロラインが笑い、体を夫に押しつけた。彼女の腿に触れる男性の象徴が、アンソニーの意思とは関係なく力を取り戻していく。「ほらね。ご自分で思っているほど年でもないみたいよ」

アンソニーも笑い、体の位置を入れ替えてキャロラインの体を下に置いた。こんどはずっと彼が上になったまま、妻をもういちど高みにのぼらせて、理性の壁を越えた快楽の世界にいざなった。そして自分もその壁を越えて絶頂を迎え、ようやくふたりで眠りに落ちていった。

目を覚ましたアンソニーは暖炉に照らされたベッドに妻を抱いていき、ふたりで横たわった。キャロラインはぐっすりと眠っている。アンソニーは心に影が落ちたような気持ちで、冬の寒さとは関係のない悪寒を覚えていた。皇太子の舞踏会には愛人のアンジェリークだけでなく、ヴィクターもやってくることを急に思い出したせいだ。そしてヴィクターはいつであれ、アンソニーを追い落とすためならなんでもするだろう。

キャロラインを引き寄せてこめかみにキスをする。彼女は目を覚ましはしなかったものの、上掛けの下でさらに身を寄せてきた。触れるものすべてに災厄をもたらすヴィクターの顔が頭に浮かんで離れず、そのあとアンソニーはなかなか眠れなかった。まるで手の中からすり抜けていってしまうのを恐れるように、彼はキャロラインの体を抱きしめていた。

23

キャロラインは夫が着るようにと命じたドレスをゆっくりと身につけた。かたわらに立つタビィが上に着る毛皮のコートを手に待っている。すべてを完璧にしなくてはならない。今夜は、彼女が皇太子とロンドンの社交界に引き合わされる最初の夜なのだ。

もっと不安に感じるべきなのだろうか。正直なところ、ヨークシャーでは老いた王の職務を継いだ皇太子を気にかける人はほとんどいない。ましてロンドンの上流階級の人々については、ばかにして見くだしているくらいだ。うわべだけ洒落た男たちと美徳も何もない女たち、そう母は言っていた。本物のレディが生きていけるところではないと。

化粧台の鏡に映った顔を見て、キャロラインはにっこりと笑顔をつくった。自分が本物のレディではなくてよかった。荒野で牡馬を乗り回したり、短剣で戦ったり、弓で男性を負かすような女性は、間違ってもレディと呼ばれることはないだろう。そして、彼女もそれを喜んでいた。

腕にさげたレティキュールに触れる。金糸と銀糸を織りまぜた色鮮やかなシルクで、引いて口を閉じるための紐がついている袋だ。本当は、もしものときのための着付け薬や、ハンカチを持ち歩くべきなのだろう。だがキャロラインはそうしたもののかわりに、持っている中でいちばん小さな剣を袋に忍ばせていた。もういちどキャロラインは袋越しに、お守りがわりの短剣のなめらかな感触を確かめた。これでどんな悪意を持つ者に襲われても、自分の身を守れるというものだ。

もちろん、実際にはアンソニーがずっとそばについているだろうし、襲われたり、面と向かって侮辱されたりといった事件など起こらないはずだ。タビィが女主人の金色の髪に、ダイヤモンドのたくさんついた髪飾りをつけるのをキャロラインは見守った。二日前の夜、ベッドの中でつけたばかりだ。もっとも、そのときは髪飾りのほかに何も身につけてはいなかったけれど。

今夜、キャロラインはアンソニーの妻として、レイヴンブルック伯爵夫人として紹介される。いよいよ社交シーズンがはじまる時期だし、これからは訪問客を迎えたり、自分自身でも出向いたりしなくてはならない。

これまで自分たちが社交界に交わろうとしなかった理由を、まだハネムーンのようなものだからとアンソニーは周囲に説明してきた。だが、今夜でふたりのハネムーンは終わるのだ。キャロラインは場所を移し、全身が映る鏡の前に立った。

皇太子主催の舞踏会が開かれる夜、アンソニーは玄関広間の階段の下で妻を待っていた。踊り場の時計が時を告げると、彼はあらためて自分たちが時間に遅れているのを思い出した。皇太子が主催する集まりに遅れて登場する者など、社交界にはいない。またしてもキャロラインはしきたりに従うのを拒否したというわけだ。

今夜の舞踏会が彼女の社交界での経歴や、アンソニー自身にとっていかに大事なものかを、理解させることはついにできなかったようだ。キャロラインは社交界や、そこに集う人々の思惑などまるで気にしないし、皇太子にすら関心を示さない。

さらに三十分が過ぎ、アンソニーがいよいよ人を遣わして妻を呼んでこさせようと思いはじめたとき、ようやくキャロラインが階段の上に姿を現した。

薄く軽いドレスが光を受け、彼女が動くたびに輝きを放つ。光沢のある乳白色の布はクリーム色やピンク、そして金色へとまばゆく色調を変えていった。髪はふわりと結いあげ、豊かな巻き毛を強調している。流行など意に介さないキャロラインは、髪を一本に束ねるのが嫌いなのだ。二日前に贈ったダイヤモンドの髪飾りが金色の髪に編みこまれてきらきらと光っている。この髪飾りと、胸のあいだで揺れるなめらかな真珠を除いて、キャロラインはなんの宝石も身につけていなかった。

アンソニーは息をのみ、十五歳のころはじめて抱いた女性に向かってささやいたきり、ずっと忘れていた言葉をふたたび口にすることになった。当時の相手は友人の母親の公爵夫人で、脅しも同然に彼の体を要求してきたのだ。

「きみは美しい。見たこともないほどだ」

声が低くかすれてしまったので、アンソニーは最初、自分の言葉が届かなかったのではないかと思った。キャロラインと目を合わせたとたん、体が燃えはじめたかと思うほどの強烈なほてりに見舞われる。妻がゆっくりと笑みを浮かべた。心に焼きつくような笑顔だ。この瞬間を忘れることは生涯ないだろうとアンソニーは思った。

「ありがとう、あなた」

キャロラインはいつものように夫にキスすることはなく、ただ彼に手を取られて夜の闇の中へ導かれていった。外では磨きあげられた伯爵家の馬車がふたりを待っていた。アンソニーがいつもロンドンで使っている、屋根つきの馬車だ。二本の羽根飾りのついた騎士の兜をかたどった銀の紋章が、ランプの光で黒い車体に浮かびあがっていた。

はじめてキャロラインは紋章に気づいたらしい。しばらく馬車の扉の前で立ちどまり、召使が扉を開いたあともなお、その場を動こうとはしなかった。やがて視線を紋章から夫に移し、彼女が言った。「あなたが誇れる妻になるわ」

アンソニーは言葉を失った。さっきに続いて二度目だ。喉が完全に詰まって、二度と話せないのではという気すらする。どうにか感情を抑えたものの、かろうじてといったところだ。彼はごくりとつばをのんだ。「すでにわたしはきみを誇りに思っているよ」

夫の手を借りてキャロラインが馬車に乗りこんだ。ふたりでグローヴナー・スクエアからカールトン・ハウスへと向かうあいだ、彼女はアンソニーの手を離そうとしなかった。彼の革の手袋越しに妻の子ヤギ革の手袋の感触が伝わってくる。そのままキャロラインが手を動かそうとしないことに、彼は感謝した。もし体のほかの部分に触れられたら、家に戻るまで自分を抑えられる自信がない。

アンソニーはどうしようもなく妻を欲していた。こんな思いは、ほかの女性には感じたことがない。だが、今夜はヴィクターも舞踏会にやってくる。いまごろは彼を罠にかけようと待ち構えているはずだ。そして、皇太子もアンソニーがキャロラインを紹介するのを待っているはずだった。

自分の義務は片時も忘れたことはないし、それを負うすべも心得ている。これまでもそうやって生きてきたのだ。しかし、舞踏会へと向かう馬車の中、アンソニーはすべての義務を放り出してキャロラインを自分だけのものにとどめておきたいと猛烈に願わずにはいられなかった。

24

ロンドン、カールトン・ハウス

皇太子の宮殿が光に浮かびあがっている。数々のたいまつやろうそくの炎を受けて白く壮麗に輝く様子は、まさに世界を照らす灯台そのものだった。キャロラインはこれまで、こんな素晴らしい光景を目にしたこともなかった。夫の手を借りて馬車をおりると、玄関にせり出した大きな屋根を支える白い柱が、はるか上までそびえ立っていた。社交界とは放蕩の場であると同時に、究極の美が集まるところなのだと、はじめて思い知らされた気がする。美に価値を見いだす多くの人々が集うならば、中には善良な人もいるだろうか。

アンソニーはまだ彼女の手を握ったままだ。自分が連れてきたこの場所から妻を守ろうとしているようにも見える。革の手袋は黒で、着ているイヴニングや髪の色とおなじだった。イングランドの騎士が受ける最高の栄誉であるガーター勲章の銀十字が、たいまつの火を受けて彼の胸で輝いている。夫は誇らしげに胸を張って立ち、戦士ならではの優雅さで妻を宮殿の中にいざなっていった。キャロラインは美しい夫の姿を見ながら、彼が自分の夫で本当によかったと心から思った。

そんな心のうちを読んだのか、アンソニーが彼女にキスをした。ふたりきりで寝室にいるときのように唇を重ね、妻が自分のものであると世界に知らしめる。夫が顔を引いたとき、キャロラインは息をするのも苦しかった。

家に戻り、寝室に閉じこもったあともその手袋をはめたままでいてくれないか、あとでアンソニーに頼んでみようとキャロラインは思った。

ふたりで広間に足を踏み入れると、キャロラインはふたたび建物の壮麗な美しさに息をのんだ。装飾の少ない簡素な広間だけれど、白い壁は頭上はるか高くまで続き、金色に塗られた柱に支えられた天井へとつながっている。

すぐに夫の友人たちが集まりはじめ、キャロラインは建物を見ている場合ではなくなってしまった。つぎからつぎへと貴族の議員たちを紹介される。カールトン・ハウスに集った何人もの女性たちと引き合わされ、紹介されるのを繰り返していたせいで、ろくに彼女たちのドレスを眺める暇もなかった。

女性たちは用心深くキャロラインの様子をうかがっていた。何人かはへりくだってみせる者もいたし、はっきりと嫉妬を表している者もいる。だが、やさしさを感じさせる女性は皆無だった。しかしキャロラインは、社交界の女性たちが自分を見くだしてかかるだろうと最初からわかっていた。女性たちは北の田舎から出てきた小娘で、自分たちよりも劣った人間だと思っているのだ。彼女の父が男爵で、王家のために長年ナポレオンと戦ってきた歴戦の勇士だという事実は、ここの人々には関係ないらしい。

キャロラインは、社交界の不条理さに思わず笑いだしそうになった。放蕩者や臆病者が自分を見くだすなど、厚かましいにもほどがある。しかし彼女は夫のために口を閉じ、軽蔑を隠して慎み深い笑みを浮かべつづけた。ずっと母に叩きこまれてきたつくり笑いだ。

夫に連れられてさらに宮殿の奥に入っていったが、なかなか先に進むこともままならなかった。アンソニーはその場にいる全員を知っているようだし、人々のほうでも彼を呼びとめ、新妻を紹介してもらおうと躍起になっているらしい。けれども、扉のあたりで女性たちに囲まれ、ふたりに近寄ってこようとしない男性がひとりだけいた。

カーライル子爵ヴィクター・ウィンスロップがその人だ。アンソニーはまだ彼に気づいていないらしい。ヴィクターが通り過ぎようとしたキャロラインと目を合わせ、からかうような笑みを浮かべた。こんや、不謹慎ないやらしさや軽蔑のこもっていない笑顔を向けられたのははじめてだ。彼女はうなずき、にっこりと彼に笑いかけた。

レイモンドが隣に現れ、視界からヴィクターの姿をさえぎったので、キャロラインは彼のことを考えるのをやめた。どのみち、この宮殿の中でヴィクターに挨拶をする機会はないのだ。レイモンドの低い声に元気づけられ、彼女は夫とレイモンドにはさまれて大きな階段をのぼっていった。

大理石の階段のなめらかな感触が、やわらかい革の靴の底から伝わってきた。階段は磨きあげられ、キャロラインが胸のあいだにさげている真珠とおなじくらい光っている。ろうそくの炎がその階段を隅々まで照らし、高い天井もシャンデリアの光を浴びて輝いていた。天井を見あげて、キャロラインは息をとめた。シャンデリアのガラスがろうそくの炎を反射しきらびやかに輝いている。こんな美しい光景を見たのは生まれてはじめてだった。

しかし、いつまでも上を見ているわけにはいかない。人に見られている気配を感じて、キャロラインは視線をさげた。自分がこんな宮殿など訪れたことのない田舎者だと、進んで示す必要はないのだ。レイモンドがアンソニーからキャロラインに視線を移し、なめらかな子ヤギ革の手袋をはめた彼女の手を取って手の甲にキスをした。

「奥方、今日は一段とお美しい」

キャロラインが手をのせているアンソニーの腕がこわばった。この世でただひとりの親友に嫉妬をしているのだろうか？　三人が舞踏室に足を踏み入れたとたん、アンソニーが妻を見るでも友人を見るでもなく、まるで魔女に呪文をかけられたようにその場に凍りついた。

もちろんこの場に魔女などいるはずがない。だが、以前にかけられた呪文が効果を表しはじめたというなら、あり得るかもしれなかった。キャロラインが夫の視線を追ってみると、その先には漆黒の巻き毛を揺らした美女が立っていた。黒と銀の糸で模様を織り出したシルクのドレスがろうそくの火に照らされて光っている。もし、キャロラインが事情を知らない他人だったなら、あのドレスこそアンソニーの黒いイヴニングと胸に輝く銀のガーター勲章に合わせてつくられたものだと信じていたに違いなかった。

その女性がそばを通り過ぎていくと、アンソニーが無表情でぎこちなく頭をさげた。嫉妬がキャロラインの胸に鋭く突き刺さる。夫の腕に置いた手に力をこめてみたけれど、彼は彼女のほうを見ようともせず、ただ人々のあいだに視線を走らせて、彼女を舞踏場の奥へと導いていった。

キャロラインは手をのせた夫の腕の感触で心を静めた。アンソニーにさっきの女性のことを尋ねようとしたが、それより先にレイモンドにワイングラスを押しつけられてしまった。そのまま夫の友人は、牝馬が出産したのだがあと少しで生まれたての子馬が死んでしまうところだったという話を長々と語りはじめた。

レイモンドの話をうわの空で聞きながら、キャロラインは人々の中にさっきの女性がいないかとひそかに視線を走らせた。しかし、銀と黒のドレスを着た美女はシルクときらびやかな宝石で着飾った人々の中に消えてしまったようだ。仕方なく嫉妬と不安をのみこんだものの、口の中にはまだ苦いものが残っていた。美しい女性ならどこにでもいる。いちいち嫉妬することはないのだ。キャロラインはあらためてレイモンドの話に意識を戻し、彼の話に聞き入った。

レイモンドの話はアンソニーから笑い声を引き出したが、夫があいかわらず腕をこわばらせて緊張しているのがキャロラインには伝わってきた。例の女性の姿が見えなくなったいま、あの女性の何がこれほど彼を動揺させているのだろうという疑問が、心の中にふつふつとわきあがってくる。

アンソニーの顔をじっと見つめたが、彼は動揺をうかがわせない笑顔で微笑みかけ、踊る人々の中へキャロラインを導いた。つぎの瞬間、彼女はアンソニーの腕に抱かれて、ワルツのステップを踏みはじめていた。

キャロラインは踊りながら、白と黒の寄せ木細工の床が足もとから溶けていくような気がした。いつものように、アンソニーに触れられると自分たち以外の世界がかき消えていく。ヴィクターもレイモンドも、礼儀知らずの紳士たちやその連れの女性たちも、そして黒と銀のドレスを着たあの女性すら、砂漠の蜃気楼のようにキャロラインの頭の中から消えていった。いま世界に存在しているのは、社交の場でふさわしいよりもずっと親密に彼女を抱き寄せて踊るアンソニーだけだ。袖のビロード地のやわらかさが手袋越しに指に伝わってくる。黒髪を後ろに流した夫は栗色の瞳でキャロラインを見つめたまま、人々のあいだで踊りつづけた。彼女はすべてを忘れ、夫の美しさと、彼の腕の中で動く感覚だけに集中した。

音楽がキャロラインの望みよりもずっと早く終わってしまうと、ふたたびアンソニーが彼女の手を取ってダンスフロアから連れ出した。人々は当然のように道を空けながらも、ぶしつけな視線でふたりを見つめた。女性たちは扇で口を隠して何ごとかささやき合っている。

キャロラインは社交界の人々をおかしな人たちだと思いはしても、どれだけ見つめられたところでさして腹も立たなかった。彼らのほうでは彼女が動物園にとらわれた猛獣か何かのように見えるらしく、いままで以上に好奇心を刺激されているみたいだ。

本当の自分を少しも見せず、キャロラインは温和な微笑みを顔に張りつけていた。手首のあたりにあるレティキュールに手で触れてみる。短剣は確かにそこにあり、必要とされる瞬間を待っていた。シルクの袋と手袋越しでも、刃の感触は彼女を落ちつかせてくれた。

ディナーの準備が整ったのを知らせる鐘が鳴り、人々はそれぞれ同伴者とともにダイニングルームに移りはじめた。キャロラインがみなのあとを追おうとすると、夫が腕をつかんで彼女を制した。

「ディナーの前に、きみを皇太子殿下に引き合わせないと。本当はもっと早くそうすべきだったんだが、どうやらわたしはきみをほかの人間と分け合うのがいやだったらしい」

夫が耳を寄せなければ聞こえないくらいの小さな声で、キャロラインは言った。「わたしもほかの人とあなたを分け合うのはいやよ」

その言葉で夫がまたキスをしてくれるのではないかとキャロラインは思っていた。しかし、そうしなかったところを見ると、アンソニーも人々の視線を感じていたのかもしれない。かわりに腕に置かれた妻の手に空いたほうの手を強く重ね、彼はキャロラインを皇太子が立っている高座へと連れていった。

皇太子はアンソニーよりも少なくとも十歳は年上に見えた。幅広の顎が、糊をきかせてぴしりと高く立てた襟にはさまれているようだ。上等な黒い上着の左胸には銀細工の星が飾ってある。そして、見事な太鼓腹には黒に近い濃紺のサッシュを巻きつけていた。ポマードで髪を立てているのはいまの流行の最先端で、キャロラインの夫が避けている髪形だ。

片方の足を前に出して立った皇太子は、夫婦が近づいていくあいだ、キャロラインの顔から全身へと視線を走らせていた。キャロラインは自分を見つめるその瞳にかすかな欲望の気配を感じ取ったものの、不思議におとしめられたという気分にはならなかった。皇太子の雰囲気にはどこか親しみやすさが、そしてレイモンドとも共通するあたたかさがあった。

キャロラインは母に教わったとおり、膝を折って深くお辞儀をした。ボディスの襟ぐりから胸もとを見られるのは充分承知している。立ちあがって皇太子と目を合わせると、明るい茶色の瞳が知性的な輝きを放っていたので、彼女は思わず微笑んだ。アンソニーはこの男性を愛している。こうして皇太子の顔を見ていると、その理由がわかるような気がした。

「アンソニー、ようやく美しい奥方を連れてきたな」

「はい、殿下。妻も殿下とお会いできて栄誉に感じております」

皇太子がキャロラインを招き寄せて手袋をした手を取った。すぐには離そうとせず、そのまま彼女の手を握りつづける。

「本当かな、レディ・レイヴンブルック？　栄誉だとお思いか？」

キャロラインは粗末な罠がそこかしこに仕掛けられた音が聞こえたような気がした。その場にいる全員の目が、いまや自分に集中している。彼女はひるまず、皇太子の顔をまっすぐに見つめて微笑んだ。

「わたしはまだロンドンに来て日が浅い者です、殿下。そのわたしをご招待くださったうえ、ご親切にもこうして受け入れていただいたのですから、このうえない栄誉と存じます」

「あなたは結婚したときから、わたしたちの一員だ」

「わたしはまだレイヴンブルック家の一員になっただけです。この宮廷の一員になるために、これから長く精進を重ねていく覚悟ですわ」皇太子の周囲にいる取り巻きたちも、いまや動きをとめてキャロラインの言葉に聞き入っている。もはや彼女を無視せず、ふたたび深くお辞儀をする姿を興味深げに見つめていた。

「よく言ったぞ、レディ・レイヴンブルック。見事だ」

まわりの人々が拍手をする中、皇太子は片方の手をあげてキャロラインをまっすぐに立たせた。皇太子が取り巻きを率いてディナーの席へと向かったとたん、キャロラインは背中に人々の嫉妬が突き刺さるのを感じた。

部屋じゅうがざわつきはじめた。いまや人々の関心は、ヨークシャーから来た新参者の娘を皇太子が愛人にするかどうかに向いているようだ。その気配を感じ取ったキャロラインは、危うく声をあげて笑いだしそうになった。いかにばかげた考えかをアンソニーと分かち合おうと思って左を向くと、そこにはレイモンドだけがいて、彼女をテーブルに連れていこうと腕を差し出していた。どうやら社交界の人々は配偶者と座るのが好みではないらしく、キャロラインの隣にはレイモンドがそのまま座った。振り返っても、アンソニーの姿はどこにも見えない。

レイモンドに微笑みかけられたが、こんどばかりはキャロラインも彼を魅力的だと思っている余裕はなかった。「アンソニーはどこ?」声を潜めて尋ねる。

「笑って、レディ・レイヴンブルック。でないと口論していると思われかねない」

「どこなの?」キャロラインは不安を顔に出さないように細心の注意を払いながら、おなじことをきいた。食事に備えて手袋のボタンをはずしていく。

「心配はいらないよ。貴族院で控えている投票の件で話があると呼び出されたんだ。火急の用件らしい」

キャロラインはレイモンドの言葉を信じなかったけれど、最初の皿が運ばれてきてしまったので、まずは食事をはじめることにした。味は素晴らしく、種類も豊富で、皇太子同席のディナーという期待に違わぬ料理を彼女も楽しんだ。

舞踏室に通じるドアをずっと視界に入れているにもかかわらず、アンソニーは姿を見せない。彼女のまわりに座っているのは上流階級の人々だ。笑うたびに目をぎらつかせ、開いた口からのぞく歯がろうそくの光で鋭く光っている。レイモンドが隣に座っているとはいえ、キャロラインは首の後ろにとても歓迎できない悪寒を感じていた。

25

「なぜそのドレスを着ている？」

アンソニーはアンジェリークを舞踏室から連れ出しながら、ささやき声で尋ねた。廊下の先にある〈ブルー・ベルベットの間〉と名づけられた無人の部屋に愛人を連れて入っていく。その名のとおり、青いビロードがふんだんに使われた部屋だ。アンジェリークと抜け出したりすれば、人々が勝手に騒ぐ噂という火に油を注ぐようなものだとはわかっていた。しかし、彼女とはなんとしてもいますぐけりをつけなくてはならなかった。それでなくとも、この過去は長く引きずりすぎているのだ。

「どうして？　気に入ってくれないの、アンソニー？　いつも、わたしがあなたの紋章の色を身につけるたびに喜んでくれたじゃない。恋人に着せるお仕着せのようなものでしょう」

愛人の目をアンソニーはじっと見つめた。この女性こそ、かつての生活の最後の痕跡だ。

「皇太子殿下の舞踏会では、いつもあなたの装いに合わせたドレスを選んで着たのよ。今年だって何も変わっていないわ」アンジェリークが言った。

「わたしには妻がいる」

「あら、それならわたしにだって新しいメイドがいるわ。そんなことは関係ない。わたしたちは十年も付き合ってきたのよ」

「関係あるとも」アンソニーは言った。「わたしにはあるんだ」

ふたりは青いビロードの部屋で、薄明かりの中に立っていた。部屋の美しさはアンジェリークの魅力を薄めるのではなく、ますます際立たせている。マホガニーの箱にきらめく宝石がたったひとつ入っているように。

「あの娘を愛しているのね」アンジェリークが言った。

愛人の声には自己憐憫の響きはいっさい感じられない。ろうそくの炎に照らされたアンジェリークは、深いブルーの瞳に悲しみをたたえながらも、凛《りん》とした力強さを失っていなかった。そんな彼女を見て、アンソニーは黙りこんでしまった。

アンジェリークが頭を垂れると、まるでヴェールのように黒い巻き毛が顔の前に落ちた。その漆黒のヴェールは、かつて彼自身が本当の姿を隠すために求めていたものでもある。ふたたび顔をあげたとき、アンジェリークの目は涙にうるんで輝いていた。もっとも、光の加減でそう見えただけだったのかもしれない。

「この先、よりを戻す気にはならないわよ。もし今夜わたしのもとを去るつもりなら、わたしたちの仲はそれまでということになるわ」

彼女の鋭い視線が、剣のようにアンソニーに突き刺さった。

「わかっている」

アンジェリークはそれきり何も言わず、アンソニーもじっと立ち尽くした。自分がいまや別れの握手をする資格すら失ったのをよくわかっていたからだ。

やがて、アンソニーはアンジェリークを残して歩み去った。途中でいちどだけ振り返ったが、彼女はこちらに背を向けたままだった。元愛人は背すじを伸ばして、低いテーブルの上にあるろうそくの光をじっと眺めていた。

ディナーが終わりに近づき、召使がフルーツを取り分けたり、ドイツ産の甘いワインを注いで回ったりしているところへアンソニーが戻ってきた。レイモンドがキャロラインの隣から立ちあがって席を空けると、上流階級の婦人たちが咎めるように眉をあげ、アンソニーが妻の機嫌をうかがうところを見たがっている紳士たちが首を振ったが、アンソニーもキャロラインも居並ぶ人々のほうは見ようともしなかった。テーブルのずっと離れた位置に用意された自分の席には目もくれず、彼が妻の隣に腰をおろした。そして長く別れていたあとのように、切迫感もあらわにキャロラインの手を握りしめた。

「どうしたの、アンソニー？　いったいどこへ行っていたの？」

アンソニーが口を妻の耳に寄せて低い声で答えた。あたたかい息に肌をなでられて、キャロラインは身を震わせた。

「あとだ、あとでぜんぶ話すよ」

キャロラインは何もきかず、金の縁取りがついた小さな皿を差し出した。焼いたウズラの肉がのっている。召使が皿をさげに来たときに追い払い、ナプキンの下に隠し持っていたのだ。夫の低い笑い声が彼女の体の中を揺さぶった。いつまで人々に囲まれてこの場にいなくてはならないのだろう。だが、実際にそうきくわけにはいかなかった。ここへ来るのに同意したのはキャロライン自身だし、アンソニーが尊重している社会と、そこに集う人々を見てみたいと思ったのもほかならぬ彼女なのだ。まだ数時間しかたっていないのに、キャロラインは皇太子その人を除いてカールトン・ハウスに集った人々に見切りをつけていた。

金のナイフとフォークでウズラの肉を食べるアンソニーの姿を、キャロラインはあたかも自分がつくった料理を食べてもらっているような喜びを感じながら見守った。

じきにディナーが終わった。皇太子が最初に立ちあがり、ポートワインと葉巻の時間は見合わせるのでレディたちといっしょに舞踏室へ戻るようにと紳士たちに告げると、みずから取り巻きを率いて舞踏室へ向かった。キャロラインも人ごみの中を歩いていったが、ふと振り返ってみると、いっしょに来ているとばかり思っていた夫の姿が消えていた。アンソニーは貴族院での友人、フィッツギボンズ卿と立ち話をしている。見たところ、フィッツギボンズ卿は何かひどく退屈そうな話を延々と続けるつもりらしい。彼女は夫を待たずにそのまま舞踏室に入っていった。

ドアをくぐったところにヴィクターがいた。彼はいつものように青い目をいたずらっぽく輝かせ、笑顔でキャロラインに頭をさげた。レイモンドを除けば、この部屋にいる人々の中でユーモアの感覚があるのは彼くらいのものだろう。

あいかわらず女性たちに囲まれていたが、キャロラインが最初に見たときとは違う顔ぶれだった。どうやら彼は大変な人気者らしい。それもたんに金があるからというだけではなさそうだ。ヴィクターが額にかかった金髪を手でかきあげ、赤と金色のベストの位置を直した。明らかに上等の黒い上着が周囲の明かりを吸いこんでいるのか、なぜか彼は不吉な影をまとっているように見えた。

光の加減に違いないと思ったキャロラインは、まばたきを繰り返した。今夜はほとんどの男性が黒い上着を着ているけれど、不吉に見える男性などひとりもいなかった。自分の心が錯覚を見せているに違いない。上流階級の人々にまじり、好きでもない人たちに囲まれているせいもあるだろう。嫌悪感が高じて空想が刺激され、ありもしないものが見える気になってしまったのかもしれなかった。

ヴィクターは正直なところ少々図々しいところがあるけれど、少なくとも害はあまりなさそうに見える。今夜ここに集った人々にまじればなおさらだ。だが、彼から目をそらし、振り返って夫を捜していても、キャロラインの肌には不吉な予感を覚えさせる悪寒が走りつづけていた。ヴィクターが微笑みを浮かべたまま、自分を囲んでいる女性たちのもとを離れた。そして彼女たちを振り返りもせず、キャロラインのほうに歩いてきた。

「こんばんは、レイヴンブルック伯爵夫人」

「こんばんは、閣下」

「どうやらわたしの名前をお忘れらしい」

キャロラインは声をあげて笑った。こんな陽気な男性に不吉な予感を覚えるなど、きっと勘違いに違いない。おそらく社交界の人々の視線や冷たい笑い声や軽蔑のまなざしのせいで、ヴィクターが突然悪い人間のように見えてしまったのだろう。

「ふざけないで、カーライル卿」

「わたしはいつだってふざけていますからね。残念ながら、大きな欠点だ」

またしてもキャロラインは笑い、気をゆるめた。舞踏室は奇妙に静まり返っている。一段高いところで音楽の演奏は続いていたものの、さっきから誰も口を開いていなかった。部屋の端からささやき声が聞こえてくる以外は、みなが押し黙っている。奏者たちはいっそう張りきって楽器を奏ではじめ、バイオリンの音色が沈黙を隠すようにひときわ大きくなった。

キャロラインが周囲を見やると、人々の視線は彼女ひとりに集中していた。

「どうしたのかしら、閣下？　なぜみんなこちらを見ているの？」

「そのドレスを着たあなたがとても美しいからでしょうね」ヴィクターが答える。見えすいたお世辞にキャロラインが気まずそうな笑みを浮かべると、彼は声をあげて笑った。

「まあ、わたしたちにはどうしようもありませんよ」ヴィクターが言った。「ダンスをする以外は」

　舞踏室の沈黙が重くのしかかる。しかし、キャロラインは沈黙の重圧につぶされるよりも顎をあげて立ち向かうことを選んだ。差し出されたヴィクターの手を取り、彼女はダンスフロアへと向かった。

　アンソニーは、妻が彼の世界一嫌っている男といっしょにダンスフロアに向かう姿を見た。

一瞬、恐ろしい疑念が頭をよぎった。ダービーシャーのレイモンドの屋敷で最後に会ってからいままでのあいだに、ヴィクターとキャロラインは隠れて会っていたのではないだろうか。どこかの暗闇で、あるいはもっと悪いことに、彼が留守にしているレイヴンブルック・ハウスのどこかで、ふたりがむつみ合っていたとしたら？

喉にこみあげた苦いものをアンソニーはのみこんだ。嫉妬でおかしくなっているのは自分でも承知している。またしてもヴィクターの存在で理性が壊されてしまったのだ。キャロラインが夫の敵と親密な関係になるはずがない。しかし、まるでそれが事実であるかのように、彼は立腹してしまっていた。

カールトン・ハウスに集う人々、上流階級の中で最も洗練された人々が顔を寄せ合い、たがいの耳に毒のある噂話をささやいている。彼らはアンソニーのほうをちらちらと見ながら、どうするのかに注目していた。皇太子の視線が自分に注がれているのもありありと感じられる。

ヴィクターに手を取られて踊っている妻を見ながら、アンソニーは自分に言い聞かせた。何もせず、何も言わないのがいちばんだ。なんの問題もないという態度を装っておくほうがいいに決まっている。しかし、相手がヴィクターだといつもそうなるように、怒りが彼の理性をのみこんでしまっていた。一瞬たりとも、あの男の手に妻を触れさせておくわけにはいかない。アンソニーの頭にあったのはそれだけだった。

26

「踊っていただいて感謝します、奥方さま」

音楽が終わると、ヴィクターが深く頭をさげて礼を言った。一瞬、キャロラインはダンスフロアにひとりで取り残されるのかと思ったものの、すぐに怒りで血相を変えた夫がやってくるのに気づいた。

ヴィクターが人ごみにまぎれて姿を消し、キャロラインはひとりで夫と向かい合うことになった。アンソニーはあざになるかと思うほどの力で彼女の腕をつかみ、すでにつぎのカドリール（四組の男女で踊る舞踊）を踊りはじめている人々のあいだを強引に引っ張っていった。

「来るんだ」

「アンソニー、いったいどうしたのよ？」

彼の目が怒りに燃えている。それが妻に向けたものでないのだけはなんとかわかったけれど、アンソニーの瞳からは怒り以外の感情が消え失せてしまっていた。

「いいから来るんだ」

キャロラインは周囲をはばかって声を落とした。踊りはまだ続いているが、いまや室内の全員がふたりを見つめていた。「頭がどうかしてしまったの？」

「きみのほうこそ」

アンソニーはそれだけ言うと、キャロラインの腕をつかんだまま、ついたての後ろに引きこんだ。ドアから流れこむ風が踊る人々にあたるのを避けるためのものだ。

「なぜあんな男と踊ったりしたんだ」

「誰のこと？　カーライル卿？　どうしてあの人と踊ってはいけないの？　きちんと申しこまれたのよ」

夫が怒りを懸命に抑えようとしているのがキャロラインにもわかった。大きく息をつき、彼女の腕をつかむ手の力をゆるめる。

「ペンブローク・ハウスで、あの男とは二度と口をきくなと言ったはずだ。ダンスなんてとんでもない。よくもわたしの言葉をないがしろにしてくれたな」

「アンソニー、これは皇太子殿下の舞踏会なのよ。カーライル子爵もわたしたちとおなじ、殿下のお客さまだわ。あなたの言いたいことがさっぱりわからない」

「理解してくれとは頼んでいない。言うとおりにしろと言っているんだ」

「あなたは何も頼んだりしないわ。いつも説明なしに命じるだけ。わたしはへつらうばかりの飼い犬じゃないって、何度言ったらわかってくれるのよ」

「きみはわたしの妻だ、キャロライン。わたしの言葉には従ってもらう」

「最初に逆戻りね。これでは堂々めぐりよ、アンソニー」

アンソニーは答えず、ただ妻の腕をつかんだ手に力をこめた。

「痛いわ」キャロラインは言った。

「キャロライン、知らない相手とは踊るな。絶対にだ。たとえそこが殿下の宮殿であっても、わたしは許さない」

「カーライル子爵には二度会っているわ」キャロラインは嘘をついた。「あなたもいるときにね。ロンドンではやり方が違うというのはわかるけれど、たかがいちどのダンスじゃない」

いつになくアンソニーが声を荒らげた。怒りと痛みが入りまじった声だ。「あの男がわたしにとってどういう存在か、きみは知らないんだ」

「それなら教えてちょうだい。なぜカーライル卿をそんなに憎んでいるの？」

ふたりは出会った最初のころに戻ってしまったかのようににらみ合った。夫の顔には怒りしか浮かんでいない。その表情の奥に、キャロラインはようやくわかり合いはじめたばかりのアンソニーの顔を見いだすことができなかった。あの彼はどこかへ行ってしまったのだ。アンソニーは黙ったまま、彼女に最後の希望を打ち壊した張本人だと言わんばかりに厳しい視線を投げつけていた。

「きみを見ていられない。レイモンドに送ってもらってくれ」

「わたしは帰らないわよ。お願いだから話してちょうだい」キャロラインは夫の手から腕を引き抜いたが、その腕をふたたびアンソニーにつかまれた。あまりの力に思わず顔をしかめる。あざになっているに違いないのに、それでも彼は手を離そうとはしなかった。

「言われたとおりにするんだ。きみはわたしの妻だぞ」

「わたしはあなたが好きなように命令できる娼婦とは違うわ」

この数週間は、自己満足にひたっていただけだったのだろうか。キャロラインはふたりが理解を深めつつあると思っていた。たがいの過去や愛する人々のことを時間をかけて話し、結婚した日よりも相手について深く知るようになったと考えていたのだ。それなのに、アンソニーはそんな時間などなかったみたいに、妻を執事か何かとおなじに扱って高圧的に命令している。

あまりの怒りに自分を見失いかけ、キャロラインは夫の手を振り払った。こんどはつかまらないように、素早くあとずさった。

ついたての裏から、キャロラインは明るい舞踏室に飛び出した。何歩か進んだところで、自分が部屋じゅうの人々の視線を浴びているのに気づいて足をとめる。遠回しなささやきがうねりのごとく音楽の上にかぶさり、舞踊室全体がざわついている。ふたりの口論を聞いていなかったわずかな人々に、夫婦のはげしい言葉の応酬を再現してやっているのだろう。

キャロラインは母に教わったとおり、顔をあげて背すじをまっすぐに伸ばした。ゆっくりとした足取りで、階段につながるいちばん大きなドアへと歩いていく。どこへ行こうとしているのかは自分でもわからなかった。とにかく、突き刺さる視線から逃れたい一心だった。

ドアにたどり着く前に、ひとりの女性がキャロラインの横に並んだ。

さっき、アンソニーの注意を引いていた謎の美女だ。この距離から見ると、ドレスに縫いこまれた銀色の飾りがアンソニーのベストの飾りとよく似ていた。

彼女は、キャロラインがこれまでに見たどの女性よりも美しかった。しきたりも流行も無視して、漆黒の長い巻き毛を肩の下まで垂らしている。瞳はサファイアとおなじで深みのあるブルーだ。

この女性もまた、キャロラインが社交界の人々の前で夫にはずかしめられたのを知っているはずだった。彼女の目を見れば、アンソニーが正しいと思っているのはすぐにわかる。非難がこもっている気がするその目を見ていると、キャロラインは心の痛みが薄らいでいくのを感じた。

どうしてひとりの男性と踊ったことが、舞踏室を埋め尽くすほど多くの人々の非難を呼ぶのだろう。キャロラインにはわからなかった。彼女の知らない重要なことがあるのかもしれないが、痛みが薄らぐにつれて怒りは大きくなっていった。放埓な南部の人たちが彼女を見くだすとは図々しい。なんとか怒りを抑え、キャロラインは謎の女性が口を開くのを待った。

「こんばんは、レイヴンブルック伯爵夫人」

「こんばんは」

「自己紹介させていただくわ。怠け者のアンソニーには紹介してもらえそうもないから。デヴォンシャー伯爵アンジェリーク・ボーチャンプです」

キャロラインは母の教えを守って声を平静に保とうと努めた。ヴィクターが話していた、ラルフ・ヒギンズを雇っている女性だ。「お会いできて光栄です。レディ・デヴォンシャー」

アンジェリークが微笑む。「こちらこそ、光栄ですわ」

そのとき、キャロラインは相手が左肩に、ダイヤモンドをあしらった紋章をつけているのにはじめて気づいた。二本の羽根飾りと騎士の兜の紋章だ。宝石が光を受けて妖しく輝いている。キャロラインの口が乾き、肺の空気は燃え尽きてしまったみたいだった。

　息をしようとしてもうまく吸いこめない。きつく締めすぎたコルセットを慣らしている感じだ。この女性は、レイヴンブルック伯爵家の紋章をわがもの顔で身につけている。

　キャロラインの視線が宝石で飾った紋章に落ちるのを見て、アンジェリークが微笑んだ。深いブルーの瞳が、からかうように光る。「そう、アンソニーの紋章よ。こういうときにつけるの」

　漆黒の髪の女性が品のいい手袋をした手で、舞踏室とそこにいる上流階級の人々を示した。キャロラインは蛇が蛇使いを見るようにその様子を眺めた。

「真珠をつけているのね、わたしのみたいな」アンジェリークが言う。

　キャロラインが無意識のうちに大きな真珠に手をやり、守るように指で覆うと、アンジェリークが豊かな胸の谷間から銀の鎖のついた黒真珠を引き抜いた。

「なんですって？」いつもより甲高く響く声で、キャロラインは尋ねた。まるで自分の声とは思えない。

「あなたの夫がくれたのよ。レイヴンブルック伯爵、アンソニー・キャリントンがね。あなたにも真珠を贈ったみたいだけれど、おなじ日に買ったのかしら」

　その場に立ち尽くしたキャロラインは、ろうそくの光に視線をやって目をしばたたいた。ゆっくりとした美しい音楽が流れはじめた。まるでこちらをからかっているみたいだ。

秋のあいだ、アンソニーが何度もひとりでロンドンにいたのをキャロラインは思い起こした。首にさげている真珠を夫が持ち帰った日のことを思い出す。彼女の人生で最も重要な贈り物だったけれど、思い返してみると、夫は確かに突然の思いつきといった態度で真珠を渡してくれた気がする。

アンジェリークの目を見て、キャロラインはアンソニーがこの美しい愛人のほうに先に黒真珠を渡したのだと確信した。結婚してひと月もたたないうちにだ。

真実から、そして心に刺さる痛みから逃げ出したい。キャロラインは反射的にあとずさってアンジェリークから離れた。この数週間、ようやくアンソニーとともに新しい境地にたどり着けたと思っていた。ふたりの距離が劣情ではなく、育ちはじめた親愛の情で埋まってきたと思っていたのだ。だが愛人の冷笑を通じて見ると、ふたりで分け合った時間の記憶は、それまでとはまるで違うものとして感じられた。

足もとの床が、切り立った崖さながらに口を開いて、彼女が落ちてくるのを待ち受けている。キャロラインは、この先に待ち構えている未来が見えた気分だった。思っていたよりもずっと悪い未来だ。結婚式の日に想像していたよりも、さらにひどい。

この先キャロラインは子どもを何人か産み、シュロップシャーの屋敷を取り仕切る。そのあいだ、アンソニーはロンドンで愛人や娼婦たちと戯れるというわけだ。この結婚はこれまでどおり、あるべきかたちで進んでいく。夫は妻の一挙手一投足まで縛りたがる人間だし、そもそも彼にとっては結婚自体が跡継ぎを得るためのものだったのだ。それ以上でもそれ以下でもない。

胸を締めつける強烈な痛みに呼吸を奪われながら、キャロラインは真実に気づいた。あの強情な夫を、少しどころではなく本気で愛しはじめていたのだ。この数週間のどこかの時点で、彼女は父から自分を買った男の瞳に、心を許せる友の姿を見いだしていた。

アンソニーはやさしくて誇り高い男性だ。居丈高で短気で、嫉妬と独善に取りつかれてもいる。けれど、アンジェリークの青い瞳を見つめているうちに、それにもかかわらず、だからこそ自分は彼を愛しているのだとキャロラインは悟った。アンソニーのような人はほかにはいない。力強く、どこまでも彼女に寄り添い、ほかの誰とも違うやり方で彼女と向かい合ってくれる。

そして、彼には愛人がいる。アンソニーは妻である自分を愛していないし、この先も愛することはないのだ。

キャロラインはさらにあとずさり、よろめいて倒れそうになった瞬間、自分が誰の娘なのかを思い出した。まるで母がかたわらに立ち、小さな手を彼女の腕に添えて勇気づけてくれているみたいだ。父の強さがはるか遠くヨークシャーから体の中に流れこんでくる気がした。彼女は愚か者ではない。愚かな振る舞いでみずからをおとしめる種類の人間に育てられた覚えはないのだ。敵の前でも、夫の仲間たちの前でも、自分の名誉を汚すつもりはない。

夫の愛人にうなずいてみせると、キャロラインは歩み去った。とても話などできない。呼吸もまともにはできなかったし、喉に何かがつかえているようで、言葉が出てこなかった。

人ごみの中からアンソニーが現れ、あとを追ってくる。夫の友人のレイモンドもキャロラインのかたわらに並ぼうと、足早に追いついてきた。キャロラインはかつてないほど急いで歩き、身軽に素早く、しかも力強く動けることに感謝した。もちろん秋に積んできた稽古のおかげだ。シルクのスカートを持ちあげ、人がいっぱいの舞踏室を巧みに進んで、なんとかふたりを引き離した。

キャロラインは広間までたどり着いて足をとめた。このまま自由を目指して下階の玄関広間に向かったら、アンソニーにつかまってしまうだろう。あわてて首を回し、隠れるところがないかどうかを探したが、ちょうどいい場所はなさそうだった。もうこんな場所は二度と見たくない。とにかく逃げなくては、それも急がなくてはならないのだ。けれども、頭がまったく働かなかった。

そのとき、腕に誰かの手が触れるのを感じた。

近くでは、お仕着せ姿の召使たちが左も右も見ず、ひたすら無表情で立っている。

顔をあげると、ヴィクターの目が彼女を見つめていた。彼がキャロラインの手を取る。

「こっちだ」

27

ヴィクターはキャロラインを青いビロードで統一された豪華な一室に連れていった。そびえ立つ金色の柱の壮麗さにキャロラインはすっかり委縮し、生まれてはじめてと言ってもいいほどの圧倒的な孤独感に包まれた。

ドアが半分開いていて、キャロラインはそこから廊下をのぞいた。ドアにかけられた飾り布に身を隠して見ていると、レイモンドとアンソニーが舞踏室から駆け出てきて、そのまま彼女を捜して階段へと走っていった。ふたりとも物陰にいたキャロラインには気づかず、それどころか彼女がいるほうにはほとんど目もくれない。逃げ出して隠れているのは自分なのに、ふいに置き去りにされたような気持ちになった。

大理石の暖炉の床に火が燃えている。キャロラインは広い部屋を横切ってあたたまりに行き、手袋をしたままの手を差し出した。暖炉の火は広大な部屋をあたためるにも、落ちこんだ心を慰めるにも充分ではなかった。熱気があふれていた舞踏室から出た彼女に冷気が忍び寄り、容赦なく体を冷やす。キャロラインは両手をあげて腕をさすった。もういちどあたたかいと思えるときが来るのかどうかさえ、よくわからなかった。

背の高い暖炉の冷たい大理石に額をつける。こんなに炎に近づいてはいけないというのは、キャロラインにもわかっていた。上等な乳白色のドレスが焦げてしまうかもしれない。アンソニーがこよなく気に入り、彼のためだけに着るのを楽しみにしていたドレスなのに。胃が暴れだし、ディナーで食べた肉の味が口の中に戻ってきた。

夫の愛人の美しさがこの部屋までついてきているようだ。こうしているあいだも、ランの香水のにおいが感じられ、アンジェリークの声が聞こえてくる気がする。官能的な音楽を思わせる、低く悩ましい声だ。キャロラインの頭に、アンジェリークの髪が枕に広がっている場面が思い浮かんだ。アンソニーが彼女にのしかかり、身を沈めていく。彼は愛人といっしょのときも、自分のときとおなじ声をあげるのだろうか。キャロラインは彼がみずからを解き放つ瞬間に、別の女性の名前を呼ぶところを想像した。

吐いたりせずにすむよう、キャロラインは大きく深呼吸をした。ヴィクターが彼女の腕に手をかけ、暖炉の火から遠ざけた。「煙を吸ってしまいますよ」

キャロラインはふたたび暖炉に体を預けた。こんどは手を大理石に置く。痛み以外は何もなくなってしまった。泣きたい気持ちを懸命に抑えていると、ヴィクターが背後から近づいてくる音がした。

追ってくるアンソニーたちから隠れるのを手伝ってくれた男性の存在を、キャロラインはしばらく忘れていた。夫がはっきりとした理由もないままひどく嫌っている人だ。キャロラインが振り向くと、ヴィクターはほんの少しだけ離れたところから彼女を見つめていた。弱みにつけ入ろうとしているふうには見えない。むしろ彼女が倒れたときに備えている感じだ。ただ、会うたびにいつも浮かべていた微笑みが顔から消えていた。

ヴィクターはくだらない質問をしたり、キャロラインの頬を伝う涙を見て陳腐な決まり文句を言ったりはしなかった。黙ったまま、みずからの紋章と名前の頭文字のＶＧＣという三文字が入ったハンカチを差し出す。彼女はやわらかい布を受け取って涙を拭いた。

「洗って家まで届けさせますわ」

「必要ありませんよ。美しいレディのお役に立てたらそれで充分です。どうかそのままお持ちください」

キャロラインはヴィクターに背を向けた。とてもではないが、礼儀正しい会話をしていられる余裕などない。どれだけ炭のにおいを吸いこんでも、夫の愛人がつけていた香水のにおいは消えなかった。もしかしたら、このまま一生の呪いとなって残るのかもしれない。

「はじめて裏切られたときはつらいものです。いずれ慣れますよ」

目に浮かんでいた涙が、とたんに怒りに切り替わった。「あなたに何がわかるの？」キャロラインは言った。

「あなたがロンドン社交界の面々の前で、夫に恥をかかされたのはわかっていますよ。こうしているあいだも、人々があなたを都会の流儀を知らない田舎者の小娘だと噂していることもね。このロンドンでは男は愛人を連れて歩くものだし、いちいち奥方が不在かどうかなんて気にしません。彼らの理屈だと、あなたは高貴な家に嫁ぐには弱すぎるし、子どもみたいにだだをこねているだけだということになるんです」

キャロラインは怒りにのまれかけた。立ち向かうことすらできない津波のごとき怒りだ。

その強烈な感情にあえて逆らわず、水の中とおなじく顔だけ出して溺れずにすませ、怒りの波間を泳ぎきろうとする。ようやく波が引いたとき、彼女は何もない砂浜にたったひとりで取り残された気分だった。

「あの人たちは、わたしのことを何も知らないわ」

ヴィクターが前に進み出る。キャロラインは、彼がハンサムなのにはじめて気がついた。アンソニーとは種類が違う。夫が彼女を獲物とみなしている鷹だとすると、この男性はもっとずっと親しみやすい。あけすけな表情といい、澄んだ青い瞳といい、何ひとつ隠しごとなどなさそうだ。

「そうですね」ヴィクターが言った。「彼らは愚かなのです。あなたよりはるかに下等な連中だ」

怒りが引いてしまったいま、キャロラインは寒く、ずっと空っぽのまま放っておかれたワイン樽みたいに孤独だった。廊下に戻らなければ。玄関広間を通り抜け、家へと連れ帰ってくれる馬車を呼ばなくてはならない。

だが、アンソニーの愛人の青い瞳を思い出したら、とてもそんなことはできなかった。

「あなたの馬車に乗せていただいてもかまわないかしら?」キャロラインは尋ねた。

ヴィクターが微笑む。当人はすぐに隠したつもりだろうけれど、キャロラインは知り合ってからはじめて彼の瞳に欲望が浮かんだのを見逃さなかった。セント・ジェイムズ・パークからグローヴナー・スクエアまでの道のりで誘惑を仕掛けてくるつもりだろうか? 立ったままヴィクターの姿を眺めていると、シルクのドレス越しに暖炉の火のあたたかさがかすかに伝わってきた。誘惑なんてどうでもいい。彼がここから出ていく手段を持っているというのなら、それを利用するだけだ。

廊下に彼女を案内するのかと思いきや、ヴィクターが暖炉の脇の壁板を押した。すると壁板が開き、暗闇へと続く横穴のような通路が現れた。

「こちらへ、レディ・レイヴンブルック」

キャロラインはヴィクターの体に触れないようにしつつ、彼のあとに続いて秘密の扉をくぐった。細い通路は木でできたくだりの階段につながっている。どこへ行くのか疑問に思ったけれど、舞踏室に戻らずにすんだのはありがたかった。詮索や決めつけや非難がこもった視線はもう浴びたくない。手で口を隠して笑っていた者たちの前に出るのはいやだった。

暗い通路は秘密の裏庭を思わせる場所につながっていた。おなじカールトン・ハウスのはずなのだが、正面と違って馬車の喧噪はない場所だ。待っていたのはヴィクターの馬車一台きりだった。

「いつも人と違うことをするのが好きでしてね」ヴィクターが言った。「いつ逃げ出さなければならない事態になるかは誰にもわからないものです。たとえカールトン・ハウスでも」

キャロラインはなぜヴィクターが皇太子の宮殿を知り尽くしているのかと思ったが、あえて何も言わなかった。どうやらこの男性は、彼女が思っていたよりも宮廷の政治に深く入りこんでいるらしい。だが、いまのキャロラインは政治になどまるで関心がなかった。とにかく一刻も早く家に戻り、何もなかったふうに振る舞いたいだけだ。

扉の脇に立っている警護の男に、ヴィクターが金を投げた。いかに秘密といえども、この宮殿には開け放たれた扉や警護のひとりもいないドアなど存在しないのだ。皇太子の召使は頭をさげて、宮殿の中に入っていった。秘密の扉が閉まると、壁はふたたび壁としての姿を取り戻した。建物の壁面には、いまやレンガのあいだにうっすらと線が見えるくらいだ。

差し出されたヴィクターの手を取り、キャロラインは馬車に乗りこんだ。ふかふかのクッションに座ってドレスを整える。夜の空気は冷たく、膝の上にブランケットをのせ、足もとにはあたためたレンガが置いてあったにもかかわらず、彼女は身を震わせた。毛皮のコートを宮殿に置いてきてしまった。夫がくれた意味のない贈り物だ。たぶん皇太子がいちばん新しい愛人にでも贈るだろう。望むところだ。あんなコートなど、見知らぬ女性にくれてやればいい。

ヴィクターが微笑み、青い目にかかっている金髪を、昔であればキャロラインも魅力的だと思ったかもしれない仕草でかきあげた。だが、いまや彼女の頭を占めているのは、痛み以外の感情を取り戻せる日がふたたび来るのだろうかという疑問だけだった。

「宮殿から連れ出してくれてありがとう」

「こんなふうにわたしと抜け出して、あなたのご主人が怒らなければいいのですが」ヴィクターがキャロラインを見ながら言った。青い瞳に欲望とは関係のない打算が表れている。

キャロラインは夫がいかに人前で彼女を侮辱したかを思い出した。ほかの男性と踊っただけなのに、あれでは彼女が絶対に許されない真似をしたに違いないと思われたはずだ。アンソニーの愛人も、ほかの人々も、さぞ笑ったことだろう。

「わたしが恐れているのは、自分自身の怒りですわ」

「あなたは情熱的な方だ」

ヴィクターが彼女の顎に手をやって顔をそむけられないようにし、キャロラインと目を合わせた。見つけられない何かを探して、そのまましばらく瞳をのぞきこむ。

一瞬だけ指先で彼女の頬に触れ、彼は手を離した。ヴィクターがキャロラインの弱気につけこむ真似をしたのはこれがはじめてだ。声をあげて非難すべきだとわかっていたけれど、なんの感情も抱いていない男性を相手にいざこざを起こすには、彼女は疲れすぎていた。そこで、できる限り彼から離れた座席の背に寄りかかり、念のためにレティキュールの口を閉じている紐をゆるめた。

「きっとヨークシャーの血だな」ヴィクターが言った。「あなたに比べれば、ロンドンの女性など退屈なものだ」

嘘だ。キャロラインは夫の愛人の姿を思い描いた。アンジェリークはどこを取っても退屈などではない。女の彼女から見てもとびきり素晴らしい胸の真ん中には、まるで戦利品のごとく黒真珠が揺れていた。そして、その戦争はキャロラインがロンドンにやってくるずっと前に終わっていた。戦うことのできない、いや、そもそも戦う資格すらない戦争だ。男性は愛人をつくり、女性はただ受け入れる。夫は好きなように夜の相手を変え、妻はその真逆を強いられる。キャロラインもまたひとりの女性として、それを不動の真実として教えられてきた。

しかし、いざ自分が実際にその真実に直面すると、到底受け入れられるものではなかった。いままでどれだけ夫に苦しめられても、結婚生活の最悪のときでさえ、アンソニーが不実を疑わせるそぶりを見せたことはない。いつも彼は妻の体に夢中で、どんな理由でどれほどひどい喧嘩をしようとも、つねに情熱を残していた。

なんて愚かだったのだろう。キャロラインは新たな目でこれまでの結婚生活を振り返ってみた。夫がかけてくれたやさしい言葉の数々が心によみがえる。あたたかいまなざしや、手や唇の感触も思い出した。すべてが鮮明に、はじめてのときとおなじにありありと感じられた。けれど、何もかもが嘘で汚れたものだったのだ。

アンソニーがくれたすべてのキスは、アンジェリークに何千回としてきたものだった。闇の中、ベッドでささやかれた甘美な言葉、体を重ねながら口にされた言葉は、やはり夜の闇を思わせるダマスク織のドレスに誇らしげに紋章をつけた女性にも捧げられていた。

キャロラインは馬車の側面に身を預けた。窓の外に目をやると、ちょうどレイヴンブルック邸の正面に着くところだった。カールトン・ハウスとグローヴナー・スクエアはこんなにも近くにあるのに、まるで違う世界だった。

ヴィクターのほうを向き、キャロラインは言った。「ごきげんよう、カーライル卿。ご親切に感謝します」

「なんの。あなたのためならお安いご用です」

ここまでの道中、ヴィクターはキャロラインにほとんど触れなかった。ただ逃げるのを手伝うだけで、代償を求めようとはしなかった。だが、ついに彼女を引き寄せようと腕を伸ばしてきた。息にまじったワインのにおいがする。目を見れば、真剣なのがわかった。キャロラインと知り合ってはじめて、彼はキスを求めて顔を寄せてきた。

キャロラインは迫ってくる唇をよけ、馬車の扉に手を伸ばした。扉を開けるのには成功したものの、ヴィクターが彼女をとらえて引き戻そうとした。

「放して、閣下」

「一度のキスでいいんだ」

「そんなことはできません」

肘をヴィクターの脇にあてて押しのけようとしたが、彼はますます腕に力をこめて強くキャロラインを引き寄せた。

こうなれば礼儀などとは言っていられない。キャロラインはレティキュールに手を差し入れ、つぎの瞬間には短剣をつかんでいた。素早く腕を振りあげると、アンソニーの家の外でともっているランプの光を受けて刃がきらりと輝いた。そのままヴィクターの喉もとに短剣を押しあてる。

ヴィクターが驚きで目を見開き、そのまま動かなくなった。やがて感嘆が衝撃に取ってかわり、声をあげて笑いはじめる。低い笑い声が馬車の中に響き、夜の闇へともれ出した。彼はキャロラインを放すと、降参のあかしに両手を宙にあげた。欲望が宿っていた目も、いまは楽しそうな輝きを放っている。

「お見事です、レディ・レイヴンブルック。ラルフとの稽古は無駄ではなかったわけだ」

なおもヴィクターが何かを言いかけたが、キャロラインは身を引き、慎重に馬車からおりていった。目とナイフはあいかわらず相手の喉を狙ったままだ。彼はあとを追おうとはせず、そのままビロード地のクッションに背中を預けた。

つぎの瞬間、キャロラインは背後から体ごと持ちあげられ、レイヴンブルック邸の階段の前におろされた。アンソニーの手が彼女の手に重なり、短剣を取りあげる。

キャロラインはおとなしく武器を取られるに任せた。手の力が急に抜けていく。アンソニーは上等な黒い上着を傷つけてしまうかもしれないのに、胸の内側のポケットに短剣を無造作に入れた。

「二度とわたしの妻に近づくな」

ヴィクターが顔にはっきりと侮蔑を浮かべて微笑んだ。「わたしがそんな妻を持っていたら、ひとりで歩き回らせたりはしないよ」

28

キャロラインは夫に手を引かれて家の中に入るあいだ、何も言わなかった。無言のまま、アンソニーの手から逃れようと試みる。まるで赤の他人みたいに、彼の手がはじめて冷たく感じられた。夫は手を離さず、かといって妻の顔を見ようともせずに、ずんずんと階段をのぼっていった。執事のジャーヴィスが怯えきった顔で玄関のドアを閉じた。

寝室に入り、アンソニーがドアを叩きつけて閉めた。なおも無言で、これ以上は近くにいるのも耐えられないと言わんばかりにキャロラインの体を押しやった。ふたりで何度もいっしょに食事をした大理石のテーブルのほうへだ。

「いままでに何回、わたしをだましてあの男と密会していたんだ？」

アンソニーの目がこれまでにないほどの怒りで燃えさかっている。いまにも殴りかからんばかりに手をあげていた。

恥じるべきことは何もしていない。キャロラインはこみあげる罪悪感をのみこんだ。

「あの方と秘密に会っていたわけではないわ。カーライル卿はわたしに剣の指南役を紹介してくれたの」

「ヴィクターに助けてもらったというのか？　わたしが口もきくなと言ったあの男に？　わたしが誰よりも憎んでいる相手だぞ。いったいどこで会ったんだ？」

「偶然、〈ウィック・アンド・キャンドル〉でお会いしたのよ。それからは、指南役のラルフ・ヒギンズと、小屋を借りて剣の稽古をしていたわ」

「ひとりではなく、ふたりの男と密会していたというわけか？」

「やめて、アンソニー。わたしは間違ったことはしていないわ。ラルフ・ヒギンズはわたしがお金を出して雇ったの。カーライル卿はわたしたちを引き合わせてくれただけよ。稽古にはいつも武器を持っていったし、かならずジョナサンがいっしょだったわ」

「ジョナサンにはシュロップシャーに戻ったら話を聞く。もしきみがふたりのうちのどちらかと、ほんのわずかな時間でもふたりきりになっていたのなら、きみを郊外の屋敷に送る。二度とロンドンの地は踏ませないからな」

「それであなたは愛人と会うつもりなの？　わたしのいないところで、毎晩のように知り合いに見せびらかしてきたあの女性と？　わたしなんかにかまわずあの人と結婚すればよかったのに、どうしてそうしなかったのよ？」

キャロラインが息をつく間もなく、アンソニーがそばに来た。一瞬、殴られるのではないかと思ったが、夫は手を出そうとはしなかった。彼女はたじろがずに彼に近づき、夫の上着に手を伸ばした。

「短剣を返して。あなたも、このダイヤモンドの髪飾りもあの人にくれてやってかまわないわ。でも、その短剣をあなたたちのどちらかが持っているのは、我慢ならない。気に入っているのよ」

指で柄を探りあて、キャロラインは短剣を夫のポケットから抜き出した。アンソニーが彼女の手から短剣を奪い、放り投げた。鉄の刃が板張りの壁にあたる音が、遠くから聞こえてきた。

腕をつかまれ、キャロラインは引き寄せられた。けれども、その手からやさしさはみじんも伝わってこない。アンソニーは暴力を振るいそうには見えなかったけれど、夫の瞳に宿った冷たさに彼女はぞっとした。

「アンジェリーク・ボーチャンプのことはわたしの問題だ。きみと離れているあいだにわたしが何をしようと、きみには関係ない。きみにはわたしを非難する権利などないんだ。隠れてカーライルと会っていたのだからな」彼が言った。「あの男と関係を持ったのか？」

「気になるの？」

キャロラインは、アンソニーの顎がこわばるのを見た。

「答えろ」

「あなたこそ、わたしの質問に答えていないわ」

またしてもアンソニーの瞳に怒りが宿り、たちまち燃えさかった。大理石のテーブルの上にキャロラインを押し倒し、片方の手で彼女の両方の手首をつかんで頭上にあげさせた。あまりにすさまじい夫の剣幕に、キャロラインはそのまま首を絞められるのではないかと思った。でも、アンソニーは首を絞めるかわりに、妻の手首をつかむ手に力をこめた。背中にあたる大理石が冷たい。ほんの数日前、ふたりはここでむつみ合ったのだ。やはりテーブルが冷たいと思っていたそのときの記憶がよみがえり、彼女はこみあげる涙を必死にこらえた。みじめに泣いている姿など、絶対に見せたくない。

「もし関係を持っていたなら、きみはあの男の子どもを身ごもっているかもしれない。わたしはきみと離婚して、別の女性と再婚する」

屈辱が短剣のごとくキャロラインの胸を貫いた。彼女はかたくなに黙りこみ、決然と彼の目をにらみつけた。

アンソニーがキャロラインの肩をつかんで起きあがらせた。そのまま陰になっているほうへ進み、ベッドの脇にある壁のくぼみに彼女の背中を押しつけた。召使がベッドの上掛けにしみこませたローズマリーの香りがする。背中からは壁に張った板の冷たさが伝わってきた。キャロラインの頭に、壁を背にむつみ合った結婚初夜の記憶がよみがえった。厩舎での交わりや、夫が目に充足感を浮かべていたことなど、すべての記憶がいっしょくたになり、彼女は一瞬、このままアンソニーが自分を求めてくるのではないかと思った。

「あの男と関係を持ったのか？」

キャロラインが想像もつかなかったほどの怒りをこめ、はじめて聞くような声で、彼が一語ずつはっきりと言った。怒りにかわって悲しみが彼女の心を満たしていく。何時間か前まではふたりとも幸せだったのに、どうしてこんなことになってしまったのだろう。

そう考えてキャロラインは思い出した。幸せに感じていたときでさえ、彼女はずっと孤独だったのだ。

「いいえ。もういちど言うわ。カーライル卿と密会なんてしてないし、指南役の男性には、お金を払って剣の稽古をつけてもらっただけよ。誰とも関係を持ったりしていないわ」

アンソニーが手を離し、檻に入れられた虎そっくりに部屋をぐるぐると歩きはじめた。それでも、まだ彼女をひとり残して部屋を出ていったりはしていない。

「わたしを信じる？　それとも、娼婦か何かのような嘘つきだと思う？」

びくりと身をこわばらせ、アンソニーが振り返った。夫の目に浮かぶ胸の痛みが彼女自身の胸の痛みを映したもののように見え、キャロラインの胸に勝利の昂揚感がこみあげた。何ごとにも動じないと思っていた彼を少しでも傷つけられたのなら、上出来というものだ。

「きみは嘘つきではない」

「わたしは何年も、父の昔の部下たちに教わって剣の腕を磨いてきたのよ。せっかくの技を失いたくなかった。この体に刻みつけておきたかったのよ。でも、もう剣の稽古はしていないわ。ロンドンに来る前に終わらせたの」

体ごと向き直り、キャロラインはアンソニーに歩み寄った。ふたたび怒りがこみあげてくる。胸の痛みは内側に引っこんだだけで、なくなったわけではなかったのだ。

「あなたとカーライル子爵のあいだに何があったのかは知らないし、わたしには関係のないことよ。でも、わたしは卑怯者ではないわ。祭壇の前であなたの妻になると誓った以上、その誓いを守るし、あなたの子どもだって産みます。でも、二度とあなたからもらったものを身につける気はないわ」

キャロラインは首から真珠のネックレスを引きちぎり、大理石のテーブルの上に投げた。真珠がろうそくの炎を受けてなめらかなクリーム色に輝く。その輝きは、彼女にとって最後の希望の光でもあった。

「愛人にでもあげたらいいわ。わたしにはもう必要ないものよ」

アンソニーの表情を見て、キャロラインは心臓を杭で貫かれたような痛みを覚えた。夫の裏切りに怒る気持ちとおなじくらい、みずからの言葉を取り消したいという気持ちが強くこみあげる。

彼が目をしばたたき、壊れた鎖のついた真珠を見つめた。贈られて以来、キャロラインが片時もはずしたことのなかったものだ。

夫が深呼吸をして自分を取り戻そうとする様子をキャロラインは見つめた。思惑どおりにアンソニーを傷つけるのには成功した。でも、こんど胸に広がったのは勝利の昂揚感ではなく、みずからを恥じる気持ちだ。夫を傷つけて彼女の痛みが薄れたわけではなく、たんにふたり分の痛みがまじり合っただけだった。

アンソニーに近づきたい。愛されていようといまいと関係なく、そばに行って抱きしめたい。みずからの胸も血が出るほどの生々しい痛みに襲われていたにもかかわらず、キャロラインは彼を慰めたかった。でも、いまは無理だ。

彼が近づいてきた。一瞬、痛みでいっぱいのキャロラインの胸に、かすかな希望の光が差した。もしかしたらアンソニーが触れてくるかもしれない。いつもそうしていたように、むつみ合うことでたがいの胸の痛みを洗い流してくれるのではないだろうか。だが、今回はふたりのあいだにヴィクターとアンジェリークの存在がある。それでも彼がキャロラインに欲望を抱けるのか、彼女には自信がなかった。

愚かな考えだとはわかっている。それなのに、希望と切望がキャロラインの心をはげしく焦がした。実際には数時間しかたっていないのだが、夫の腕に抱かれる感触を何週間も味わっていない気がする。たがいに相手に触れ、その感触で相手を癒やせたらどんなにいいだろう。

アンソニーはキャロラインに触れようとはせず、大理石のテーブルのそばで足をとめて、真珠を拾いあげた。

心臓がとまった気がした。涙を流したりよろめいたりするまいとして、キャロラインは血がにじむまで唇をかみしめた。アンソニーはあの真珠をアンジェリークか、それとも彼女が知らない別の愛人にあげてしまうつもりなのだろうか。

キャロラインのほうを見ずに、アンソニーは彼女から離れていった。ドアの前でしばらく立ちどまると、二度と彼女を見るまいと決意しているのか、振り返らず肩越しに言った。

「きみがいっしょに踊り、閉めきった馬車で送ってもらい、いつからかは知らないが、わたしに隠れて会っていたあの男は、わたしが知る限りこの世で最も卑劣な男だ。あいつは海賊を雇ってわたしの船を襲わせているんだ。積み荷を奪うか、奪えなければ船ごと沈めてしまう。それればかりか、もっと性質の悪いこともしている。あまりにひどくてきみには言うのもはばかられるような所業をね。きみはそういう男と踊ったんだ。それも、みんなが見ている前で」

キャロラインは衝撃を隠せなかった。ヴィクターは必要なときにいつも現れて、たびたび夫の厳格さから逃げる道を示してくれた。彼の登場をいままでは偶然だと信じていたが、にわかにそれが怪しいものに思えてきた。ヴィクターはずっと嘘をついており、本当は彼女が現れるのを待ち受けていたのではなかったか？　ただアンソニーをつぶしたいという一念で。

ばかばかしい。キャロラインはすぐにその考えを退けた。もし本当だとしても、たとえ何隻の船を沈めようが、アンジェリークに比べればヴィクターなど取るに足りない存在だ。アンジェリークは船どころか、この結婚自体を沈めてしまったのだから。それもきょうだけの話ではなく、この先の将来を丸ごと台なしにしてくれたのだ。

「子爵があなたの船を襲わせているなんて、わたしは知らなかったわ。あなたもそんな話はしてくれなかった。あなたは何もわたしに話してくれないじゃない」

「きみがわたしの言葉に従っていれば、そもそも話す必要もないことだ」

ふたりは寝室にできてしまった空虚な空間をはさんで向かい合っていた。アンソニーの瞳からは冷たさしか伝わってこない。キャロラインは悲しみに圧倒されていた。怒りがもたらした胸の痛みで、息をするのもやっとだ。

「きみには明日、リッチモンドの妹のところに行ってもらう」アンソニーが言った。

胸にぽっかりと開いた大きな穴と尽きない怒りにもかかわらず、いっしょに行ってほしいと頼む声がキャロラインの喉まで出かかった。アンソニーの足もとに身を投げ出してすがりつき、少しでいいから愛してくれと懇願したい。もういちど触れてくれるなら、彼が与える屈辱を受け入れ、愛人の存在も認める。そう言ってしまいたい衝動が突きあげた。

だが、キャロラインはただ黙ってその場にとどまり、アンソニーが部屋を出てドアを閉める音を聞いていた。

その晩、キャロラインは眠れなかった。ふたりのベッドには横になる気にもなれず、カシミアのブランケットを肩にかけて、窓際の椅子に座っていた。邸宅の裏手にある庭園を臨む窓だ。冬の花がいくつか咲いてはいるけれど、木々は葉が落ち、彼女の心とおなじく寂しげだった。日がのぼるまでそうしていると、部屋にやってきたタビィが座っている彼女に気づいた。

「奥方さま、ご病気になったらどうするんですか」

キャロラインは笑おうとしたが、失敗した。「わたしはそんなに幸運ではないわ」

哀れむようなタビィの顔を見て、キャロラインはみずからの誇りを思い出した。彼女の手を借りて椅子から立ちあがり、かけてもらったフランネルの毛布を体に巻きつけて、暖炉のそばまで連れていってもらう。用意された紅茶を口にしたものの、銀の皿にのった果物は喉を通りそうもなかった。

タビィがこんなに静かなのは珍しかった。彼女はひとことも話さず、キャロラインの髪からダイヤモンドの髪飾りをはずしていった。朝の太陽を浴びてダイヤモンドがきらきらと光る。カールトン・ハウスから家まで続いた恐ろしい出来事などなかったかのような、ゆうべとおなじ澄みきった明るい輝きだ。

着替えと荷物の用意をタビィに手伝ってもらい、一時間後には、キャロラインは夫の馬車のかたわらに立っていた。馬車の扉に手をかけて紋章を見ると、アンジェリーク・ボーチャンプのドレスが頭によみがえってきた。あの黒と銀のドレスにも、ダイヤモンドで飾ったこれとおなじ紋章が光り輝いていた。

大きく息をつくと、キャロラインは振り返らずに馬車に乗りこんだ。アンソニーの妹のところに行き、夫の沙汰を待つのだ。彼女がリッチモンドへ向かったらすぐ、彼はアンジェリークのところに行くのだろうか。それとも、いまごろはもう愛人のそばにいるのかもしれない。

キャロラインが黙って座っているあいだ、タビィはちょこまかと動き回り、何度も彼女の膝に毛布をかけ直した。いちばんあたたかいかけ方を探しているようでもあるし、奥方に恥をかかせない毛布のかけ方があると信じているようにも思える。でも、もちろんそんなものはないし、すでに受けてしまった恥辱はどうしようもなかった。

アンソニーはレイヴンブルック邸の三階の窓際に立ち、キャロラインを見送った。もう何時間たつだろう。妻の金色の髪が馬車の屋根に隠れ、メイドに指示をする小さな声が聞こえなくなってからも、彼はずっとこうしていた。

窓辺に立ち尽くしていても、キャロラインが戻ってくるわけではない。どうすれば状況を正すことができるのか、アンソニーにはさっぱりわからなかった。ヴィクターが誰で、何をしたにせよ、アンソニーが責めているのは自分自身だった。もっとうまく妻を守る手段があったはずだ。そもそも、はじめにヴィクターが自分と家族にとってどういう存在なのかを、キャロラインに説明しておくべきだったのだ。

いままで女性からこんな裏切りを受けたためしはない。それでも、アンソニーはキャロラインを求めていた。妻を遠くにやったのは、顔を見ていたらとても自分の気持ちを抑えられないからだ。あと数週間もすれば気持ちが落ちついて、彼女のもとを訪れることもできるかもしれない。それが無理なら、彼はロンドンに残り、妻をシュロップシャーに送るほかはないだろう。

ふたりで築きあげたはかない平穏も、分かち合った記憶も、すでに消えてしまった。ありのままの自分として妻と向き合うのを恐れたアンソニーが、いちばん臆病なやり方を選んだせいだ。事態がここに至っても、いまだにヴィクターが自分に、そしてかわいそうな妹に何をしたのかをキャロラインに隠しているのが、何よりの証拠だった。誇りを優先し、口を閉ざしていた結果がいまの状況を生んだ。アンソニーの誇りは、彼に孤独な夜をもたらしただけだった。

29

リッチモンド、〈ラヴァーズノット〉

キャロラインがアンソニーの妹の住む〈ラヴァーズノット〉と呼ばれる屋敷に着いたのは、昼を過ぎたころだった。毛皮のマフに手を入れていたので指先に寒さを感じはしなかったけれど、馬車からおりると口から吐く息は真っ白だった。

屋敷は小さくて居心地がよく、壁の羽目板には樫から切り出した板が使われていた。年季の入った樫の板は磨かれて黒光りしていたけれど、内装は白でそろえられていて完璧に整っている。

アンは、この屋敷にぴったりの女性だった。まるで屋敷のほうが彼女のために建てられたかのようだ。明るいブルーのドレスに前掛けをつけ、玄関広間でキャロラインを待っていた。さっきまで台所にいて、前掛けをはずし忘れたのだろう。それとも、たとえ会ったことはなくとも、家族のあいだで遠慮はいらないと思ったのかもしれない。

アンソニーの妹は厳格な女性だろうと思っていたキャロラインの予想は、見事に裏切られた。アンは、キャロラインが皇太子主催の舞踏会で会った人々とはまるで違っていた。とても物静かで、線が細いので少女のようにも見える。漆黒の髪と栗色の目を除けば兄とは似ても似つかないけれど、その目にしても、アンソニーの怒りに燃えた瞳とは違って、もっとおだやかで静かな輝きをたたえていた。そして、いまでも十八歳の少女のような凛とした品位を残していた。

「こんにちは、お義姉さま」アンがキャロラインの体をそっと抱いた。相手を見つめるのを恐れている様子はないが、じっと見られるのは苦手のようだ。

年配の家政婦に分厚い旅行用のケープを預けると、キャロラインは義理の妹その人に案内されて居間へと向かった。はじめて会う夫の妹と話をするあいだに、タビィが荷ほどきをしてくれる手はずになっている。

「結婚式に行けなくてごめんなさい」アンが言った。あまりにも小さくやさしい声で、キャロラインは体を傾けて耳を近づけなくてはならなかったほどだ。

「いいのよ、気にしないで」アンを気遣って、キャロラインは自分で紅茶をポットから注ぐことにした。「急な話だったもの、わたしがはじめてアンソニーに会ってから結婚するまで、たったの三日しかなかったのよ」

「そうね」アンが物思いにふける顔で紅茶を飲んだ。ミルクも砂糖も入れないストレートだ。最初のひと口で元気を取り戻したのか、心なしか声に力強さが加わった。「兄はいつも自分の考えでもって動くから」

冷静にアンソニーの話をする自信がなかったので、キャロラインは何も言わなかった。あざのような傷ができてしまった心が、夫の名を聞くだけで鈍い痛みに襲われる。

「クリスマスに会えなくて残念だったわ」キャロラインは言った。「でも、仕方ないわね。ご病気ですもの」

アンの顔が赤く染まり、すぐに青くなって、半分空になったカップを見つめた。「そう、病気ね。そうとしか言いようがないのかもしれないわ。十二月に子どもが死んでしまったの。どのみちほとんど出かける気にはなれないけれど、クリスマスの時期は特につらいわ」

もう少しでキャロラインはカップを落としてしまうところだった。子どもの話などはじめて聞いた。少女のようなこのアンが結婚しているとは露ほども思わなかったし、あの過保護なアンソニーの手を逃れて結婚にたどり着けたというのがそもそも信じられない。

「大変だったのね。お気の毒に」長年、母に叩きこまれてきた教えが救いになり、キャロラインは動揺を隠した。「でも、ご主人がそばにいてくださるのでしょう？」

アンの青ざめた顔が、おのずから答えを告げていた。「兄に何も聞いていないの？」彼女は聞き取るのもやっとの小さな声で言った。

ため息をつき、キャロラインは義理の妹に紅茶のおかわりを注いでポットを置いた。「アンソニーは何も話してくれないの。ばかな質問で悲しい思いをさせてごめんなさい」

アンが顔をあげた。顎がこわばり、上品な首が緊張しきっている。義理の妹が大変な努力をしているのは、キャロラインにもすぐにわかった。カップをテーブルに置き、黙りこんでしまったアンの手を握る。「無理に話さなくてもいいのよ。こんどアンソニーと会ったときに、話を聞くわ」

会うときが来れば、とキャロラインは心の中で付け足した。義理の妹の手を握りながら、こみあげる痛みと巻き起こる雑念を振り払う。

「いいの」アンが強さをかき集めて言った。「兄があなたをここによこしたのにも理由があるはずよ。わたしはその理由をはっきり教わったわけではないけれど、兄の手紙には、あなたが悪い人と付き合うようになったと書いてあったわ。以前のわたしみたいにね。わたしはそのせいで、ここに来なければならなくなったの」

「アンソニーはわたしに、自分が選んだ人としか付き合ってほしくないのよ」胸の痛みがよみがえるとともにふくれあがる怒りを脇に押しやり、キャロラインはアンの顔に集中した。「彼とわたしはいろんな点で意見が違うの」

義理の妹はキャロラインから目をそらしたままだ。でも、顔色がさらに悪くなるようなこともなかった。兄の妻に手を握られたアンが震える息をついた。

「わたしは面目を失って追い出された身よ」キャロラインは言った。「あなたのことを非難する資格なんてないし、そんなことは絶対にしないわ。ご主人に逃げられてしまったの？」

アンが視線をあげた。「わたしは結婚していないの」

キャロラインは足もとの床が傾いていくような気がした。子どものころによく聞かされた話だ。母は何度となく、こうした愚かな行為をしてしまった女性についての話を警告として娘に語って聞かせたが、まだ少女だったキャロラインは真剣に聞く気にはなれなかった。話に出てくる女性たちが、なぜそんな一瞬の喜びのために人生や将来を犠牲にしてしまうのか、当時は理解できなかったものだ。

しかし大人の女性となり、アンソニーが不在の夜には夫の手の感触に焦がれて目を覚ますようになったいま、キャロラインにも若い女性がそうした罠に落ちこんで抜けられなくなるのがわかる気がする。世の中には悪辣な男性もいるものだし、アンもまたそうした男性の手にかかったのだろう。

「いやなことを言わせてしまってごめんなさい。わたしったら、どうしても黙っていられない性質なの」キャロラインは、義理の妹が引こうとする手をさらに強く握りしめた。「わたしは夫もいないのに子を身ごもったのよ。それなのに、わたしに謝るの?」驚きのあまり、青ざめていたアンの顔がいきなり明るいピンクに染まった。

「無礼な真似をしたのだから謝るのは当然よ。どうか許してね。ほかのことを話しましょうか、たとえば道の状況とか。ロンドンからここに来るまで、ずっと道が乾いていたの。毎年、いまの時期はこんなふうなの?」

アンは長いあいだ義理の姉を見つめていたが、ふいに両手で顔を覆った。キャロラインは驚いて立ちあがったものの、どうしたらいいのかわからず両手をもみ合わせた。これまでそんな仕草をしたことなど、覚えている限りではいちどもなかったというのに。彼女はなすべもなくアンのかたわらに立ち尽くし、気付け薬を持ってこさせたほうがよいだろうかと考えた。自身がそれほど涙を流すほうではないキャロラインは、女性の深い悲しみを目のあたりにしたとき、どうすればいいか見当もつかなかったのだ。

やがてアンが両手を顔から離して視線をあげ、涙を拭いた。彼女は悲しみに暮れていたのではない。笑っていたのだ。

「ああ神さま、なんてこと。こんなに笑ったのは久しぶりだわ。兄があなたを愛するのも無理ないわね」

こんどはキャロラインが驚く番だった。混乱する心を持てあまし、ふたたび椅子に腰をおろす。無駄な希望が胸に広がってしまう前に自分を取り戻さなくては。「いいえ」彼女は言った。「アンソニーはわたしを愛していないわ」

「愛しているわよ」アンが答える。「兄はあなたを悪人から守りたい一心でここに送ったのよ。わたしを守ってくれたようにね。きっと死ぬまでわたしを守りつづけてくれるわ」

「ここでひとりで暮らしているのは、あなたの意思なの？」

アンがキャロラインと目を合わせた。それまでとは違い、こんどは目をそらそうとしない。

「ええ。わたしは社交界には向いていないの。ここなら静かにひとりで暮らせる」

キャロラインは義理の妹の手をもういちど握った。「亡くなったあなたのお子さんに、心からお悔やみを言うわ」

アンが深呼吸をして落ちつきを保った。泣いてはいないものの、さっき笑ったときの涙がまだ目に残っている。まばたきを繰り返してこんどこそ完全に涙を追い払った。「ありがとう。でも、確かにわたしも悲しいけれど、つらい目に遭っているのはわたしだけじゃないわ。最近、やっと自分を哀れんでも仕方がないと思うようになってきたの。許すとはどんなことか、わかってきた気がするのよ」

「許すって誰を？　あなたをひどい目に遭わせた悪人を？」

「ええ」アンが言った。「カーライル卿を許せるようにならないと、わたしの心の平穏は戻ってこないわ」

まだろくに時間もたっていないというのに、キャロラインは二度目の衝撃に襲われた。うず巻きに巻きこまれたみたいに視界がぐるぐると回りはじめる。アンが手を握ってくれなかったら、そのまま倒れてしまっていたかもしれない。

「カーライル卿？」キャロラインは言った。「彼があなたを誘惑したの？」

「あなたは知っているとばかり思っていたわ」アンが答えた。「だから兄はあなたをここによこしたのだと思っていたのよ。カーライル卿の手から守るためにね。わたしの家は、彼が絶対に近づかない唯一の場所ですもの」

「彼はわたしを捜してなんかいないのに」

いきなりアンの目に恐怖が浮かんだので、キャロラインは彼女の手をしっかりと握った。

「まだあの人が怖いの」アンは言った。「でも、あなたが来てくれてよかったわ。兄がわたしたちをあの人から守ってくれる。絶対によ」

キャロラインが義理の妹の家に来てから、まだ一時間くらいのものだ。だが、いくら居心地がよくて食べ物がおいしく、召使たちがきちんとしている屋敷でも、ヴィクターがアンを凌辱したのだと考えると、とてもじっと座ってなどいられなかった。しかも彼はアンと結婚する気もなく、子どもを宿した彼女を捨てたのだ。

自分が知っていると思っていたヴィクターと、アンの話に出る彼とを重ねようとしたが、どうしてもうまくいかなかった。つまりどちらかが本当の姿で、どちらかが嘘なのだ。キャロラインは、ヴィクターと踊っていたときのアンソニーの顔を思い出した。彼が不器用なやり方で妻を守ろうとしていたこの数カ月の記憶がよみがえる。

アンソニーは厳格なやり方で、キャロラインの人生を力ずくで制御しようとした。彼女の立場に立たされたら、アンのようなおだやかな女性でも我慢できなかったかもしれない。だが、彼の厳格さには理由があったのだ。キャロラインは気分が悪くなってきた。どうしてアンソニーは何も言ってくれなかったのだろう？　彼は妻を愚か者みたいに、いや、もっと悪いことに、呼べば尻尾を振って駆けつける犬も同然に扱っていた。何も知る必要のない間抜けな動物とおなじに。

最悪なのは、アンソニーがキャロラインを決して許さないだろうということだ。アンがなんと言おうと、アンソニーがどれだけいい考えを心に秘めていようと、この世で夫がいちばん忌み嫌っている相手と彼女が隠れて会っていたのは事実なのだ。誠実とはかけ離れたヴィクターの本当の姿を知ってしまったいま、アンソニーに許してもらえるとはとても思えなかった。このまま義理の妹の家にとどまり、来るはずもない夫を待つなんて絶対に無理だ。見捨てられるかもしれないし、離婚を突きつけられるかもしれない。そんなことになったらとても耐えられないだろう。その前にここを去らなくては。

キャロラインは眠れないまま夜を過ごし、明け方になると台所から食べ物を持ち出して革の鞍袋に詰めた。厩舎には彼女のために移送されてきた愛馬ヘラクレスが眠っている。キャロラインは厩舎から持ち出したぶかぶかのズボンと汚れたウールの上着を身につけ、やはりウールの厚手の靴下をはいた。短剣を二本手に入れると、一本は鞘ごと腕に巻きつけ、もう一本は投げるためにブーツに隠した。それから髪をまとめてきつく結いあげ、落ちて目にかからないように帽子の中に入れた。

変装したところで、まともな目の持ち主にかかればひと目で女性とばれてしまうのは、キャロラインも承知していた。このひと月ほどで体がめっきり女性らしくなったのだ。胸はいままでより大きくなった気がするし、安物の分厚いズボンと厚手の靴下をはいているとはいえ、腰のあたりの丸みは隠しようがない。これでは少年に見えるかどうか、怪しいものだ。しかし、キャロラインの決意は固かった。

屋敷を出ると、結婚前日に父の家でしたように忍び足で進んでいった。万が一見られたときに怪しまれないように、持っている中でいちばんゆったりしたドレスを男物の服の上に着て、タビィがアンに字の読み方を教わっているあいだに部屋を抜け出してきた。

供の者ひとり連れずに、キャロラインは義理の妹の家からヘラクレスに乗って逃げ出した。しばらく行ったところでドレスを脱ぎ、やってきた道をいちどだけ振り返った。

つぎの瞬間、彼女は鞍の上で姿勢を正し、ヨークシャーの方角に向けてヘラクレスを走らせた。

キャロラインは向こう見ずだが愚かではない。アンの家から逃げたりすれば、さらにアンソニーとの溝を深める結果になるのはわかっていた。これで夫が愛想を尽かして彼女を迎えに来るのをやめれば、そのまま父のもとで暮らせるかもしれない。父が亡くなって領地をいとこが相続したあとは、領内のどこか小さな家に住まわせてもらえる可能性もある。最悪なのは、不面目で追い出されたキャロラインを父が受け入れてくれない場合だ。そうなったらいよいよすべての名誉も誇りもはぎ取られ、何も持たず、友のひとりもいないまま、この世界に放り出されることになってしまう。

馬がヨークシャーに向けて走りだすと、キャロラインは何も考えないことにした。アンソニーのことや、どれだけ彼を愛しているか、どんなに彼に会いたいかなど、とてもではないが考えられない。父に会い、母に抱いてもらって、少しでいいから子どもに戻るのだ。そして、大人の女としての心の痛みや、砕けてしまった心のことはなかったふりをしよう。

キャロラインの脳裏に、結婚式の日の父の姿が浮かんだ。生き生きとして希望に満ち、自分が選んだ義理の息子への誇りがあふればかりだった。それがいまやキャロラインは恥をさらし、逃げ出したことでさらに恥の上塗りをしてしまった。こんど会うとき、父がどれほど悲惨な心境になるかということは、考えたくもなかった。大人の女性は運命から逃げ出したりしないのに自分はそれをしているという自覚もあったし、そんな自分がたまらなくいやだった。

けれども、アンの家でアンソニーを待つのは、キャロラインにはとても受け入れられなかった。ロンドンで夫が娼婦と戯れるあいだじっと我慢し、夫が——そんなことがあればの話だが——ひとときの喜びを求めて戻ってくるのを待つなんて、絶対に無理だ。

こうして逃げてしまった以上、じきにアンソニーは、妻がたんに剣の稽古をしていただけでなく、二カ月にわたってヴィクターと密会していたと思うだろう。アンを誘惑したヴィクターがおなじ誘惑を仕掛けてくるところを想像して、キャロラインは身を震わせた。たちまち吐き気がこみあげ、馬を道端にとめる。どうにかして吐き気を抑えようとしたものの、朝食を胃の中にとどめておくのは不可能だった。

いまではキャロラインもアンソニーの人柄をよく知るようになり、彼の妹の事件も知った。自分の妻が、この世で最も憎んでいる男性と関係を結んでいたとなれば——たとえ事実ではなくても——アンソニーの心はずたずたに引き裂かれ、二度と妻とは口もききたくないと思うはずだ。夫を愛するようになり、愛してほしいと望むようになったいま、追い出される恐怖に怯えながら名ばかりの妻として彼の屋敷で暮らすなど、キャロラインにはできなかった。

そうなる前に逃げ出し、別の未来に身を任せる。そう、まずは故郷に帰るのだ。

30

ヨークシャー、モンタギュー領

三日間の逃避行だった。キャロラインは大きな通りだけを選んで馬を走らせ、誰とも口をきかなかった。雪が降らなかったのは幸運だったと言っていい。初日こそ顔の肌を刺すような冷たい雨に降られて濡れたけれど、持ち出したウールの上着とスカーフのおかげでなんとか体を冷やさずにすんだ。

旅のあいだ、キャロラインは数時間しか眠らなかった。ひと晩だけ宿に立ち寄り、同情した厩舎頭がわずかな金と引き替えに中に入れてくれた厩舎の一画で、ヘラクレスとともに眠った。馬泥棒がやってくるかもしれないので、片方の手で愛馬の手綱を握り、もう片方で短剣を握りしめたままだ。ヘラクレスは主を守って立ったまま眠っていた。立派な蹄は泥棒が襲ってきても頼もしい武器になる。しきりに威嚇するヘラクレスを厩舎の男たちが恐れ、あの馬には近づくなという警告をみんなに広めたおかげで、彼女は何ごともなく朝を迎えられたのだった。

三日目の夕方、キャロラインはようやく父の領地に到着した。太陽はまだ沈んではいなかったが、すでに夜の帳がおりはじめ、あたりは暗くなってきていた。

父の厩舎に入っていくと、男装したキャロラインに驚いた顔を見せる者は誰ひとりいなかった。彼女を慕っている彼らは気を使い、何もきかずにただ視線をそらした。

厩舎の中にはマーティンもいて、ひとことも話さないまま、キャロラインが馬からおりるのに手を貸した。

あたたかい餌と干し草でいっぱいの馬房がヘラクレスを待っていたけれど、立派な牡馬はキャロラインが両腕を首に回して抱いてやるまでその場を動こうとしなかった。

ヘラクレスが主の金色の髪を鼻でまさぐり、大きな茶色の瞳で彼女を見つめた。いまにも人間の言葉を話しだしそうだ。この愛馬がいなければ無事に戻ってはこられなかっただろう。

キャロラインは馬の首を軽く叩いてやり、勇気づけられた気になって体を離した。

「中へお入りになってください、お嬢さま。お風邪をお召しになったら大変だ」

キャロラインはめまいを覚えていた。きのうの夕方から何も食べていないのだから無理もない。マーティンが彼女を抱きあげ、台所を通り抜けて、召使専用の階段をのぼっていった。少女だったころもこんなふうに彼に運ばれたことを思い出して、キャロラインは体の力を抜こうとしたが、やはり腕の感触に違和感を覚えずにはいられなかった。アンソニーの腕ではないからだ。

以前暮らしていた部屋にキャロラインを運び入れると、マーティンはさがっていった。そのまま誰かを遣わして母に知らせるつもりに違いない。メイドのメアリがすぐに湯を持ってやってきた。メアリはキャロラインが濡れたズボンと上着を脱ぐのを手伝い、踵《かかと》の高い革のブーツを脱がせた。

風呂に入り、キャロラインはようやくあたたまった。メアリが持ってきた母のドレスを着て、子どものころから使っているベッドに腰をおろすと、母の召使たちがてきぱきと汚れた服を運び出し、新しい服を持ってきた。たとえ百歳まで生きたところで母のように家を切り盛りすることはできないだろうと、彼女は召使たちを眺めながらぼんやりと考えた。

その考えに呼ばれたかのように、レディ・モンタギューが娘の寝室のドアから姿を現した。彼女が片方の手をあげると、召使たちは何も言われないうちに、来たときとおなじ早足で去っていった。

「戻ってきたのね」

その言葉を聞いたとたん、キャロラインは母に飛びついて泣きじゃくった。レディ・モンタギューは背を向けたりせず、怒ったり責めたりもしなかった。ただ黙って娘の体に腕を回して抱きしめ、そっと髪をなでた。

こんなにも涙が出るのは体の具合が悪いせいだろうかとキャロラインは思ったけれど、すぐに自分が丸一日以上、何も食べていないのを思い出した。病気というわけではなさそうだ。彼女は大きな音をたてて洟をかみ、カールトン・ハウスの舞踏会で自分が受けた恥辱について母に語りはじめた。夫の愛人についても、ヴィクターとの奇妙なかかわりについても打ち明けたが、アンについてはひとことも触れなかった。義理の妹の話は自分が明かすべき秘密ではないからだ。

レディ・モンタギューはただ娘の髪をなでつづけ、黙って話を聞いている。キャロラインは話が尽きようとするころになって顔をあげ、母の目を見つめた。

「アンソニーは絶対にわたしを許さないわ」

男爵夫人が片方の手をさっとあげて娘を黙らせた。かといって言葉を発するのでもなく、あいかわらず黙りこんでいる。キャロラインは、母が仮面のような無表情の下で猛烈に頭を働かせているのを感じ取ったものの、その考えがどこに向かうのかは想像もできなかった。

「あなたの夫は、あなたとその男が一緒に……ふたりきりでいるのを見たとき、人を呼ぼうとはしなかったのね？」

「ええ、お母さま」

「すぐ近くに、証人になるような人たちがたくさんいたのに？」

「ええ。アンソニーとカーライル卿とわたしだけだったわ」

「なるほどね」

またしても黙りこんだ母を見て、キャロラインは自分の心にひとすじの光明がさすのを感じていた。レディ・モンタギューは娘を愛しているけれど、感傷的な女性ではない。もしすべての希望が失われ、娘の名誉が取り返しのつかないほど損なわれたと思っているなら、すでに父を呼んでいるはずだ。だが、彼女はそうするかわりに、腰をおろして考えをめぐらせている。

「あなたは休みなさい」ようやく母が言った。「しっかり眠るのよ。睡眠不足は子どもによくないわ」

「子どもなんてどこにもいないわ」キャロラインは言った。

「いるのよ、あなたのおなかにね。そうでなければ、あなたがこんな理不尽な行動をするものですか。子どもを宿すと、女はおかしなことをしはじめるものなの。わたしも身ごもるたびにそうだったわ。お父さまもわたしから目が離せなかったのよ」

キャロラインは驚きに目をしばたたいた。母が亡くなったきょうだいたちの話をするのは、これがはじめてだ。彼らはいま、領内の教会の裏手にある墓地で、大理石の墓の下に眠っている。

娘の動揺を見てもレディ・モンタギューはまったく驚かないようで、淡々と質問を続けた。

「最近、具合が悪くなったことは?」

「あるわ。でも、気持ちが高ぶっていたからよ」

「そんなことなら前にもあったでしょう。でも、あなたはそのたびに泣き叫んだり、気分が悪くなったりはしなかった。あなたを産んだわたしが言うのだから間違いないわ」

確かに記憶をいくらたどっても、キャロラインは自分が泣きわめいたり、ひどく気持ち悪くなったりしたところを思い出せなかった。この何カ月かを除いては。

「前より食べるようになった? よく眠るようにもなったのではなくて?」

「ええ、お母さま。でも、眠るようになったのはロンドンに行ってからだと思うわ。夜更かしをずいぶんするようになったから」

「体重が増えたのも、ロンドンに行ってからなのでしょう？」

キャロラインは顔を赤らめた。このひと月、コルセットをゆるめに巻いているのは事実だ。食べすぎたからだとばかり思っていた。

「いいわ。問いつめる気はありません。あとでお父さまお抱えの医者に診てもらいましょう。それではっきりするはずよ」

母が立ちあがろうとしたので、キャロラインはその手に取りすがった。

「お母さま、お医者さまがなんと言おうと、わたしは恥辱にまみれてしまったのよ」

「ばかおっしゃい！　あなたはモンタギュー家の娘よ。恥辱にまみれてなどいるものですか。あなたは里帰りをしたの。お父さまの具合が悪くなったので、理解ある夫が付き添いを許してくれたのよ。これから手紙にもそう書くわ」

「お母さま、手紙がアンソニーのところに届くのには三日もかかるのよ」

「使いをやればそうでしょう。でも、伝書鳩を使います。ロンドンに鳩の手紙を受け取れる者がいるから、あなたの夫に届けさせるわ」

伝書鳩なんて戦場で使うものだと思っていた。そんなことを考えているうちに、キャロラインはふいに気づいた。冷静なうわべや確信とは別に、母は娘の苦しみを思いやっている。そして、そちらの状況にも手を打とうとしてくれているのだ。

「あなたの夫をここに招きましょう。イースターになったらふたりでロンドンに戻ればいいわ」

「彼は来ないわ」キャロラインは言った。

レディ・モンタギューがこんどこそ立ちあがり、娘を愛情のこもった目で見おろした。キャロラインが話をはじめてからというもの、ずっと冷静だった目がようやく温和な光を取り戻している。すべての算段を考え抜いて、ようやくやさしくなる余裕ができたのだ。

「その夜のうちにあなたを放り出したりもしなければ、あなたの不貞を告発するための証人も呼ばなかったのよ。これからだって心配はいらないわ。レイヴンブルック伯爵はあなたを愛している。本当にいい人みたいね」

「彼はわたしを愛してなんかいないわ」キャロラインは答えた。「別の人を愛しているのよ」

母は宝石をはめた手をひらひらと振り、アンソニーの愛人の話をこともなげに聞き流した。

「キャロライン、いつものあなたなら、自分がどれだけばかげたことを口走っているかすぐに気づくはずよ。もし彼がその女性を愛しているなら、隙を見てはあなたのもとから離れようとするでしょう。あなたより愛人を選ぶのなら、あなたがどこで何をしていようが気にもとめないはずよ。わからない？　いまごろ伯爵はロンドンで、髪をかきむしりながら必死になってあなたを捜しているわ。あなたが殺されるか、もっとひどい目に遭っているのではないかと不安にさいなまれながらね。それでもまだ愛人を抱えておこうなんて思っているとしたら、もうつける薬もないけれど」

レディ・モンタギューがドアのところまで歩き、紐を引いて食事を呼ぶベルを鳴らした。

「正気に戻って考えられるようになったときのために覚えておきなさい、キャロライン。結婚は財産を交換し合い、それを保護するためのものよ。愛人は移ろいやすいものだけれど、財産はずっと守っていくものなの」

それを最後に母が部屋を出ていき、メアリがパンと肉ののった皿と、あたためたワインを入れた壺を持って入ってきた。子どものころから使っているベッドに座りこんでいるキャロラインの耳に、母の言葉がまだ響いていた。

キャロラインは、母が間違っていると確信していた。アンソニーとのあいだに起きたことは、財産という言葉で片づけられるものではない。父の借金よりも、夫の領地や爵位を受け継ぐはずの子どもよりも、もっと大きな何かがあったのだ。けれども母は、娘の結婚を紙切れ一枚で説明できる仕事の契約のように考え、単純なものとみなしている。そのあまりの落差に、キャロラインはこの数日ではじめて笑った。メアリが運んできてくれたあたたかくておいしい食事を口にするにつれ、ずっと抱えていた緊張も少しずつほぐれていった。いまやキャロラインは強く賢い母の手中にある。誰もレディ・モンタギューの言葉をないがしろにはできないし、もしかしたら、あのアンソニーですら母に従うことになるかもしれないのだ。

31

ロンドン、カーライル子爵邸

アンソニーは三日間、一睡もしていなかった。リッチモンドの執事はすぐに妻が失踪したと使いをよこし、馬番たちが道端の雑草の中にキャロラインのドレスを見つけたと知らせてきた。考えただけで死にそうになる知らせだ。

誰が妻をかどわかしたかはわかっている。だからアンソニーは郊外を捜そうとはせず、ロンドンじゅうに部下たちを走らせた。ヴィクターがキャロラインを隠しそうなところをすべてあたり、港や街の至るところに金をばらまいた。持っているつてにはすべて動いてもらい、そのために港を出ていったばかりの船を買ったときよりも多くの金を支払った。しかし、三日たってもなお、妻の行方は杳《よう》として知れなかった。

四日目には、アンソニー自身がヴィクターのもとを訪れた。

早朝ではあったが、太陽が完全にのぼりきったころだ。まだ暗いうちに前触れもなく家を訪ね、こそこそした泥棒か臆病者のようだと噂を立てられるのは我慢がならなかった。アンソニーが丸腰で出かけていくと、すぐに玄関に迎え入れられた。ヴィクターの執事は彼を知らないようだったが、なぜか廊下や客間で待たされることもなかった。

まるでアンソニーの来訪を予期していたかのように、執事は手際よく子爵の私室が連なる一画へと彼を案内し、小さな居間へ続くドアを開けた。暖炉には景気よく炎があがり、部屋全体に快適なあたたかさをもたらしている。ヴィクターはビロード地のガウンを着てスリッパをはき、片方の手にコーヒーカップを握って空いたほうの腕に菓子が入ったかごを抱えていた。

「奥方がいなくなった。そんなところかな？」

「妻はどこだ？」アンソニーはどうにか平静な声を保ってきいた。

「つまり」ヴィクターが言う。「奥方の命を助けてくれと、懇願しに来たわけだ」

アンソニーはひるまず、敵の冷酷な瞳を見据えた。「そういうことだ」

コーヒーを口に持っていきながら、ヴィクターが笑った。「ここにはいないよ。もしわたしが奥方を隠しているのなら、こんなふうにきみと話したりしない」

「妻をどこにやった？　どこかに売ったのか？」

「おいおい、きみはわたしを買いかぶりすぎだ」

「あるいは見くびっているのもしれないわね」

流れる水のように快いアンジェリークの低い声が耳に飛びこんできて、アンソニーは一瞬、不眠からくる幻聴かと思った。だが、振り返ってみると、鮮やかなブルーのドレスを身につけたアンジェリークが廊下に立っていた。かつて彼が、瞳の色とぴったりだからという理由で贈ったドレスだ。

裏切られたという思いがアンソニーの心に突き刺さった。アンジェリークはヴィクターを新しい愛人に選んだのだ。しかし、最初の衝撃がおさまると、アンソニーはふたりのことなどどうでもいいと思っている自分に気がついた。頭にあるのは、キャロラインを見つけ出さなければというせっぱつまった思いだけだ。

「妻はどこだ?」アンソニーはあらためてきいた。

「席をはずしてくれる、ヴィクター? ふたりで話があるの」アンジェリークが言った。

彼女に見つめられて、ヴィクターが緊張をゆるめたのがアンソニーにもわかった。油断しているわけでないのは、つねにアンソニーを視界にとらえていることから明らかだ。だが、彼はアンジェリークに歩み寄り、情熱的にキスをした。まるで井戸から水をくみあげるような、いくら求めても足りないと言わんばかりのキスだ。

「廊下にわたしの手の者たちがいる。必要なら呼ぶといい」ヴィクターがそう言い残して部屋から出ていった。

アンソニーはいらだちに身を震わせた。時間がたつにつれ、キャロラインに二度と会えないのではないかという思いが大きくなってくる。太陽が沈む時間が近づくごとに、彼女を奪った何者かが妻をますます遠くへ連れていってしまうかもしれないのだ。

キャロラインが死ぬことなど、アンソニーには考えられなかった。長いブロンドを持つ体がテムズ川に浮かぶなど、あってはならないことだ。持てる財産のすべて、知識のすべてと交換してもいい。ヴィクターに対する深い憎しみを手放してもかまわないから、もういちど彼女に会いたかった。

不吉な考えに取りつかれる前に、アンソニーはその考えを心から締め出した。しばし閉じていた目をふたたび開けると、目の前にアンジェリークが立って彼を見つめていた。

「本当に彼女がどこにいるかわからないの？」アンジェリークが尋ねた。

「もう三日間も行方がわからないんだ。大金をばらまいたが、何も情報がない」

「つまり、お金より彼女のほうが大事なのね？」

「わたしの人生より大事だ」

「彼女のために命を投げ出せるというの？」

アンソニーは考える間もなく答えた。「喜んで投げ出すとも」

ふたりは黙ったまま立ち尽くした。もともと、ふたりを結んでいたのは言葉ではない。とにかくベッドに身を投げ出し、すべてが終わってからワインを飲みながら政治の話などをするのがふたりの間柄だった。真剣で深い話はしなかったし、感情が入りこむ余地もなかった。こうして他人として向き合ってみると、ふたりの違いはあまりにも明らかだ。なぜそれが以前は見えなかったのか、アンソニーにはわからなかった。どうして笑いとワインと体のつながりだけで満足できたのだろう。キャロラインと会うまでは。

「すまない、アンジェリーク。わたしたちの仲をこんなふうに終わらせることになって」

「謝ることはないわ。わたしが終わらせたわけでもあるんだから。とにかくわたしには新しい恋人ができたことだし、もうわたしを心配する必要はないわよ」

アンジェリークがドレスのポケットに手を入れ、銀の鎖がついた黒真珠を取り出してアンソニーに手渡した。

「返すわ。そもそも受け取るべきではなかったわね」

てのひらの上の真珠と鎖が奇妙なまでに冷たく感じられた。アンソニーに考えられるのは、妻が突き返したクリーム色の真珠と、この黒真珠のあまりにも大きな違いのことだけだった。あのなめらかな真珠をキャロラインに贈った夜、てのひらにのせたそれは彼の心を貫いた。対して、いま手にしているこれは、たんに金属の鎖を通した石ころ程度にしか感じられない。

アンソニーが元愛人に目をやると、彼女はにっこりと微笑んだ。「わたしと比べてみて、どれだけ自分が彼女を愛しているかわかった。そんなところかしら？」

「ああ」

アンジェリークに対し、アンソニーはいつも正直だった。いまもそれは変わらない。自分の答えが彼女を傷つけ、顔に表れるほどの痛みをもたらすかもしれないとしてもだ。

だが、彼女の表情は明るいままで、どこかほっとしたような思いすら漂っていた。もちろんその安堵感には嫉妬と心の痛みもまじっていたが。「あなたはわたしを愛していなかったのね？」

長い付き合いだが、アンジェリークがその問いを発したのはこれがはじめてだった。いま、彼女は誇りをかなぐり捨てている。本来そんな余裕などないはずのアンソニーの心に、後悔がじわりと広がった。しかし、いま考えるべきはキャロラインと、自分が彼女を失いかけているということだけだ。

「きみを気にかけていた」アンソニーは言った。「だが、それは愛しているということではない」

アンジェリークが声をあげて笑った。決して皮肉めいた笑いではない。アンソニーはその笑い声に後悔の念がにじむのを感じ取った。肉体的な喜びは与えてくれるものの、愛を与えてくれない男を相手に、長い年月を無駄にしてしまったのを悔やんでいるのだ。やがて彼女が笑うのをやめると、ふたりはまたしても目を合わせた。アンジェリークは、まるで遠く離れた場所から眺めるような、はじめて本当の彼を見るような目でアンソニーを見つめている。その顔には愛情と、小さな希望が見て取れた。もはや彼とはまったく関係のない、新たな希望だ。

「アンソニー、あなたの奥さんはまだ子どもなのよ。母親のところに逃げ帰ったに決まっているわ」

32

ヨークシャー、モンタギュー領

キャロラインは母親の居間で、暖炉のそばにあるやわらかい長椅子に座ってうとうとしていた。膝に置いた本には集中できず、存在すら忘れてしまいそうだ。

薪に使っているのはよい香りがするリンゴの木で、ぱちぱちと小気味よく燃える音がキャロラインをおだやかな気分にさせていた。午前中に父親お抱えの医者を訪ねて疲れたということもある。

子どもを宿しているという母の見立ては正しかった。夏の終わりには生まれるだろうと医者は告げ、ご主人のためにも元気で丈夫な赤ちゃんを産まなくてはならないのだから、しっかり食べてよく休むことだと忠告した。キャロラインは皮肉な笑いをもらしそうになるのをこらえながら医者の話を聞いていた。自分が不面目で追い出された身だとは告げていないのだ。

娘が医者の診察を受けているあいだ、レディ・モンタギューはずっとおなじ部屋にいて、キャロラインが礼儀正しく礼を言う以外に口をすべらせないように見張っていた。だが当の本人はといえば、医者の言葉が人ごとみたいに感じられてならなかった。冬のさなかに北に向かって馬を走らせた無茶な行為が子どもに悪影響を与えなかったことには感謝したが、喜びがこみあげてくるわけでもない。いきなり人生に訪れた大きな変化がどうしても実感できず、持てあますばかりだった。アンソニーに伝えたいと思っても、彼はどこにもいない。夫に会えない寂しさは、一週間前とは比べものにならないくらい大きく彼女にのしかかっていた。新しい命を授かったという事実も、その寂しさをさらに大きくするばかりだ。

午後にひとりで座っていると、タビィのおしゃべりが懐かしくて仕方がない。母の召使たちはとてもよく訓練が行き届いているけれど、キャロライン自身の家族と言ってもいい、おしゃべりなメイドにかわるものではなかった。

大理石のテーブルに置いた上等なカップの中で、紅茶が冷めはじめていた。母に飲むと約束したものの、口をつける気になれなかったのだ。カップはまるでキャロラインを責めるように置き去りにされている。至らない自分を思い知らされている気がして、ますます気分が落ちこむばかりだった。

「ふさいでいるな」

夢の中から飛び出してきたように、アンソニーの声が唐突に聞こえた。キャロラインは自分の耳を疑ったものの、振り向くとドアの近くに夫が確かに立っていた。

喉がつかえて言葉が出てこない。咳払いをしてつかえを取ろうとしているうちに、言おうとしていた言葉はすべて消えてしまった。キャロラインはアンソニーを見つめ、彼の美しさに見入った。何日も剃っていないのか、顔には無精ひげが生えている。栗色の瞳がうるんで、ふだんよりも輝きに深みが増していた。ドアの枠に寄りかかる体の輪郭までもが美しく思える。

アンソニーは濃紺の上着の上に黒い外套をまとっていた。黒い細身のズボンは脚にぴったりとして、たくましい腿の筋肉が浮き出ている。そして、やはり黒い革のブーツがふくらはぎを覆い隠していた。頭のてっぺんから足の先まで道のほこりにまみれている。あと少し近づけば、懐かしい甘美な彼のにおいが漂ってくるに違いない。キャロラインはなぜかそんなことを考えていた。

夫の姿を見ているだけで、泣きたくなってしまう。

そこで彼女は、彼に背を向けて暖炉の火と向かい合った。あいかわらずリンゴの木が爆ぜる音がしているけれど、もはやその音も慰めにはならない。アンソニーがそばにいるという心の痛みは、肺に短剣を突き立てられ、空気が奪い取られていくのにも似た苦しみをもたらした。ようやく喉のつかえが取れたが、やはり話すことはできそうもない。

ドアを静かに閉めると、アンソニーは長椅子に座る妻のところに来て隣に腰をおろした。

「無事でよかった」

「わたしは逃げたのよ」彼とほとんど同時に、キャロラインは言った。

顔をあげてアンソニーと視線を合わせたが、すぐに目をそらした。夫の美しさが、心に突き刺さった気がしたからだ。

アンソニーがゆっくりと腕を伸ばしてキャロラインの手を取った。触れたら壊してしまいそうなガラス細工をさわるような、やさしい手つきだ。キャロラインは大きな手に包まれた自分の小さな手を見つめ、伝わってくる彼の体温で体があたたまっていくのを感じた。

母の言ったとおり、アンソニーはやってきた。そのうえ、ひどい言葉で彼女をなじったりもしない。この一週間あまりではじめて、キャロラインはかすかな希望を感じた。長い冬、あまりにも夜が長くて二度と太陽が現れないのではないかと不安になったあとに訪れた日の出のような希望だ。

「わたしは逃げたのよ」アンソニーの瞳の輝きの真意を確かめたくて、彼女はおなじ言葉を投げかけ、彼を見つめた。

彼はキャロラインから目をそらさず、彼女の言外の問いかけをはぐらかそうともしなかった。じっと彼女の手を握るアンソニーの手からは疲労が伝わってくる。最後に彼が眠ったのはいつなのだろうと、キャロラインはいぶかった。

「やっときみを見つけた」

自分が何を言うべきか、キャロラインは知っていた。夫に許しを請い、慈悲を求め、自分が悪かったと伝えるのだ。もういちど受け入れてくれるなら、残りの人生のあいだずっと彼の言葉に従い、絶対に口答えなどしない。そう誓うときがやってきたのだ。けれども、アンソニーの美しい顔を見つめ、妻への愛情をたたえたおだやかな栗色の瞳を目のあたりにしたキャロラインは、自分をおとしめることは絶対にできないと悟った。たとえ彼のためであっても、それだけはできない。

「あなたを愛しているわ」キャロラインは言った。「この先も一生、あなたを愛しつづける。でも、あなたがあの人を愛しているなら、わたしもあなたを愛するわけにはいかないの」

アンソニーが微笑んだので、ばかにされたと思ったキャロラインは、かっとなって勢いよく立ちあがった。腿にかけていたカシミアの膝掛けがじゅうたんの上に落ちる。一週間も痛みと後悔にさいなまれたみじめな時間を過ごしたのだから、怒りの感情を永遠に捨て去る覚悟はできたつもりだった。それなのに怒りがこみあげ、夫の顔から軽薄な笑みを叩き出してやりたい衝動に襲われる。

妻が本気で怒っているのを見て、アンソニーが顔から笑みを消した。キャロラインが出ていかないように彼女の手をふたたび握りしめる。彼はまだ何も言わなかったが、かわりに彼女の手を開かせ、てのひらに額を押しつけた。

「アンジェリークはもういない」アンソニーが言った。「わたしは彼女を愛していないし、いちども愛したことはない。きみと会ってからは、彼女に触れてもいないんだ」

キャロラインは夫を見おろしながら、内心で葛藤した。心の中では希望が子どものようにはね回っている。許してあげなさいと叫び、ずっと愛されていたのを知らなかったのかと告げ、彼はほかの誰でもなくあなたのものなのだと語りかける声が、頭に響き渡った。そうした声に耳を傾けつつも、彼女はなおも慎重だった。まだ希望に身をゆだねるわけにはいかない。

「わたしにくれたのとおなじような真珠をあの人にもあげていたわよね？　どうやってその

あなたの言葉を信じろというの？」

アンソニーがベルトにさげた袋に手を入れ、中から黒真珠を取り出した。キャロラインは身をこわばらせたが、彼はその黒真珠を彼女の手に握らせた。「アンジェリークが返してくれた」

「なぜ？」キャロラインの目に熱い涙がこみあげた。記憶に焼きついた屈辱がふくれあがって彼女を圧倒し、心を閉ざしそうになる。

そのときアンソニーが口を開いたので、彼女は身構えた。「わたしに愛されていないと知った以上、これを持っているわけにはいかないとアンジェリークは思ったんだ。だが、もし彼女がこの黒真珠を、そしてわたしをほしいと思ったとしても、そんなことは関係ない。わたしが望んでいるのはきみだけなんだから」

「カーライル卿のことは？」キャロラインは言った。「あの人とわたしのあいだには何もなかったわ」

「わかっている。きみがあの男に短剣を突きつけていたのを見ていたんだ」

「じゃあ、わたしを許してくれるの？」

アンソニーがキャロラインの目をしっかりと見つめた。「レイモンドの屋敷であの男と会ったとき、彼がわたしにとってどういう存在か、きみに話しておくべきだったんだ。二度ときみに隠しごとをする怠慢はしないよ。カーライルのような男にあいだに入られて時間を無駄にするには、人生は短すぎる」

体の力が抜けて、キャロラインは長椅子にどさりと腰を落とした。てのひらから黒真珠が落ちて転がっていく。それをアンソニーが拾いあげ、続いてキャロラインを軽々と抱きあげた。

「家に連れて帰ってくれるの？」

「もちろんだとも。きみが許してくれるならね」

アンソニーは愛していると言ってくれたわけではない。キャロラインはその単純なひとことを、飢えた者がパンを求めるように欲していた。でも、そこまでは望むまい。夫が差し出してくれたものを受け取り、それに感謝しよう。ふたり分を補ってなおあまりあるほど、彼を愛しているのだから。

キャロラインはアンソニーにキスをした。甘美な汗の味がする。唇を喉もとへ移していくと、彼の口からうなり声がもれた。

彼女は笑って、子猫のように彼の喉を軽くかんだ。こんどはアンソニーも声をあげなかったけれど、かといって彼女を放そうともしなかった。かわりに彼はキャロラインを立たせ、片方の腕でしっかりと引き寄せたまま、空いたほうの手で廊下へと続くドアを開いた。

そのままふたりで肩を並べて二階の寝室へ行くものとキャロラインは思っていた。だが、アンソニーの考えは違ったようだ。彼女の膝に腕をやってもういちど抱きあげ、召使たちがいるのも気にせずに、階段をのぼってキャロラインの寝室へと向かった。

キャロラインは彼にしがみつき、喉に唇を押しつけ、顎にキスを移した。彼女の心配をよそにアンソニーは階段を踏みはずすことも、足取りを乱すこともなく進んでいく。子どもを宿したおかげでさらにやわらかく敏感になった胸を彼に押しつけながら、キャロラインは小さく声をあげた。それでもアンソニーは迷わずに力強く歩きつづけた。自分の欲求が伝わっていないのではないかと彼女はいぶかったけれど、寝室に入ってドアを閉めるやいなや、彼はキャロラインの唇をはげしくむさぼりはじめた。

「二度とわたしから離れないでくれ」ほてった唇を焼き印のようにキャロラインの喉に押しつけながら、アンソニーがせっぱつまったかすれ声で言った。愛の言葉をささやいたわけではない。だが、彼の切迫した感情は伝わってきた。手にも声にも妻への渇望があふれている。

「二度と離れないわ」キャロラインは答えた。

「誓うんだ」

「誓うわ」

アンソニーがボディスをとめているフックや紐などおかまいなしに、キャロラインのドレスを引きちぎってはぎ取った。もともとゆるめにつけていたコルセットもいとも簡単にはずすと、つぎは下着の番になった。薄い布地がほてった肌に触れる邪魔をしている。彼は下着を破らず、曲線を描くなめらかな体の上までまくりあげた。両手を豊かな胸にあてがって、てのひら全体を使って愛撫し、さらに下着を上にずらしてそのまま頭から引き抜いた。

キャロラインが靴とストッキングだけの姿になると、アンソニーはポケットからもうひとつの真珠を取り出した。彼女に贈ったクリーム色の真珠だ。金の鎖もすでに直してある。鎖をキャロラインの首に回してとめ金をとめ、手を離して真珠が胸の谷間におさまるようにした。

そして、またしても彼女を抱きかかえた。手を離したらキャロラインが逃げていくのではないか、逃げ出したら最後、迫る夕暮れの中に消えていってしまうのではないかと恐れているかのようだ。寝室の暖炉には火が入っているものの、ベッドにあたたかさが届くほどの勢いはない。アンソニーは緑の上掛けの上に妻を寝かせ、やわらかい羽毛のマットレスに押しつけるかたちでみずからその上にのしかかった。キャロラインは背中にやわらかいベッドの感触を、体の正面に夫の力強くて硬い体を感じた。

アンソニーが何度も重ねてくる唇は、せっぱつまった渇望の味がした。彼はキャロラインの唇を強引に奪って舌で愛撫を続け、彼女が顔を引こうとすると下唇をやさしくかんだ。夫が息をつくために顔をわずかに離したとき、キャロラインは言った。「愛しているわ」

身を起こしたアンソニーが服を脱ごうともせず、細身のズボンからはげしく高ぶった欲望のあかしを解き放った。そのままひと息に妻の体の真ん中を貫く。いきなり訪れた快感に、キャロラインは思わず大きな声をあげた。もう二度と感じることはないのだろうかと思っていた夫の感触だ。彼女の脚を大きく広げさせたアンソニーが円を描くように腰を動かし、キャロラインはすさまじい快楽の波にとらわれた。彼はそのまま、みずからが絶頂に達するまで何度も何度も妻の体の奥深くまで入っていった。

キャロラインは快感の極みに達して身を震わせた。自分の命とこの世界をつなぐ最後の綱であるかのように彼の体にしがみつく。「愛しているわ、アンソニー」返事など期待していなかった。アンソニーが見せた渇望こそ彼なりの愛のあかしなのだ。二度と離さないという意思を、彼は強く抱くことで示してくれた。

キャロラインが驚いたことに、アンソニーが祈りをつぶやくように、聞こえるかどうかの小さな声で言った。「愛しているよ、キャロライン。ずっと愛していた。これからも愛しつづける。もう二度ときみを失いたくないんだ」

目に涙がこみあげる。キャロラインは生まれてはじめて、あふれる涙を抑えようとしなかった。こめかみから髪の中へと喜びの涙が流れ落ち、彼女は泣きながら微笑んだ。

「あなたはわたしを失ったりしなかったわ、アンソニー。これからも絶対に、そんなことは起こらない」

その夜、レディ・モンタギューはディナーの席で、長旅で疲れたアンソニーが休んでいて、キャロラインが彼に付き添っていると夫に告げた。ふたりがドアの向こうに消えた時点で考えたつくり話だ。実際は、冷たい床で足が冷えるからといって、アンソニーが妻をベッドから出そうとしなかったのが真相だった。キャロラインがスリッパをはくと言い出すと、彼は妻の手が届かないところにスリッパを遠ざけ、ドレスもおなじところに置いた。だから彼女は夫が持ってきた毛皮のコートだけを体に巻きつけ、ベッドにじっとしているほかなかったのだ。

「カールトン・ハウスに忘れていっただろう」裸のキャロラインに毛皮のコートを着せるとき、アンソニーはそれしか言わなかった。

「ごめんなさい、アンソニー。急いでいたのよ」

キャロラインの手を取り、アンソニーがてのひらにキスをした。「二度とこの話をするのはよそう」

彼がろうそくを持ってきてベッドの近くに置くと、暖炉の炎もあって部屋の中が明るく照らし出された。アンソニーは妻のためにワインをあたためていい香りをつけ、腹がいっぱいで動けなくなるまでパンと羊肉を食べさせた。愛し合って疲れきり、台所から運ばれた素晴らしい食事に満足しきったキャロラインは、枕をたくさん積んだ山に体を預けた。

「家に帰りたいわ。いつシュロップシャーに連れて帰ってくれるの？」

「イースターはロンドンで迎える。そのときはきみの両親もいっしょだ。帰るのはそのあとになるな」

「セント・ポール大聖堂に行きたいわ。太って動けなくなる前にね」

アンソニーが声をあげて笑い、妻の平らな腹に唇をつけた。「きみは食が細すぎる。太る心配は無用だよ、キャロライン」

キャロラインは夫がまだ秘密に気づいてもいないのを見て取り、にっこりと微笑んだ。もしかしたら、母がすでに伝えてしまっているのではないかと不安だったけれど、これなら心配はない。心のどこかで、アンソニーは子どものためにやってきたのではないかと思っていたのだ。だが、こうして寄り添って頭を彼女の腿にのせ、おだやかな息をついてうとうとしている夫を見ると、キャロラインは自分が愛されていると確信できた。これからも一生、この愛は変わらないに違いない。

「アンソニー、話があるの」

「朝まで待てないのかい？　ここまで三日間馬で走りつづけたうえに、来てからは二時間も愛し合ったんだよ。前も言ったがわたしは年寄りだからね、休息が必要だ」

「もうずっと話したかったのよ」

夫がはっと身をこわばらせる気配がキャロラインに伝わってきた。アンジェリークかヴィクターの話になると思っているのだろう。けれど、あのふたりのことをいま話す気はないし、この先も一生そのつもりはない。

「赤ちゃんができたの」キャロラインは言った。

アンソニーが動かないので、彼女は最初、自分の声が届かなかったのかと思った。彼が全身に緊張をにじませ、どこか痛みに苦しむかのように美しい体をこわばらせた。

しばらく固まっていたアンソニーが、ゆっくりと身を起こして座り直した。慎重にキャロラインを引き寄せ、顔に落ちていた長い金色の髪をそっと払う。

「わたしの子どもがきみの中にいるんだね」

「夏の終わりには生まれると、お医者さまは言っていたわ」

アンソニーが黙ったままキャロラインを見つめた。栗色の瞳が、魂まで見通すようにじっと彼女の瞳をのぞきこんでいる。彼が何を探しているのか、キャロラインにはわからなかったが、夫は探していたものを見つけたらしい。身をかがめ、唇を重ねてきた。その夜、アンソニーはもう愛し合おうとはしなかった。だが、キャロラインを自分の胸にしっかりと抱き、朝まで離そうとしなかった。

キャロラインは夫の腕に抱かれて、その夜は一睡もできなかった。こんどは不安だからではなく、幸せだったからだ。アンソニーと並んで横たわりながら、暖炉の火が消えるのを見守り、彼のおだやかな寝息に耳を澄ませる。明るい色の天幕をおろしたベッドの中で、キャロラインは彼女を抱く夫のぬくもりを感じていた。

第四幕

「あなたにキスをするわ。だからお願いよ、帰らないで」

――『じゃじゃ馬ならし』第五幕一場

エピローグ

ロンドン、セント・ポール大聖堂
一八一八年五月

洗礼式の日、アンソニー・フレデリック・キャリントンは乳母の腕の中で眠りながら、家族とともにセント・ポール大聖堂の外に出た。キャロラインが身をかがめてキスをすると、母親にフレディと呼ばれているアンソニー・フレデリックが目を覚まし、きらきら輝く瞳で彼女を見つめ返した。フレディは生後九カ月、母の心を幸せにしてあまりある愛らしい幼子だ。

外の空気は赤ん坊には寒すぎる。そこでキャロラインはフレディを乳母とともに馬車に乗せ、先に家に帰すことにした。御者のジョンは一時間後に戻ってくる手はずだ。

キャロラインが夫に向き直ると、アンソニーは妻の手を握り、いつも連れている従者をふたりを残して、あとの召使たちを息子とともに帰らせた。それぞれ厚手の外套を着た夫婦は、連れ立って歩きだした。テムズ川の両岸は、五月にしては肌寒かった。日差しこそ強かったものの、あたたかく感じられない。家に戻れば暖炉の火もあるのに、夫がどうして歩こうなどと言い出したのか、キャロラインは不思議に思った。

アンソニーは妻の手を取り、慎重に川沿いの道を歩いていった。そして、出港を待つ船が停泊しているレイヴンブルック家の波止場までキャロラインを連れていった。

大きくて立派な船を見ながら、キャロラインはこの船がどこの港に行くのかに思いを馳せた。ずっと以前から抱きつづけ、いまは捨てたはずの願望がよみがえる。家では深い愛情に包まれているし、夫と子どもといっしょに暮らす生活には満足している。だが、キャロラインの心のどこかにいるもうひとりの自分は、広大な見知らぬ世界を旅し、異国の街や土地を訪れてみたいと叫びつづけているのだ。彼女が大きなため息をつくと、その様子を見ていた夫が隣でくすくすと笑った。

「船の名前に気がついたかい?」

キャロラインは手袋をした手をあげて目の上にかざし、太陽の光をさえぎって目を凝らした。そして、船の舳先にある金色の文字に気づいた。船首には美しい人魚の像が取りつけられている。薄茶色の目をして、金色の髪を長く伸ばした人魚だ。

「〈レディ・キャロライン〉ね」彼女は金色の文字を読んだ。

アンソニーがキャロラインの手を取ったまま、間近に迫った出発に備えて船員たちが忙しく立ち回っている船の甲板へと連れていった。船上の高い位置から、目の前にテムズ川の水面が広がっているのが見える。キャロラインはこの船を動かしてほしいと懇願したい気持ちだった。そして波に行き先を任せ、ここから旅立つのだ。だが、みずからの務めを知り尽くしている彼女は何も言わなかった。

妻の心を読んだのか、あるいは彼女の考えなどはじめから見通しているのか、アンソニーがキャロラインの体に腕を回してそっと自分の胸に引き寄せた。ふたりはぴったりと寄り添い、ロンドンで、いや、帝国とこの世界で最も偉大な水路を眺めた。彼がキャロラインの耳に口を寄せ、小さな声で言う。

「いつか、フレディが大きくなったら、ふたりできみが夢見た世界に行こう。きみが望むなら、パリでもローマでも、アテネでもビザンチウムでもいい」

「危険はないの？」キャロラインはきいた。頭に浮かぶ将来の光景への切望で息がとまりそうだ。

「危険さ。でも、きみに怖いものなんてあるのかい？」

キャロラインは答えず、夫の腕の中で体を回転させて彼と向き合い、唇を重ねた。アンソニーも長く情熱的なキスで応じたものの、やがて船員たちの視線が集まっているのに気づいて唇を引き離した。ふたりが船から波止場におりると、出迎えに戻ってきた御者のジョンが待っていた。

屋敷に帰ってから、ふたりはキャロラインの両親が待つ客間には行かず、そのまま階段をあがっていった。息子の名付け親でもあるレイモンドがモンタギュー男爵夫妻をもてなそうとしているはずだけれど、不器用な彼のことだからまず間違いなく失敗しているはずだ。だが、アンソニーもキャロラインも、とても客の前に立てる心境ではなかった。それに、どのみち洗礼式用の服を着替えなくてはいけないのだ。階段の途中でアンソニーが妻の手を取り、三階の誰もいない舞踏室へ連れていった。

「踊ってくれるの？　音楽はないみたいだけど」

アンソニーが声をあげて笑い、キャロラインを引き寄せて腰に両手を置いた。「きみがわたしといっしょにいるところには、つねに音楽が鳴り響いているよ、キャロライン」

夫のキスを受けて、キャロラインは長く甘美なひとときに酔いしれた。寝室に連れていってと頼もうとしたまさにそのとき、アンソニーが体を離してあとずさり、またしても彼女の手を取ってさらに奥にある広い部屋へといざなった。

「どうしてここに来たの？　ディナーまであと何時間かしかないのよ」

「わかっているよ、キャロライン。きみを驚かせるものがあるんだ」

「まあ、一日に二回も？　あなたは親切すぎるわ。こんどは何かしら。わたしたちだけのためのオーケストラ？」

「違うよ。これさ」

大きなマホガニーの箱がひとつおさまっている戸棚の前に立たされて、キャロラインは戸惑った。眉間にしわを寄せながら箱のふたを開けると、中にはそろいの剣が大小一本ずつ入っていた。

「剣だわ」キャロラインは息を詰まらせたまま、つぶやいた。

「決闘用の本物だよ。スペインでつくられたものだ」

キャロラインは小さいほうの剣を慎重に取り出し、手になじむ完璧なバランスに満足した。

空気を切り裂く刀身はしなやかで、革を巻いた柄は彼女のためにつくられたかのようにぴったりと手におさまっている。

「わたしたちふたりのためにつくらせた。きみは剣の稽古をやめる気はないようだし、どうせならわたしといっしょに稽古をすればいいと思ってね」

「切れないように鈍らせてあるのね」キャロラインは言った。

「もちろんだ。たとえ事故でも、流血沙汰はごめんだよ」

手にした剣をそっと箱に戻し、キャロラインはもう一本の、アンソニーの剣に指を走らせた。

「わたしの好きなようにさせてくれるのね？」キャロラインは尋ねた。こみあげる感動を隠そうとして軽く言ったつもりだが、声がかすれて見事に失敗してしまった。夫がもういちど、彼女をやさしく抱きしめる。

「おたがい、ありのままの自分でいっしょに生きていくしかないと思っただけだよ」

「わたしたちはこの剣で戦うのね」キャロラインは言った。

「そうだ。戦い、稽古をする」アンソニーが答える。「だが、わたしは思うんだ。おたがいに相手を思いやれば、わたしたちは二度と争わずにすむんじゃないかってね」

キャロラインがアンソニーにきつく身を寄せると、彼はようやく寝室へと連れていってくれた。そしてそこでは、最後の驚きが彼女を待ち受けていた。

ベッドの上に、百個はあろうかという真珠が敷きつめられていたのだ。大きさもかたちもさまざまだ。色も乳白色や純白から茶色がかったグレーまで、彼女が想像できる限りの色調がそろっていた。呆然と立ち尽くしてベッドの真珠を見つめるキャロラインを、アンソニーがやさしい目で見守っていた。

「船に剣に真珠なんて……わたしは夢を見ているの、アンソニー？」

「もし、きみが夢を見ているのなら、わたしもそうだということになる。覚めないのを祈るばかりだね」

「好きなものを選んでいいの？　どれも、とても素敵だわ」

キャロラインは自分の胸にさがっているふたつの真珠に触れた。ひとつはあのクリーム色の真珠、そしてもうひとつは息子を産んだときに夫から贈られたものだ。

「いいや、選ぶ必要はないよ」

口を開きかけたキャロラインを、アンソニーがベッドに横たえた。ベッドのへこんだ部分に向かって真珠が転がり、彼女が着ているあずき色のドレスの腿のあたりに集まった。

「ぜんぶきみのものだ。受け取る気があるのならね」

まばたきを繰り返して涙を払い、キャロラインは真珠のことを忘れて夫に体を押しつけた。

「わたしは宝石なんていらないわ、アンソニー。ありのままのあなたを愛しているのよ」

「わかっている。だからわたしは宝石を贈るんだ」

ふたりはそれから、真珠の上で体をすべらせながら愛し合った。紅茶は完全に飲みそびれ、ディナーにも遅れてしまった。それから何カ月ものあいだ、タビィは床やベッドの頭板の脇やマットレスの下など、寝室のあらゆるところから真珠を見つけることになった。そして最初のひと月が過ぎると、キャロラインはタビィが見つけた真珠を、自分のものとして取っておくことを許したのだった。

訳者あとがき

今回は米国人作家、クリスティ・イングリッシュの初邦訳作品をお届けいたします。本作品はリージェンシー時代のイングランドを舞台にしたヒストリカル・ロマンスです。主人公はヨークシャーで自由闊達に育ち、剣や弓の腕前も男性に引けを取らない男爵家のひとり娘、キャロライン。そして大陸を転戦して回ったのちに帰国し、皇太子を補佐して政治の中枢にかかわりながらみずからの貿易の仕事もこなしているレイヴンブルック伯爵、アンソニーのふたりです。

物語はいきなりキャロラインが居並ぶ男性たちを弓の勝負で負かすところからはじまります。しかし、その集まり自体がすでに彼女の結婚相手を決めるためのものだったのです。彼女の父であるモンタギュー男爵は名誉を重んじる軍人で、帰還兵の世話や傷病兵の面倒などを見ているうちに借金がふくれあがってしまいました。そこで、ひとり娘のキャロラインは父の借金を返す財力のある男性と結婚しなくてはならないのでした。

そうしてキャロラインの父が選んだ娘の結婚相手が、かつての部下であり、友人としても信頼の置けるアンソニーでした。自分の結婚相手が男たちを負かす姿を見た彼は、その奔放さに驚きますが、尊敬する友人の頼みでもあり、女性の扱いにも長けているという自負もあって、アンソニーはキャロラインとの結婚を承知します。

出会ってわずか三日で結婚し、アンソニーはどうにかして妻を由緒ある伯爵家にふさわしい妻にしようとしますが、キャロラインにもみずからの信念を譲れない事情があります。ことあるごとに意見を対立させ、衝突を繰り返していくふたり。果たして彼らの結婚生活の行方は？

というのが本書のあらましです。ここにアンソニーの仇敵であるヴィクターや、謎めいた美女のアンジェリークが加わり、それぞれの思惑がからみ合って物語が展開していきます。ほとんど相手を知らない、それこそ他人同士と言ってもいいキャロラインとアンソニーの、近づいたり離れたりといった微妙な距離感と、どうにかそれを詰めていこうとする涙ぐましい努力が本書の最大の読みどころかもしれません。

著者のクリスティ・イングリッシュは女優としてシェイクスピアの舞台に何度も立ったあと、作家業に挑戦。実在した王妃エレアノール・ダキテーヌが登場するヒストリカル二作を上梓し、シェイクスピアの『じゃじゃ馬ならし』をリージェンシー時代のイングランドに置き換えた本作で本格的なロマンスに進出しました。

本家の『じゃじゃ馬ならし』に登場するカタリナという女性もかなりの暴れん坊ですが、本書のキャロラインも負けてはいません。アンソニーに短剣を投げつけ、愛馬のヘラクレスを自在に乗り回す活発な女性です。『じゃじゃ馬ならし』では、最後にカタリナが完全に夫に服従する結末を迎えますが、本書ではどうなるのか？　そのあたりを読み比べてみてもおもしろいのではないでしょうか。

著者はホームページ（http://www.christyenglish.com）でリージェンシー好きを公言しているだけあって、建物や衣装など細部にわたってヒストリカルらしい描写の作風になっています。また、原題〝How to tame a willful wife〟でフェイスブックのアカウントなども開設されており、本書にも登場するカールトン・ハウスの絵などがアップされておりますので、そちらのほうも合わせてご覧いただくと、さらに雰囲気が味わえるかもしれません。しばしお時間を割いて、キャロラインとアンソニーの物語を楽しんでいただければ、訳者として幸いです。

それでは、本書をお手に取っていただき、ありがとうございました。

マグノリアロマンス／既刊本のお知らせ

ハイランドの美しき花嫁

マヤ・バンクス 著／出水 純 訳
定価／960円（税込）

結婚は床入りが終わって
初めて有効になるんだ。

修道院で暮らすメイリンの大腿部には、前国王の紋章の焼き印が押されていた。それは、彼の庶子であるあかしで、彼女と結婚した者は広大な領地と多額の持参金を得ることができるのだ。ゆえに、心ない者が夫になれば、財産を得たあとにメイリンを不要とし、殺すかもしれない。だからこそ、彼女は身を隠さねばならなかった。しかし、残酷なキャメロン族長の部下に見つかり、メイリンは花嫁としてさらわれてしまい――。

ハイランダーの天使

マヤ・バンクス 著／出水 純 訳
定価／900円（税込）

こんなに美しい女は
天使としか思えない。

マケイブの族長の弟アラリックは、マクドナルドの族長の娘との結婚が決まっていた。彼女に正式に結婚を申し込むためにマクドナルドに向かったアラリックの一行は、何者かの襲撃に遭う。なんとか襲撃者たちから逃がれたものの、アラリックは脇腹に深い傷を負い、意識を失った。そんな彼を助けたのは、自分の属していた氏族から追い出され、ひとり領地の外れで暮らすキーリーで……。

ハイランドの姫戦士

マヤ・バンクス 著／出水 純 訳
定価／870円（税込）

妻に必要なのは厳しいしつけだ。

族長の娘であるリオナは、政略結婚しなければならなくなった。男の服を着て剣術にいそしむ勇ましさを持つ反面、自分の前でひざまずいて永遠の愛と忠誠を誓い、妻を姫戦士として自慢してくれるような夫を彼女は望んでいた。なのに、結婚相手のシーレンは、かつて愛した女に裏切られたせいで他人に心を許さなくなった冷淡な男だった。愛を公言する素晴らしい男と友人が結婚しただけに、リオナはむなしさを覚えて……。

身分違いの恋は公爵と

マヤ・ローデイル 著／草鹿佐恵子 訳

定価／960円(税込)

彼を見た瞬間、わかったの。
運命の人だって！

花婿から捨てられてしまったソフィーは、ロンドンで暮らすことに決めた。収入が必要な彼女が選んだ職業は、新聞記者だ。そして皮肉なことに、結婚式を紹介するコラムの担当になった。とある取材中に気分が悪くなって教会から逃げ出したソフィーは、紳士に出会う。長身でハンサム、それにとてもチャーミングな彼は、まさに運命の人！　けれど、彼は、自分とは身分違いの公爵で、婚約者がいることも知ってしまい……。

さる上流婦人の憂鬱

マヤ・ローデイル 著／草鹿佐恵子 訳

定価／930円(税込)

ぼくたちには、
相手を破滅させる能力がある。

新聞のゴシップ欄の担当記者をしているジュリアナは、とびきりのスキャンダルを目撃した。放蕩者のロクスベリー子爵が、なんと男性を抱擁していたのだ。一方のロクスベリーは、彼の放蕩ぶりに怒った父親から、一カ月以内に結婚しないと今後の生活費は出さないと宣言される。貧困か結婚か――二者択一を迫られるが、彼と『男の愛人』についての記事がロンドンじゅうの話題になり、結婚という選択が難しくなって……。

愛のあやまちは舞踏会の夜に

マヤ・ローデイル 著／美島　幸 訳

定価／870円(税込)

最初に出会ったとき、まさにその
瞬間に恋に落ちてしまったのよ。

結婚相手を探すために、アメリカからロンドンにやってきたエミリアは、舞踏会の夜、ハンサムな男性から目を離せなくなり、階段を踏み外してしまう。彼は公爵の跡継ぎであるハントリー侯爵で、最悪の放蕩者だ聞かされる。図書室で侯爵にキスされた彼女は、彼を忘れられなくなる。なのに、別の舞踏会で侯爵に再会したとき、触れられても心がときめかないうえに、彼はエミリアを忘れてしまったみたいで……。

すり替えられた花嫁

シャーナ・ガレン 著／芦原夕貴 訳
定価／900円（税込）

結婚に興味がないんです。
殿方に支配されたくなくて。

幼いころから父親に虐げられてきたキャサリンは、男性を恐れるあまり結婚しないと心に決め、仲のよいいとこたちと〈独身クラブ〉を結成した。それから十年の月日が流れ、意地悪な妹のキャサリンに公爵の跡継ぎとの結婚話が持ち上がった。父親は妹よりも先に姉のキャサリンが結婚すべきだと考え、舞踏会で男を見つけてこいと命令する。自力で相手を見つけられなければ、恐ろしいならず者と結婚させられてしまう！

誘惑された伯爵

シャーナ・ガレン 著／芦原夕貴 訳
定価／900円（税込）

わたし、あなたの情婦に
なるために来たんです。

海賊だった祖父が残した宝の地図を発見したジョゼフィンだが、地図は半分に切られていて、その片割れを持つのは燐家に住む家族の敵、祖父の海賊仲間だった男の孫であるウエストマン伯爵だと確信する。残りの地図を手に入れるために、ジョゼフィンは伯爵のタウンハウスに忍びこむ。しかし、彼に見つかり、とっさに「愛人になるために来た」と言ってしまう。伯爵に気づかれずに地図を手に入れるには、いい手だと考えたが……。

伯爵令嬢の駆け落ち

シャーナ・ガレン 著／芦原夕貴 訳
定価／900円（税込）

本当に彼を愛している。
でも、愛したくないの。

裕福な伯爵のひとり娘であるマデリンは、持参金目当ての求婚者たちにうんざりする毎日を送っている。気持ちを偽る彼らのせいで、自分は真実の恋に落ちないだろうと思った彼女は、慈善活動をする自分をほうっておいてくれる人と結婚して父の庇護下から出ようと考え、退屈な子持ち男性と駆け落ちすることに決めた。しかし、彼女の駆け落ち計画には障害が待ち受けていて——？

マグノリアロマンス／既刊本のお知らせ

偽りの花婿は未来の公爵

ジェシカ・ベンソン 著／岡　雅子 訳

定価／960円（税込）

私が未来の公爵夫人？
でも、どうしてなの？

生まれたときからのいいなずけのバーティと、ついに結婚したグウェン。だけど結婚初夜に、その相手がバーティの双子の兄であるハリーだと発覚！　爵位を持たない気楽な相手との結婚だったはずが、このままでは未来の公爵夫人になってしまう！　どうしてこんなことになったのかを調べようとするけれど、誰もが理由を知ってるようでいて、それを口外しようとはしなくて――。

秘密の賭けは伯爵とともに

ジェシカ・ベンソン 著／池本仁美 訳

定価／870円（税込）

愛しているからこそ、
結婚できない？

良家の娘であるアディには秘密があった。父親亡きあと、家計を助けるために拳闘のコラムを書いているのだ。彼女には伯爵であるフィッツウィリアムという許嫁がいるけれど、彼の義務感に頼って結婚してもらい、生活を安定させることは望んでいなかった。なぜなら、いくらアディが彼を愛そうとも、放蕩者の彼には愛してもらえないとわかっていたからだ。自分を求めてくれる相手と結婚しよう！　そう思ったアディは!?

放蕩貴族のプロポーズ

ジェシカ・ベンソン 著／池本仁美 訳

定価／870円（税込）

あなたと結婚できなければ、
私は幸福になれない。

従兄弟の悪趣味な賭けの対象となった独身女性を救うため、彼女の住む地方の村へ行かざるをえなくなったスタナップ伯爵。噂によると、その女性――カリスタは、婚期を逃し、財産もなく、見てくれもよくないらしい。だが、実際の彼女は、想像とは異なっていた。服装の趣味は最悪なものの、自由な精神と辛辣な面をあわせ持つとても魅力的な人物だった。カリスタに惹かれていくスタナップは……。

伯爵とじゃじゃ馬花嫁

2013年04月09日　初版発行

著　者　クリスティ・イングリッシュ
訳　者　美島　幸
装　丁　杉本欣右
発行人　長嶋正博
発　行　株式会社オークラ出版
〒153-0051　東京都目黒区上目黒1-18-6　NMビル
営　業　TEL:03-3792-2411　FAX:03-3793-7048
編　集　TEL:03-3793-4939　FAX:03-5722-7626
郵便振替　00170-7-581612(加入者名:オークランド)
印　刷　図書印刷株式会社

ISBN978-4-7755-2007-9